THE QUEEN OF CRIME

繁體中文版
20週年
紀念珍藏

十三個難題

著——阿嘉莎・克莉絲蒂

譯——王靜萍、張弛

The Thirteen Problems

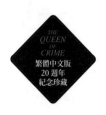

通俗是一種功力

吳念真（導演、作家）

通俗是一種功力。絕對自覺的通俗更是一種絕對的功力。

這樣的話從我這種俗氣的人的嘴巴說出來，大概很多人要笑破褲底了。不過，笑完之後請容我稍稍申訴。這申訴說得或許會比較長一點，以及，通俗一點。

小時候身材很爛，各種遊戲競爭完全任人宰割，唯一隱遁逃避的方法是躲起來看書或聽大人瞎掰。那年頭窮鄉僻壤的小孩能看的書不多，小學二年級時最喜歡的是超大本的《文壇》，老師借的。看著看著，某天老師發現我的造句竟出現：「捧著：朝陽捧著一臉笑顏為群山剪綵」這樣亂七八糟的文字，就拒絕再讓我看那些超齡的東西了。

老師的書不給看，我開始抓大人的書看。一種是厚得跟磚塊一樣的日文書，對我來說那完全是天書，但插圖好看，經常有限制級的素描。另一種書是比較薄的，通常藏得很嚴密，只是裡面有太多專有名詞、重複的單字和毫無限制的標點，比如「啊啊啊」、「……！！！」

老讓我百思不解。有一天，充滿求知欲地詢問大人竟然換來一巴掌後，那種閱讀的機會和樂趣也隨著消失了。

所幸這些閱讀的失落感，很快從大人的龍門陣中重新得到養分。講到這裡，我似乎先得跟一個村中長輩游條春先生致敬，並願他在天之靈安息。

我所成長的礦區，幾乎全是為著黃金而從四面八方擁至的冒險型人物，每人幾乎都有一段異於常人的傳奇故事。這些故事當事人說來未必精采，但一透過游條春先生的嘴巴重現，有時連當事人都聽得忘我，甚至涕泗縱橫，彷彿聽的是別人的故事。

條春伯沒當過日本兵，可是他可以綜合一堆台籍日本兵的遭遇，一如連續劇般從入伍、受訓、逃亡荒島，面對同鄉同袍的死亡，並取下他們的骨骸寄望帶回故鄉，乃至骨骸過多搞不清哪是誰的等等，讓聽的人完全隨他的敘述或悲或笑，彷彿跟他一起打了一場太平洋戰爭。此外他也可以把新聞事件說得讓一個三、四年級的小孩，到現在仍記得當時腦中被觸動的畫面。例如當年瑠公圳分屍案的凶手做案之後帶著小孩到安東街吃麵（這讓我一直以為台北的安東街是條專門賣麵的街道），還有甘迺迪總統被暗殺、賈桂琳抱住她先生、安全人員跳上飛快的車子保護賈桂琳……當然，這記憶全來自條春伯的嘴巴而不是報紙。我的記憶全是畫面，有畫面，是因為條春伯說得精采，說得有如親臨他至死都還搞不清地理位置的達拉斯命案現場。

於是這小孩長大後無條件地相信：通俗是一種功力，絕對自覺的通俗更是一種絕對的功力。透過那樣自覺的通俗傳播，即使連大字都不識一個的人，都能得到和高階閱讀者一樣的感動、快樂、共鳴，和所謂的知識、文化自然順暢的接軌。也許就是因為這些活生生的例子，俗氣的自己始終相信：講理念容易講故事難，講人人皆懂、皆能入迷的故事更難，而能隨時把這樣的故事講個不停的人，絕對值得立碑立傳。

條春伯嚴格地說是有自覺的轉述者，至於創作者，我的心目中有兩個。一個是日本導演山田洋次，一個是推理小說家阿嘉莎．克莉絲蒂。

山田洋次創造了寅次郎這個集合所有男人優點跟缺點的角色，在以《男人真命苦》為名的系列下，總共完成百部左右的電影。它們的敘述風格、開頭、結尾的方法不變，唯一改變的是故事，是時代，是遍歷日本小鄉小鎮的場景。數十年來，看《男人真命苦》幾已成為日本人每年的一種儀式，一如新春的神社參拜。

數十年前訪問過山田導演，他說，當他發現電影已然有它被期待的性格時，電影已經不是導演自己的。他說：當所有人都感動於美人魚的歌聲時，你願意為了讓她擁有跟你一樣的腳，而讓她失去人間少有的嗓音嗎？

人間少有的嗓音與動人的歌聲，都來自山田導演絕對自覺的通俗創造。

再如阿嘉莎．克莉絲蒂，如果我們光拿出她說過的故事和聽過她故事的人口數字，就足以嚇死你。五十多年的寫作生涯，她總共寫出六十六本長篇推理小說，外加一百多篇短篇小說和劇本。其中有二十六本推理小說被改編，拍了四十多部電影和電視劇集。作品被翻譯成一百零三種文字的版本，銷量超過二十億本。

夠了。你還想知道什麼？知道二十億本的意義是什麼嗎？二十億本的意義是全世界平均三個人就有一個人讀過她的書，聽過她說的故事。

說來巧合，她和山田洋次一樣，創造出個性鮮明的固定主角（當然，前前後後她弄出來好幾個），然後由他（或是她）帶引我們走進一個犯罪現場，追尋真正的罪犯。

故事就這樣？沒錯，應該說這是通常的架構。那你要我看什麼？不急，真的不急，克莉絲蒂會慢慢冒出一堆足夠讓你疑惑、驚嚇、意外，甚至滿足你的想像力、考驗你的耐心和智商的事件來。

推理小說不都是這樣嗎？你說得沒錯，大部分是這樣，不一樣的是……對了，她像條春伯，像山田洋次，她真會說，而且她用文字說。

文字的敘述可以讓全世界幾代的人「聽」得過癮、「聽」個不停，除了聖經，也許就是克莉絲蒂。她不是神，但她真的夠神。

數十年前，台灣剛剛出現她的推理系列中譯本，那時是我結婚前，常有同齡的文藝青年來我租住的地方借宿，瞄到我在看克莉絲蒂，表情詭異地說：「啊？你在看三毛促銷的這個喔？」

我只記得他抓了一本進廁所，清晨四點多，他敲開我的房門說：「幹，我實在很討厭那個白羅……再拿一本來看看，我跟你說真的，要不是你的書，我真的很想把那個矮儸壓到馬桶吃屎！」

我知道他毀了，愛吃又假客氣，撐著尊嚴騙自己。克莉絲蒂再度優雅地撕破一個高貴的知識份子的假面具，她的手法簡單，那手法叫通俗，絕對自覺的通俗，無與倫比、無法招架的功力。

昔日的文藝青年如今跟我一樣，已然老去，但不時還會看到他寫一些充滿理念和使命感極重的文章，在報紙和雜誌上出現。我知道他要說什麼，只是常常疑惑他想跟誰說；同樣，我記得他說過什麼，但轉眼間忘記他說了什麼。但請原諒我，幾十年前那個晚上，他在我家看完的那兩本克莉絲蒂的小說內容，我可還記得清清楚楚。

也許有一天再遇到他的時候，我會問他之後是否還看過克莉絲蒂其他的書，如果沒有，我會跟他說，想讀要趁早，因為你會老、會來不及。至於白羅那個矮儸，大概永遠不會消失。哦，對了，還有一個叫瑪波，你說不定會來不及認識……

瑪波小姐——洞明世事，仍不失對人情的寬諒

吳曉樂（作家）

瑪波小姐是阿嘉莎．克莉絲蒂筆下的兩名神探之一，名氣不若白羅響亮，支持者倒是挺死忠專情。她也是推理小說界「女偵探」的第一把交椅，至今仍無人能動搖其地位。瑪波小姐系列合計有十二本長篇、兩本短篇小說集。以及一篇收錄於《哪個聖誕布丁？》的小說〈葛林蕭的笑話〉。常有讀者受「小姐」二字所誘，誤信瑪波小姐是妙齡少女，但英文中，未婚女性一律以 Miss 稱之，實際上，瑪波小姐已六十好幾。按照蓋達克警官的形容，「她的模樣非常蒼老，頭髮雪白，粉紅的臉上布滿皺紋，一對藍色眸子柔和且真摯無邪」。

瑪波小姐亦是知名的「安樂椅神探」，她的歲數與支氣管炎等痼疾限縮了她奔走的範疇。大部分時間，瑪波小姐僅在英國村鎮裡穿梭，一邊喝茶，一邊傾聽案件相關的陳述。克莉絲蒂刻意將筆下兩位神探做出區隔，白羅是比利時難民，案件時常顯現壯闊的異國情調，瑪波小姐系列則洋溢著恬謐、悠哉的英國小鎮氛圍。瑪波小姐經手的案件，多半以某座莊

園、公館為中心，在傭人、園丁、廚師、仕紳與貴婦人等交織而成的人際網絡裡，一樁樁謀殺案就此鋪展。

瑪波小姐的經歷有些神祕，讀者只能從她談及自己的稀少橋段，拼湊出模糊的過往：她接受良好教育，曾待過佛羅倫斯的寄宿學校，一度從事過護理工作。再從瑪波小姐坐擁房產、生活講究等細節，我們不難勾勒她中產階級的出身。上述資訊，幾乎是我們能得知的全部了。

至於瑪波小姐的個性，我想徵用瑪波小姐首次登場《牧師公館謀殺案》的語句：「她是村子裡最壞的女人，總是知道每一件事，並且做出最悲觀的推斷。」「在英格蘭，任何偵探也比不上一個上了年紀又有很多閒暇的老處女。」「拿望遠鏡賞鳥的習慣也總是讓她別有收穫。」從這些褒貶相依的評價，我們首先歸納出一些結論：瑪波小姐有些好管閒事，城府也深，偏偏她的判斷比誰都趨近真相。

更細緻地分析，瑪波小姐「溫和無害，乍看糊塗」的表象，是最天然的保護色。與她搭話的人物，屢屢在輕敵的狀態下鬆懈心防，下意識就吐露原先拚命掩藏的犯案痕跡。其次，瑪波小姐認為人性並不複雜，若我們悉心諦視，必能察覺其中的「共性」。她的外甥雷蒙・衛司曾將聖瑪莉米德村喻為「一潭死水」，瑪波小姐則認定死水若放在顯微鏡底下，「其實生機盎然」，而她所謂的顯微鏡，或許指涉了鄉村背景。鄉村生活人情緊密，有助瑪波小姐近距離蒐集人性的不同臉譜。我個人認為，瑪波小姐最專長的辦案手法是「數據分析」，她常將案發現場的樣本扔入聖瑪莉米德村——她的「人性資料庫」，進行搜尋和比對，一旦辨識出相似的行為態樣，接下來她將安坐椅上，預估其發展。是以瑪波小姐一再「後發先至」，她抵達現場的時間總是不無「遲到」的味道，不過待她釐清人物之間的譜系和利害關係，旋即能夠盤整出一些關鍵，為案件帶來重大突破。

瑪波小姐以閒談獲取的情報，都顯得那麼普通、不起眼，她卻能如同手上的編織活，這一針那一線巧妙地穿引，後續再輕輕一扯，將線索行雲流水地組織起來。瑪波小姐深諳自往昔的歲月萃取珍貴的經驗，舉例來說，有一回，她以「聖靈降臨節過後的週一，園丁必不上班」為由，輕易識破一則謊言；也有一回，她從「發音方式」捕捉到講述者的故弄玄虛。

初識瑪波的讀者，我建議以短篇小說《十三個難題》為前菜，篇幅短小，清爽不占空間，品嘗的餘韻足夠引發興致。至於長篇，我心儀《殺人一瞬間》，此作推理成分相對清淡，架構上更接近「豪門恩怨肥皂劇」，序幕即嵌入一場駭人的畫面，將讀者牢牢地鉤入劇情。辦案過程中，瑪波小姐另聘慧黠迷人的露希小姐，潛入疑雲重重的鹿瑟福。兩位小姐的視角頻仍轉換，前場後場的調度十分緊湊，讓讀者捨不得輕易暫停。克莉絲蒂向來很節制「愛情」的著墨，但在此作，她給露希小姐點綴了幾許風花雪月，時至今日，露希小姐情歸何處，是海內外讀者樂此不疲的謎題。而在《死亡不長眠》中，步履蹣跚的瑪波小姐擔憂一對年輕夫婦，不惜啟程遠行，讓我們見到她慈幼的一面。《加勒比海疑雲》也帶給我相當的樂趣，見瑪波小姐與毒舌老富翁拉斐爾搭檔，完成第一次在國外大展長才的紀錄，很是過癮。續作《復仇女神》，拉斐爾已逝，留下一封報酬頗豐的委託，瑪波小姐積極走入謎團，讀者可以看清她心中晃蕩不止的漣漪。瑪波小姐追憶拉斐爾的絮語，我認為是全系列裡罕有的「情愫」展現。

瑪波小姐還有項令人歆羨的本事：她的才華普遍獲得男性同儕的認同。亨利爵士稱她「本人絕無僅有，四星級睿智的紅粉知己，老太婆中的超級老太婆」。尼勒警官如此形容她：「為人正直，具有無可指摘的正義感。」時間跨幅長久的蓋達克警官更是五顆星好評：「瑪波小姐能夠用最大限度的鎮靜來思考謀殺、猝死，以及各種真實罪案。」

按照出版年代，《瑪波小姐的完結篇》是瑪波小姐最後一次現身。若以氛圍而言，我認為《破鏡謀殺案》裡瑪波小姐的自述，更適切地傳達出這位天才神探正緩緩邁向遲暮，「人必須面對現實：聖瑪莉米德昔日風貌不再。當然，從某種意義上說，沒有一樣東西能一如往昔。你可以怪罪戰爭（兩次世界大戰），怪罪年輕這一代，或者出去工作的女人，或者原子彈，或者政府，但其實你真正不滿的只是一個簡單的事實：你正在變老」。瑪波小姐信任的傭人凋零，外甥為她聘請的女傭竟把她視為昏聵無知、需要悉心呵護的老人家。萬幸的是，摯友荷大克醫師捎來了慰藉，他認為瑪波小姐最合適的藥方就是：一場謀殺案。這舉止點醒了讀者，縱使低調不鋪張，瑪波小姐依然、無庸置疑地對辦案懷有莫大熱情。

文章的尾聲，我要再次回到瑪波小姐的人性觀，她雖堅稱「最無情的猜測往往都會被證實為真」，倒也不吝坦承「我總是對人性抱著希望」。這位英國小姐的魅力自然流淌，她洞明世事，仍不失對人情的寬諒。

獻詞

阿嘉莎・克莉絲蒂是世界讀者最眾，也最廣受喜愛的女作家。
身為克莉絲蒂的孫兒，我相信奶奶會非常樂見這次出版，
因為她極以自己作品中的趣味與娛樂為豪。
歡迎所有喜歡本系列的台灣新讀者參與這場饗宴！

——馬修・培察（Mathew Prichard）

十三個難題

目錄

第一部

第二部

第一部

The Thirteen Problems

01

週二夜間俱樂部

「不解之謎。」雷蒙・衛司吐出一團菸霧，自我陶醉地重複道，「真是不解之謎。」

他心滿意足地環顧四周。這房子很老舊，天花板一片漆黑，房間裡陳設著與房子協調的古典家具，一律做工考究。雷蒙・衛司露出了讚許的目光。身為作家的他喜歡完美無瑕的氣氛。珍姨媽的家總是讓他覺得賓至如歸，這種環境就適合她的個性。他一眼望過去，她正筆直地坐在壁爐邊那把大搖椅上，身穿黑色錦緞禮服，腰束得很緊，梅希林[1]蕾絲沿著胸線如瀑布般垂下，手戴黑色蕾絲手套，盤起的雪白頭髮上戴了頂附蕾絲的黑帽子。她正在編織某種又白又軟、毛茸茸的織物，一雙和藹慈祥的淺藍色眼睛正審視著她的外甥及其朋友們，眼神流露出一絲淺淺的喜悅。她的視線首先停留在雷蒙身上，他溫文儒雅，有些拘謹；再來是瓊恩・朗碧荷，畫家，頭髮剪得短短的，有一雙淡褐帶綠的奇特眼睛；最後是那位很注意修飾的亨利・克什林爵士。屋裡還有另外兩個人：彭德博士，教區老牧師；裴瑟里先生，律師，身材乾癟瘦小，戴副眼鏡，看人看東西的時候，不是透過鏡片，而是從鏡架上方望去。

瑪波小姐注視了這些客人一會兒，嘴角泛起了微笑，又繼續她手中的女紅。

裴瑟里先生乾咳了一聲，通常，這是他要開口說話的前奏。

「雷蒙，你說什麼？不解之謎，呃？怎麼回事？」

「沒什麼，」瓊恩．朗碧荷說，「雷蒙只是喜歡自己說這幾個字的聲韻而已。」

雷蒙．衛司瞪了她一眼，她卻笑著別過頭去。

「他是在故弄玄虛對吧，瑪波小姐？我相信你也了解吧？」她問道。

瑪波小姐朝她溫柔地笑了笑，一語未發。

「生命本身就是一個解不開的謎。」牧師嚴肅地說。

雷蒙從座位上站了起來，衝動地扔掉香菸。

「那不是我的意思，我不是在談哲學問題，我指的是那些至今無人能解的奇聞異事。」

「我了解你說的那種事情，親愛的，」瑪波小姐說，「例如，考露爾太太昨天早上就碰到了一件怪事。她在艾略特的店裡買了半品脫的精選蝦，隨後又去了另外兩家商店，等她到家的時候，發現蝦子不見了。她返回她去過的那兩家店裡找，但這些蝦子全消失了，真是奇

1　梅希林（Mechlin），比利時中北部一城市，以蕾絲聞名。

怪。」

「這事非常可疑。」亨利·克什林認真地說。

「當然了，可能有好多種解釋。」瑪波小姐接著說，說這話的時候，她的兩頰由於激動而微微有些泛紅。「比如，有人……」

「我親愛的姨媽，」雷蒙打趣地說，「我說的不是那種發生在鄉間的小事件。我是指謀殺案和失蹤案。如果亨利爵士有興致聊聊的話，七天七夜他都說不完。」

「我向來不談公事，」亨利爵士謙虛地說，「是的，我向來不談公事。」

亨利·克什林爵士是蘇格蘭警場的前任局長。

「我想有許多謀殺案及其他案件，警方至今都無法破解。」瓊恩·朗碧荷說。

「我相信這是眾所周知的事實。」裴瑟里說。

「我老在想，」雷蒙·衛司說，「要具備什麼樣的智慧才能成功解開這些謎團呢？一般人都認為警方缺乏想像力，因此影響了調查結果。」

「那是外行人的觀點。」亨利爵士冷冷地說道。

「你們實在需要一個委員會來裁決。」瓊恩笑著說，「因為心理學和想像力是作家的專利……」

她促狹地向雷蒙鞠了一躬，但他依然一臉嚴肅。

「寫作的藝術就在於讓人洞察人性，」他鄭重說道，「作家能夠透視一般人易於忽略的動機。」

「我知道，親愛的，」瑪波小姐輕聲應道，「你的書是很精采，但你真的認為，人人都像你書中塑造的人物那樣鬱鬱寡歡嗎？」

「親愛的姨媽，」雷蒙用柔和的語氣說道，「儘管堅持你的信仰，上帝不會容許我有一絲冒犯。」

「我是說，」瑪波小姐解釋道，同時微微皺著眉頭，數著編織物的針數。「在我看來，大多數的人其實不好也不壞，只是很傻罷了。」

裴瑟里再一次乾咳了幾聲。

「雷蒙，」他說，「你不認為你太重視想像力了嗎？想像力是一種很危險的東西，我們做律師的太清楚了。不帶任何偏見地去看待每一個事件，找出證據，進而加以處理，對我來說，那才是獲得真相而且唯一符合邏輯的方法。就我的經驗而言，那是唯一能獲得成功的方法。」

「呸！」瓊恩揚起頭來生氣地叫道，「我敢打賭，在這場遊戲裡，你們全都會是我的手下敗將。我們女人具有你們男人常常忽略的直覺，同不同意隨便你們。我不僅僅是個女人，還是位藝術家，我能看到你們看不見的東西。還有，藝術家的身分讓我在不同人群、不同環境中體驗過各種生活，我可以了解就連在座的瑪波小姐也不可能了解的某些生活。」

「親愛的，這點可說不定。我們村子裡也會發生一些令人很難過、很沮喪的事情。」瑪波小姐說。

「我能插一句嗎？」彭德博士笑著問，「我知道，貶損牧師在當今是一種時尚，但我們牧師習慣用耳傾聽，我們了解人性的另一面。對外在世界而言，這一面至今仍是一個未啟封的祕密。」

「哎呀，」瓊恩說，「我看我們這是各行各業的代言人聚會，我們乾脆成立一個俱樂部，不知大家意下如何？今天是禮拜幾？禮拜二？那就叫作週二夜間俱樂部吧！每個禮拜聚會一次，每個成員輪流提出一道難題、一些個人親身經歷的謎案，當然自己要有謎底。讓我看看，我們一共有多少人？一、二、三、四、五，我們應該要有六個人。」

「親愛的，你把我給忘記了。」瑪波小姐燦爛地笑說。

瓊恩稍微吃了一驚，但很快裝作若無其事地說：「那太好了，瑪波小姐，我還以為你沒興趣呢。」

「我想那一定很有趣，」瑪波小姐說，「尤其是有這麼多睿智的男士參加。恐怕我不如各位那麼聰明，但長年住在聖瑪莉米德，確實讓人有機會洞察人性。」

「我相信，您的加入一定對我們有很大的幫助。」亨利爵士殷勤地說。

「那麼從誰開始呢？」瓊恩說。

「這不成問題，既然我們有幸與亨利爵士這樣的傑出人物聚在一起……」彭德博士接著說道。

他話說到一半便停下來，向亨利爵士所在的方向恭敬地點了點頭。

亨利爵士沉默了一會兒，終於嘆了口氣，再度翹起二郎腿，開口說：「對我來說，要挑一個正好是大家喜歡聽的故事，確實有點困難，但既然大家這麼決定了，我剛好想到一個適合現在這種場合敘述的案子。也許你們曾經聽說過，一年前的報紙也登了，當時被列為懸案而束之高閣。碰巧，幾天前我得知案子已經破了。

「事情的經過非常簡單，三個人同桌共進晚餐，桌上有罐頭龍蝦和一些東西。夜裡三個都病了，一個醫生趕來急救，兩人復元，第三個人死了。」

「啊！」雷蒙附和著。

「正如我所說，事情很簡單，死因是由食物中毒引起的，醫生開了死亡證明，死者隨後就下葬了。但事情還未結束。」

瑪波小姐點點頭。

「我想，一定有些傳言會流出，」她說，「一向如此。」

「現在我來描述這起悲劇的出場人物，我把那對丈夫和妻子暫且稱作瓊斯先生和瓊斯太太，還有一位是瓊斯太太的伴護克拉克小姐。瓊斯先生是一家化學藥廠的業務員。五十多歲，人長得英挺，有些流里流氣；他太太是個普普通通的女人，四十五歲左右；克拉克小姐已到花甲之年，胖胖的，很開朗，一張臉笑嘻嘻、紅通通的。這幾個人可以說是平凡至極。

「然而，麻煩以一種很奇怪的方式出現了。就在出事的前一晚，瓊斯先生在伯明罕的一家商務旅館留宿。碰巧那天旅館更換信紙，女服務生閒著無聊，於是照著鏡子研究舊信紙來打發時光。瓊斯先生頭一天晚上剛好寫過一封信，因此，信紙上留下了一些字痕。幾天後，報紙上刊登了瓊斯太太因食物中毒死亡的消息。女服務生就把她從信紙上辨認出來的那些字，告訴她的同事們：『全看我太太……她死後，成千上萬……』

「大家可能仍記得最近有一宗丈夫毒死妻子的案件。只消星星之火就能點燃起這些服務生的想像力：瓊斯先生想除掉他太太，然後繼承成千上萬英鎊的財產！碰巧，那些女服務生中有人有親戚住在瓊斯一家住的小鎮上。她寫信告訴他們她所知道的一切，他們也回了信。大家好像瓊斯先生相當中意當地一個醫生的女兒，她長得很漂亮，三十三歲。一時謠言四起。大家向內政部長請願，數不清的匿名檢舉函像雪片一樣湧進蘇格蘭警場，指控瓊斯先生謀殺了他太太。我們當時認為這不過是村子裡的閒言閒語，根本沒什麼大不了。然而，為了平息這些謠言，當局下令開棺驗屍。這是由公眾毫無根據的懷疑而立案的案例，而結果驚人地證實了他們的懷疑是正確的。屍體解剖證明了已故的瓊斯太太是砒霜中毒死亡的。於是，蘇格蘭警場和地方警察聯手調查是誰下的毒，及用什麼方法。」

「啊！」瓊恩說，「這我喜歡，很夠刺激。」

「她的丈夫自然備受各方懷疑，他可從太太的死亡中得到好處，雖然不像女服務生想像的成千上萬那麼多，但有據可查的是八千英鎊。他除了每個月的固定薪水外，名下並無財產，而且他還是個喜好在女人堆裡揮霍的男人。有關他與醫生女兒的緋聞，我們做了詳細的調查。然而事情似乎很清楚，兩人確實有濃厚的友誼關係，但出事前兩個月，他們突然鬧翻，從那以後，似乎就沒再見過面。而那位老醫生是個從不對人起疑的正人君子，當他聽到解剖報告後大吃一驚。三個人食物中毒的那天半夜，是他被喚去給三個人診治。他一到瓊斯家，立即發現瓊斯太太的情況很嚴重，馬上叫人到他的診所去取鴉片丸，以減輕她的痛苦。儘管他盡了全力，她還是死了。他從未懷疑事有蹊蹺。他認為她的死是因為誤食了某種有肉毒桿菌的食物引起的。那天晚餐吃的是罐頭龍蝦、沙拉、蛋糕、麵包和乳酪。不巧的是，罐頭龍蝦一點也沒剩，被吃得一乾二淨，連罐子都扔了。於是他去盤問年輕的女傭戈萊蒂・林琪。她相當不安，不停地哭，十分激動，他發現這女傭根本無法回答問題，只會一遍又一遍地說，那罐頭一點也沒鼓起來，而且在她看來，那龍蝦很新鮮。

「這就是我們必須調查的案情。假設瓊斯先生惡意地給他妻子下毒，很顯然，他不可能在晚餐中動手，因為三個人都吃了同樣的食物。再者，瓊斯是那天晚餐都已擺上桌子的時候才從伯明罕趕回來，所以他不可能事先在食物中搞鬼。」

「那個伴護呢？」瓊恩問道，「那個笑容滿面的胖女人呢？」

亨利爵士點點頭。

「我們沒有忽略克拉克小姐，我向你們保證。但令人懷疑的是，她會有什麼動機呢？瓊斯太太沒有留下任何遺產給她，而她主人的死只會迫使她另謀生路。」

「這樣看來，她應該沒有嫌疑。」瓊恩沉思道。

「不久，我手下的一名警官發現了一項很重大的線索，」亨利爵士繼續道，「那天晚飯後，瓊斯先生曾下樓去過廚房，替她太太要了碗玉米湯，說她太太表示人不太舒服。他在廚房等到女傭戈萊蒂·林琪把玉米湯煮好，並親自端上樓去給他的妻子。我覺得，這可能是破案關鍵。」

律師點了點頭。

「有動機，」他捻熄了手上的香菸說，「再加上有機會，身為藥廠業務員，弄點毒藥不是什麼難事。」

「一個毫無道德觀念的人。」牧師說。

雷蒙·衛司盯著亨利爵士說：「這裡面一定有些不對勁。你們為什麼不逮捕他？」

亨利爵士只是苦笑。

「那正是案子讓人傷腦筋的地方，迄今為止，一切都進行得很順利，但目前我們碰到了麻煩。瓊斯至今尚未被捕，是因為在審問克拉克小姐時她告訴我們，瓊斯太太並沒有喝那碗玉米湯，是她自己喝掉的。

「是的，好像她習慣到瓊斯太太的房間看看。當時瓊斯太太正坐在床上，那碗玉米湯就擺在她身邊。

「『米莉，我覺得不太舒服，』她說，『把我扶起來。我想可能是因為今晚吃了龍蝦的緣故。我叫亞伯給我端了碗玉米湯上來，可是現在我又不想吃了。』

「『太可惜了，』克拉克小姐說，『這玉米湯做得很好，沒有結塊。戈萊蒂的廚藝真棒。現今的女孩子很少人能煮出這麼好的玉米湯了，我倒是挺想吃呢，我肚子好餓。』」

「『你是在做傻事。』瓊斯太太說。

「我得說明一下，」亨利爵士說，「克拉克小姐正在節食，她擔心自己愈來愈胖。

「『米莉，你這樣節食對身體不好，真的。』瓊斯太太勸道，『如果上帝要讓你胖，你就注定要胖，喝下那碗玉米湯吧，它對你大有益處。』

「克拉克小姐一口氣喝完了那碗玉米湯。所以，你們知道，這就完全否定了我們認定那個丈夫是殺人犯的推測。關於信紙上的那些字，他輕鬆地解釋說，那是給他弟弟的回信，他在澳洲的弟弟向他借錢。他在信上說，他生活全靠他太太，他太太死後，他才能控制財務。如果有可能，那時他會接濟他。他很抱歉現在不能幫他，同時也指出，這個世界上有成千上萬的人和他一樣處在貧困中。」

「這樣說來，這案子就沒有線索了？」彭德博士問。

「沒錯，這案子就這樣沒了線索，」亨利爵士面色凝重地說，「我們不能輕率逮捕瓊斯先生，因為沒有證據。」

眾人一陣沉默。接著瓊恩開口說：「就這樣完了嗎？」

「去年案子調查到這一步就進行不下去了。蘇格蘭警場現在握有真實的案情，再過兩三天，你們可能就會從報紙上知道結果。」

「真實的案情，」瓊恩若有所思地說，「不曉得是什麼。現在我們每個人思考五分鐘，然後再把自己的看法說出來。」

雷蒙．衛司點點頭，以示贊同，看著手腕上的錶。五分鐘到了之後，他朝彭德博士望過去。

「您先講好嗎？」他說。

老先生搖搖頭。

「坦白說，我完全給弄糊塗了。我覺得那丈夫有罪，但我想不出來他是如何下手的，我猜他一定是以某種方式給他妻子下了毒，只是一直沒被發現，而事到如今，過了這麼長的時間之後，這案子是怎樣真相大白的，我也想不透。」

「瓊恩，你呢？」

「是那個伴護下的毒！」瓊恩斷然地說，「每次都是伴護出問題！我們怎麼會知道她的動機呢？雖然她既老又胖又醜，但並不表示她不會暗戀瓊斯先生。她也可能因為其他原因憎恨他太太。想想吧，身為一個伴護，總是得和顏悅色，唯唯諾諾，不得不壓抑情緒，有苦水只能往肚子裡吞。有一天，她再也忍無可忍，於是動手殺了她。也許就是她把砒霜放進玉米湯裡。所以她說是她自己喝了那碗玉米湯，完全是捏造的故事，她在撒謊。」

「裴瑟里先生，你有何高見？」

律師把十指指尖碰在一起，專業架式十足。

「我不知道該說什麼好，就目前的證據而言，我不知道該說什麼才好。」

「但你總得說點什麼，裴瑟里先生，」瓊恩說，「你不能保留判斷，說聲『毫無意見』就想安全過關。你得遵守遊戲規則。」

「就證據而言，沒什麼好說的。」裴瑟里說，「因為看過，唉，太多類似的案件，我個人認為，這丈夫有罪。使大家看不清事實的唯一原因，似乎是克拉克小姐由於某種理由故意包庇瓊斯先生。也許是他們之間有什麼金錢方面的協議吧。他可能感覺到自己會被懷疑，而她，眼看未來只有貧窮等著她，就同意捏造一個喝了那碗玉米湯的故事，讓他私下付給她一筆錢。但果真如此，這案子就太不尋常了，這種例子很少見。」

「我不同意你的看法，」雷蒙說，「在這個案件中，你忘了一個最重要的因素：醫生的女兒。我來告訴你我對這個案件的看法。那個罐頭龍蝦壞了，大家統統中毒。醫生被請來，他發現瓊斯太太相當難受，因為她吃得比別人多，於是，他派人去他的診所取來鴉片丸。他並非親自去，而是派了人去。那麼誰會拿藥丸給去取藥的人呢？當然是醫生的女兒。很可能平常都是她替父親配藥。她愛著瓊斯先生，這時候，她人性中所有陰險惡毒的一面都顯露了。她知道使他獲得自由的機會就掌握在她手中，所以她給的藥丸中含有砒霜，這就是我的結論。」

「亨利爵士，現在你該告訴我們謎底了吧！」瓊恩迫不及待地說。

「等一會兒，」亨利爵士說，「瑪波小姐還沒說話呢。」

瑪波小姐黯然地搖了搖頭。

「唉，唉，」她說，「我又掉了一針，我聽這故事聽得太入神了。一個悲慘的故事，一個非常悲慘的故事。它讓我想起了住在山上的哈格里少校。他太太從未懷疑過他，但他死後，把所有的錢都留給一個與他生活很久、並替他生了五個孩子的女人。這女孩曾做過他們家的女傭。哈格里太太常說，這女孩真不錯，每天都會翻床墊，當然除了星期五。然而，這個哈格里老先生其實金屋藏嬌，把她安置在附近的一個小鎮，並繼續擔任教堂執事，每個禮拜日照常分發聖餐。」

「親愛的珍姨媽，」雷蒙有些不耐煩地說，「這個已經翹辮子的哈格里先生和這件案子有什麼關係？」

「這案子讓我立刻聯想到他。」瑪波小姐說，「內容是如此相似，不是嗎？我猜那女孩招供了，亨利爵士，真相正是如此，對吧？」

「哪個女孩？」雷蒙問，「我親愛的姨媽，你在說些什麼啊？」

「那苦命的孩子，戈萊蒂．林琪，就是醫生盤問她時顯得非常緊張的那個女孩。唉，她當然會緊張，可憐的小東西。我真希望那可惡的瓊斯給吊死。他教唆那可憐的女孩殺人。我想他們也會把她吊死，真可憐。」

「瑪波小姐，我認為，你可能搞錯了。」裴瑟里說。

瑪波小姐固執地搖著頭，望著亨利爵士。

「我是對了還是錯了？我覺得非常清楚。成千上萬[2]，還有那蛋糕……我是說，誰也不該忽略這些。」

「成千上萬和蛋糕有什麼關係呀？」雷蒙叫道。

他姨媽轉向他說：「廚師們總愛在蛋糕上撒些糖霜，親愛的，就是那些粉紅色、白色、吃起來甜甜的東西。我一聽到他們那天晚餐吃了蛋糕，做丈夫的曾給某人寫下糖霜之類的字眼，我就很自然地把兩件事串聯起來。砒霜就是混在這些糖霜裡面。他把毒藥交給了那個女傭，要她撒在蛋糕上。」

「但這不可能，」瓊恩馬上說，「大家都吃了蛋糕。」

「噢，不。」瑪波小姐說，「那胖女人正在節食，記得嗎？如果你在減肥，你是不會吃蛋糕這類甜食的。我料想瓊斯先生一定是把糖霜刮下來，放在盤子一邊。好一個絕妙的主意，可是太殘忍了。」

大家的眼光都落在亨利爵士身上。

「真是令人不可思議，」他慢吞吞地說道，「但瑪波小姐的確找到了真相。瓊斯讓林琪懷了孕，她幾乎崩潰。他想擺脫他太太，並答應她，等他太太一死，他就娶她。他把糖霜混

2　成千上萬（hundreds and thousands）有兩種含義，一指成千上萬，二表示糖霜。

上砒霜後交給了她，並教她怎麼用。林琪上禮拜死了，那孩子一生下來就夭折，瓊斯也拋棄了她，另結新歡去了。因此臨死前，她供出了真相。」

眾人一時默默無語，隨後雷蒙說：「好吧，珍姨媽，這回你贏了。但我想不透你是怎麼猜出真相的。我無論如何也想不到那個廚房的小傭人會與這案子有關。」

「不，親愛的。」瑪波小姐說，「你只是人生閱歷不如我多罷了，你不了解瓊斯那種吊兒郎當的粗漢。我一聽到有個漂亮的小女孩在他家裡，就相信他是不會放過她的。這件事令人非常難過、痛心，實在不適合拿來討論。我難以形容哈格里太太受到的打擊有多大，這事在村子裡也轟動一時呢。」

02 艾絲塔特的聖壇

「那麼，現在，彭德博士，你給我們講點什麼呢？」

這位老牧師溫柔地笑了笑。

「我這一生都是在寧靜的小地方度過，」他說，「很少碰到不尋常的事情，不過，年輕時倒是經歷了一次怪異無比的慘案。」

「啊！」瓊恩．朗碧荷的聲音鼓勵他說下去。

「我永遠忘不了這件事，」牧師繼續說，「它當時深深地印在我腦海，直到現在，只要我把記憶的閘門掀開一條小縫，那種恐懼、戰慄的感覺頓時向我襲來，當時我眼睜睜地看著那個人遭到心狠手辣地殺害。」

「你讓我毛骨悚然了，彭德。」亨利爵士抱怨道。

「這件事也讓我毛骨悚然。」彭德博士答道，「從那以後，我再也不會笑那些動不動就用『氣氛』一詞的人了。真的有這麼回事。有些地方充斥、瀰漫著善良或邪惡的魔力，讓人無法規避。」

「那棟房子，拉奇斯家的，運氣真不好。」瑪波小姐說，「史密斯老先生住進去後失去了所有錢財，不得不搬走。然後是卡斯萊一家搬進去，不久約翰．卡斯萊從樓梯上摔了下來，斷了一條腿，接著卡斯萊太太不得不到法國南方去療養身體。現在伯登先生入主這棟房子，但我聽說他幾乎一搬進去就要動手術。」

「我想，這類事情總被抹上一層迷信的色彩，」裴瑟里說，「這些四處亂傳的謠言，給房子造成了很大損害。」

「我知道一兩個這樣厲害的『鬼』。」亨利爵士咯咯笑說。

「我想，我們應該讓彭德博士把他的故事講完。」雷蒙說。

瓊恩站起來，把兩盞燈都關掉，只剩下壁爐裡的那團火照著室內，火光搖曳不定。

「增加氣氛，」她說，「好了，現在我們可以開始了。」

彭德博士朝她笑笑，靠在椅背上，取下他的夾鼻眼鏡，用一種緩緩的語氣追憶道：「我不知道你們是否知道達特穆爾，我要講的故事就發生在達特穆爾的邊界上，這是一處迷人的地方，儘管這幾年來乏人問津。冬天的情境或許有點蕭瑟，然而它的視野絕佳，有著奇特原始的自然景觀。一個叫海登……理查．海登爵士買下了這塊地。我在大學期間就認識他了，雖然我們已有多年不見，但我們之間仍維持著友誼。有一天，我很高興接到他的邀請，約我到他的『寂林』去，這是他給那塊剛買來的地方取的名字。

「那是一次小型的家庭聚會，有海登爵士本人，他的堂弟艾略特・海登，還有曼納琳女勳爵，她帶著一個面色蒼白、毫不起眼的女兒，叫薇爾蕾；再來是羅杰斯上校夫婦，這對夫婦酷愛騎射及野外生活，他們活著的目的就是騎馬打獵；還有一位年輕人西蒙茲醫生及黛安娜・艾許莉小姐。有關黛安娜小姐我倒時有耳聞，她的照片經常刊登在報導社交界消息的報紙上，是社交旺季中大名鼎鼎的美人。她確實美得驚人，身材高䠷，一頭秀髮烏黑亮麗，奶油色的美麗肌膚光滑如絲，半閉的黑眼睛斜斜嵌在臉上，給她的外貌平添一種神祕的東方色彩，她說起話來的聲音也很好聽，低沉而悅耳如鈴。

「我很快就發現我朋友理查・海登完全被黛安娜迷住了。而且我猜，這個聚會就是為她安排的，至於她本人的感覺我不得而知。她很任性，反覆無常，今天只和理查說話，旁若無人，明天又青睞他的堂弟艾略特，對理查視若無睹；再來又把那迷死人的微笑送給那位安靜靦腆的西蒙茲醫生。

「我到達的第二天早上，主人領著我們參觀他的寂林。這房子本身沒有什麼特別之處，是用德文郡產的花崗岩建造的，非常牢固，經得起風吹雨打，沒有一點兒浪漫色彩，但很舒適。透過窗戶一眼望出去，達特穆爾荒原盡收眼底，連綿不斷的山崗，裸露著被歲月洗刷過的岩石。

「在離我們最近的斜坡上，有一片環狀石塊，屬於石器時代晚期遺跡。另一個小山丘上有一座古墓，最近才剛挖掘出來，裡面有許多青銅器。海登非常喜歡古蹟文物，眉飛色舞地跟我們說了一堆。他說，這塊奇特的地方有相當豐富的古代遺跡。新石器時代的居民、德魯伊教徒[3]、羅馬甚至早期腓尼基人的遺址，也能在這兒找到。

「『然而，最有趣的還是這塊地方，你們都知道，我叫它「寂林」，嗯，不難看出這名字的來源。』他一邊說一邊用手指著。

「這塊土地幾乎一片荒蕪，全是岩石、石南屬植物和歐洲蕨，但離這房子一百碼的地方有一片濃密的小樹林。

「『那是遠古時代的遺跡。』海登說，『那些樹曾經枯死過，現在這些是重栽的，但總體上還是保持了原貌，也許是腓尼基人住在這兒的時候，照管過這片林子。』

「我們一行人尾隨著他前行。一走進小樹林，一種莫名的壓迫感向我襲來。我想是林子一片死寂的關係，樹上甚至連鳥巢都沒有，漫溢著荒涼和恐怖的氣氛。我發現海登帶著一種神祕的微笑看著我。

「『對這地方有什麼感覺，彭德？』他問道，『是反感，還是不自在？』

「『我不太喜歡這兒。』我冷靜地說道。

「『你不喜歡是應該的，這裡是你們古代敵對教派的一個要塞，艾絲塔特[4]小樹林。』

「『艾絲塔特？』

「『艾絲塔特，或稱伊絲塔、艾絲特蕾，隨便你怎麼叫。我喜歡腓尼基人的叫法，艾絲塔特，我相信人稱艾絲塔特小樹林的所在就在這塊區域，在渥爾北方。我沒有證據，但我寧肯相信這兒真有艾絲塔特小樹林。就在這兒，在這片稠密的樹林裡，曾舉行過神聖的儀式。』

「『神聖的儀式？』黛安娜小聲地說，眼神矇矓地看著遠方。『不曉得是一種什麼樣的儀式？』

「『絕對不是什麼神聖的儀式，我猜，可能是很惹火的儀式。』羅杰斯上校乾笑說。

「海登絲毫不理會他。

「『在這樹林的中央應該有一座廟。我沒有錢蓋廟，不過我倒是憑空想像蓋了個東西。』

「這時，我們來到了樹林中的一小塊空地，在空地的中央有一座石頭建築，很顯然不是棟避暑別墅。黛安娜好奇地望著海登。

「『我把它叫作聖壇，』他說，『它就是艾絲塔特聖壇！』

「他帶著我們走上去，裡面有一根烏木柱子，柱子上有一幅奇怪的圖像，畫的是一個頭上長著彎角的女人坐在獅子身上。

「『腓尼基人的艾絲塔特，』海登說，『月亮女神。』

3 德魯伊教（Druid）是古代不列顛及法蘭西境內塞爾特人信仰的宗教。

4 艾絲塔特（Astarte），古代腓尼基人祭拜的神祇中主管生育和愛情的女神。

「『月亮女神！』黛安娜叫道，『啊，我們今晚就來狂歡吧。我們每個人都精心打扮一番，月亮升起的時候，我們都來這裡舉行艾絲塔特的儀式！』

「我突然動了一下，理查的堂弟艾略特．海登馬上轉過身來對我說：『你不太喜歡這些東西吧，牧師？』

「『是的，』我板著臉孔說，『我不喜歡。』

「他好奇地看著我，繼續說：『這只是鬧著玩而已，理查哪知道這就是真正的神聖小樹林呢？這不過是他的想像罷了，他就喜歡裝神弄鬼，總之，如果它是……』

「『如果它是什麼？』

「『哎呀，』他很尷尬地笑了笑。『身為一個牧師，你不相信那種事吧？』

「『我不確定身為牧師的我就不會相信這種事。』

「『但那已是很久之前的事了，都結束了。』

「『這可說不定，』我若有所思地說，『我只知道，通常我對周圍的環境和氣氛很不敏感，但是，今天打從我一走進這片密林的那一刻起，我就覺得被一種奇怪、邪惡、危險的氣氛籠罩著。』」

「他不安地回頭向後望去。

「『是的，』他說，『是有點古怪。我明白你的意思，可是我想，那是我們的想像讓我們產生了那種感覺，你說呢，西蒙茲？』

「沉默了一兩分鐘之後，西蒙茲醫生才慢吞吞地回答說：『我不喜歡這兒，我說不出所以然，反正就是不喜歡。』

「就在這時候，薇爾蕾・曼納琳朝我跑來。

「『我討厭這地方，』她叫道，『我討厭這地方，我們離開吧！』

「我們開始往回走，其他人跟在我們後面，只有黛安娜遲遲不動。我轉過頭去，看見她正站在聖壇前，目不轉睛地盯著上面的那幅圖像。

「那天的天氣格外炎熱，也特別晴朗，大家很樂意地採納了黛安娜的建議，晚上開個化裝舞會。於是，伴隨著笑聲和竊竊私語聲，準備工作悄悄進行著。當我們都打扮好要去享用晚餐時，當然免不了一場鬧哄哄的喝采場面。羅杰斯夫婦打扮成新石器時代的狩獵者……難怪壁爐前的那塊小地毯忽然不見了。理查・海登自稱是腓尼基的水手，他堂弟裝扮成綠林匪梟，西蒙茲醫生成了大廚師，曼納琳女勳爵扮成一位醫院護士，她女兒把自己打扮成索卡西亞[5]的奴隸。我自己則『精心』裝扮成一位修道士。黛安娜・艾許莉最後一個下來，她令我們大失所望，只穿了一套化裝舞會常見那種帶有面具、帽子的黑外衣。

「『神祕客，』她輕鬆地說，『就是我。看在上帝的份上，開飯吧！』

5　索卡西亞（Circassia），高加索區的一個民族。

「晚飯後，我們都到外面去，那是一個舒服的夜晚，暖風習習，天空掛著一輪明月。「我們漫無目的地走著、談著，時間過得很快，大約一小時後，我們才注意到黛安娜沒跟過來。

「『她應該不會上床睡覺才對。』理查·海登說。

「薇爾蕾·曼納琳搖了搖頭。『噢，不！』她說，『一刻鐘之前，我看見她往那個方向去了。』她邊說邊用手指著密林的方向。月光下，小樹林籠罩在黑暗中，顯得陰暗無比。

「『我不懂她去那裡幹什麼？』理查·海登說，『一定是惡作劇，我敢打賭，不信我們去看看。』

「我們一個跟著一個走，挺好奇艾許莉小姐究竟在搞什麼名堂。只有我，不願意走進那片暗伏凶兆的密林中去，一股強大的力量阻止著我，力勸我千萬別進去。我比任何時候都堅信，林中那塊空地上，一定有某種邪惡的東西存在。我想其他人也與我有同感，只是他們不願意承認罷了。林子裡的樹稠密得連月光都透不進來，四周發出了清柔的聲音，像是低語，像是嘆息，氣氛實在恐怖到了極點，我們大家因此本能地互相靠得更緊。

「突然，我們來到了林中的那塊空地，眾人立刻嚇得呆若木雞，停在原地動彈不得，那兒，在那聖壇的門檻上，站著一位全身裹著半透明薄紗、閃閃發光的人，一頭濃密的黑髮中冒出兩個彎角。

「『天啊！』理查·海登叫道，額頭上冒出了冷汗。

「可是薇爾蕾．曼納琳更誇張。

「『啊，那是黛安娜呀！』她尖叫道，『她怎麼了？哦，看起來完全像另外一個人！』

「門檻上的那人高舉著雙手，向前走了一步，用一種甜美的高音吟唱著。

「『我是艾絲塔特的女祭司。』她低聲唱道，『當心，別靠近我，我掌握了死亡。』

「『別這樣，親愛的。』曼納琳女勳爵抗議說，『你把我們嚇得汗毛都立了起來，真的。』

「理查突然朝她奔去。『天啊，黛安娜！』他叫道，『你太棒了！』

「現在我的眼睛已經適應了月光，我可以把她看得更清楚了。薇爾蕾說得對，她看上去確實很不一樣，臉上的東方神祕色彩更濃，瞇成一條縫的眼睛帶著一種凶光，嘴角上掛著我從未見過的怪異微笑。

「『當心！』她警告道，『別靠近女神，如果有人把手放在我身上，必死無疑。』

「『你太厲害了，黛安娜，』理查．海登叫道，『不過，別玩了吧，我……我實在不太喜歡這個。』

「他穿過草地，繼續向她走去，她伸出一隻手，指著他大叫：『你站住！再走近一步，我就要用艾絲塔特的咒語懲罰你！』

「理查笑著，加快了腳步。突然，奇怪的事情發生了……他遲疑了一會兒，像是絆了一下，然後頭朝地倒了下去，再也不曾站起來，就躺在他倒下去的地方，一點兒動靜也沒有。

「忽然，黛安娜發出一陣淒厲而歇斯底里的笑聲，打破了林間的寂靜。

「艾略特詛咒了一句，飛快跑了過去。『我受不了了！』他喊道，『起來！理查，起來呀，老兄。』

「然而，理查．海登還是躺在那兒。艾略特走到他身邊，跪下，輕輕地把他翻轉過來。他俯身凝視著他的臉，接著猛地站了起來，有些搖晃。『醫生，』他喊道，『醫生，看在上帝的份上，快過來，我……我想他是死了。』

「西蒙茲跑了過去，艾略特拖著沉重的步子又回到了我們這邊。他看著自己的雙手，臉上的神態我無法理解。

「就在這時，傳來了黛安娜失控的尖叫：『我殺了他！哦，天啊！我不是存心的，但我殺了他。』

「她昏了過去，蹉成一團，倒在草地上。

「羅杰斯太太哭了起來，『噢，我們快離開這鬼地方吧！』她嗚咽道，『我們在這兒隨時都會出事，哦，太可怕了！』

「艾略特抓住了我肩膀，『這不可能，老兄，』他喃喃自語，『這不可能，一個人是不可能那樣就被殺死的，這太邪門了。』

「我趕緊安慰他，使他平靜下來。

「『一定有某種解釋，』我說，『你堂哥一定有他自己也不知道的心臟疾病，這一驚嚇、激動……』

「他打斷我。『你不明白……』他說，把手舉起來給我看，我看見他手上有一塊紅色的汙跡。

「『理查不是死於驚嚇，他是被刺死的，刺穿了心臟，而且身上沒有任何凶器留下。』

「我不可思議地盯著他。就在這時，西蒙茲檢查完屍體，站起身，朝我們走來，他臉色蒼白，渾身發抖。

「『大家全都瘋了嗎？』他說，『這是什麼鬼地方呀？竟然會發生這樣的事？』

「『這麼說來，他是真的死了。』我說。

「他點了點頭。『從傷口上看，是一把長而薄的匕首所為，但匕首沒有留在屍體上。』

「我們都面面相覷。

「『但它必定在附近一帶，』艾略特・海登叫道，『那匕首一定是從他身上掉了下來，落在草地上的什麼地方，我們來找找看。』

「我們在地上搜尋，遍尋不著，忽然，薇爾蕾・曼納琳說：『黛安娜手裡握著一樣東西，好像是一把匕首，我看見了。當她在威脅他的時候，我看見那把匕首閃閃發光。』

「艾略特・海登搖搖頭。『他離她最少也有三碼遠。』他反駁道。

「曼納琳女勳爵向倒在地上的黛安娜俯下身去。

「『她手裡現在什麼都沒有了，』她宣布。『地上也什麼都沒有。薇爾蕾，你確定看到匕首嗎？我什麼也沒找到啊。』

「西蒙茲來到了黛安娜身邊。『我們必須把她弄到屋裡去，』他說，『羅杰斯，你來幫幫我好嗎？』

「我們把不省人事的黛安娜抬了回去，然後又去搬理查的屍體。」

彭德博士突然有些愧疚地停了下來，朝四周看看。

「拜偵探小說之賜，今天的人要比以前的人有常識。現在，連街上的孩童都知道屍體應該放在第一現場，但那時候我們不懂得這一點，所以我們把理查．海登的屍體搬回花崗岩屋內他的臥房，派管家騎自行車去找警察。警察局位於十幾英里之外。

「這時，艾略特把我拉到一邊說：『聽著，我要回林子裡去，一定得找到凶器。』

「『如果真有凶器的話。』我懷疑地說。

「他抓住我的手臂，猛烈地搖著。『你滿腦子的迷信，你認為他的死是超自然的力量造成的。好吧！我要回到林子裡，看看是不是這樣。』

「不知怎麼地，我反對他這樣做，使出渾身解數勸他不要去，但沒用。一想到那片密不透風的林子我就覺得憎惡，而且我有一股強烈的預感，感覺還會有災難發生。但艾略特是個十足的死腦筋，我想，他自己也給嚇壞了，卻不承認。帶著一定要找到謎底的決心，他又一次進入那片密林。

「這是一個可怕的夜晚，我們誰也睡不著，誰也不想睡。警方來了，顯然他們根本不相信我們所說的一切，堅持要盤問艾許莉小姐，但遭到西蒙茲醫生的強烈反對。艾許莉小姐剛從昏迷中甦醒，醫生給了她一顆長效安眠藥，到明早以前，誰也無法打擾她。

「直到第二天上午七點，西蒙茲突然問起艾略特．海登到哪裡去了，大家才想起他。我告訴他們艾略特的去向。西蒙茲陰沉的臉變得更黯淡了。『但願他沒事。這實在太……太莽撞了。』他說。

「『你該不是在暗示他會發生什麼意外吧？』

「『希望不會。我想，牧師，你和我最好去看看。』

「我知道這是應該的，但我仍然鼓足了勇氣才接下這樁差事。我們一起出發，又一次進入那片帶來不幸的林子，我們喊了他兩聲，但無人回應。一兩分鐘後，我們來到那塊空地，在晨光中它看來更形慘白，陰氣更重。西蒙茲抓住我的手臂，我發出了一聲低啞的驚叫。昨晚我們已經在月光下目睹一個面朝下倒去的人死了。此刻在晨光中，我們眼前又出現了同樣的情景……艾略特．海登正躺在昨晚他堂哥倒下去的地方。

「『天啊！』西蒙茲說，『他也遇害了！』

「我們一起跑過去。艾略特已不省人事，但還有微弱的呼吸。致傷的原因一目了然……一把長長、薄薄的青銅製凶器留在傷口上。

「『匕首刺穿了他的肩膀，而不是心臟，太幸運了。』醫生說道，『天啊！我不知該說些什麼，總之，他沒死，他能告訴我們到底發生了什麼事。』

「然而，那正是艾略特無法做到的事情。他的描述含糊極了。他四處搜尋那把匕首，但什麼也沒找到，最後，他放棄了，在聖壇附近站了一會兒，也就是那會兒，他覺得有人在林子邊盯著他，他盡力想打消這幻覺，卻怎麼也甩不掉。一股怪異的冷風開始向他吹來，這風不是從樹林中，而是從聖壇裡吹出來的。他轉過身，向裡面窺視，看見一位小個子女神，接著便眼前一片恍惚，而那女神好像變得愈來愈大，忽然他覺得兩邊的太陽穴被擊了一拳，把他打得暈頭轉向，在他倒下的時候，他覺得左肩像火燒著一樣劇疼。

「經鑑定，那把匕首是從山上那座古墓裡挖出來的，理查·海登買下了它。然而，他把它放到哪兒去了呢？放在家裡，還是在聖壇裡呢？似乎沒人知道。

「警方認為……他們通常都是這樣認為……是艾許莉小姐蓄意刺死了理查·海登，但我們大家都可證明，當時艾許莉離他有三碼遠，因此，他們無法指控她，就這樣，事情擱了下來，成了一個歷史之謎。」

一陣沉默。

「好像沒什麼可說的了。」瓊恩·朗碧荷終於忍不住說道，「一切都是那麼可怕，那麼不可思議。你沒什麼要補充了嗎，彭德博士？」

老先生點了點頭。

「有一點我想說明一下……也算是一種說明吧。很奇怪，在我腦子裡，一直有些推測，只是無從得到證實。」

「我參加過降靈大會，」瓊恩說，「信不信隨便你們，當場什麼樣的怪事都會發生。我想這可以用催眠術來解釋。那個女孩當時真的成了艾絲塔特的女祭司，我覺得是她刺死了理查·海登。也許她把曼納琳小姐見到的那把匕首擲了出去。」

「也許是長矛。」雷蒙·衛司說，「畢竟，月光不是太亮，也許她手裡拿了支長矛，從遠處刺死了他，然後是群體催眠術發揮了影響力……我是說，你們一開始就認為他是被一種超自然的力量所擊倒，因此，你們眼裡所見正是如此。」

「我在劇院目睹過許多人用刀、用匕首趁便傷人。」亨利爵士說，「我猜，有人躲在樹林後面，從那兒他能很準確地把刀或匕首射出去，當然了，他一定是位職業殺手。我承認，這看法是有些牽強，但似乎是唯一說得通的推論。還記得另一個海登說，有人在樹後面盯著他嗎？曼納琳小姐說艾許莉手中有一把匕首，而其他人則說沒有，我一點兒也不訝異。如果你們有我這樣的經歷，就會知道五個人對同一件事的看法，有時會天差地別。」

裴瑟里乾咳了幾聲。

「在所有的推測中，我們好像忽略了一個基本事實，」他說，「凶器呢？艾許莉小姐站在空地的中央，她不可能把長矛藏起來；如果是個躲在暗處的凶手射出匕首，那麼當屍體被翻過來的時候，匕首應該在傷口上。我認為，應該拋棄那些牽強的推測，回到事實上來。」

「那麼事實在什麼地方呢？」

「嗯，有一件事相當清楚：他被擊倒時沒有人在他附近。那麼，唯一能刺死他的人就是他自己，實際上，他是自殺。」

「那為什麼他非自殺不可呢？」雷蒙．衛司滿腹疑慮地問。

律師再一次乾咳了幾聲。

「啊，又是遇到推測的問題了。」他說，「現在我們暫且不去猜測他為何自殺。在我看來，除了那種我從來就不相信的超自然力量外，自殺是唯一的解釋。他刺殺了自己，就在他倒下的那一剎那，他飛快地從傷口上把匕首拔出來，扔到樹林裡去。我想，事情的經過正是如此，儘管這聽起來似乎不大可能。」

「我可不這樣認為。」瑪波小姐說，「這件事的確讓我感到很迷惘，但怪事確實會發生。去年在夏普萊太太的花園舉行的一次聚會上，那位安排高爾夫球賽的人，不小心給其中一位客人絆倒了，他一時昏迷不醒，大約五分鐘之後才醒過來。」

「好的，親愛的姨媽。」雷蒙說，「但這個人沒有殺死自己，不是嗎？」

「當然沒有，親愛的。」瑪波小姐說，「那正是我要告訴你的。很顯然，只有一種方法能刺死可憐的理查爵士。要是我能知道他一開始是給什麼絆倒的就好了。當然啦，可能是樹根。他可能一直盯著那個女孩，而且在月光下，一不留神就會被絆倒。」

「你說只有一種方法能刺死理查爵士，是嗎，瑪波小姐？」牧師帶著滿臉的好奇問道。

「這點很不幸，我甚至不願去想它。理查爵士慣用右手，對吧？我是說，傷口在左肩，說明他慣用右手。我一向替為國出征的傑克．班斯感到難過。你們還記得，他在阿拉斯激戰中開槍射傷自己的腳吧？事後我去醫院探望他，他向我道出這件事，並為自己的行為感到羞恥。我不認為這個可憐的人——艾略特．海登——能從他的邪惡罪行中獲得很多好處。」

「艾略特．海登！」雷蒙叫道，「你認為是他殺的？」

「我看不出還有其他人會下手，」瑪波小姐略顯驚訝地張大眼睛說，「我的意思是說，裴瑟里先生所言十分明智，假如我們專注於事實，漠視那個什麼異教女神裝神弄鬼的話，便能看清這點。我不認為那是上乘的表演。艾略特是第一個向理查走去的人，並給他翻身。他當然要這麼做，他一定得背對著眾人，而且他把自己打扮成綠林土匪，腰間必定佩有某種武器。我還記得年輕時曾與一位打扮成綠林土匪的人跳舞，他佩帶了五種刀和匕首，簡直難以形容做他舞伴的那種尷尬和不安。」

所有的人都把目光集中到彭德博士身上。

「我知道真相。」他說，「那場悲劇發生的第五年，我收到一封艾略特．海登寄來的信。在信中他說，他知道我一直在懷疑他，他說一切都是他一時鬼迷心竅。他太愛黛安娜．艾許莉了，但他只是一位苦苦奮鬥的小律師，如果理查死了，他就可以承襲他的封號和遺產，美好的前景就要在他眼前展開。他跪在堂哥身旁時抽出了皮帶上的匕首，還來不及思考，就把匕首插進了堂哥的胸膛，之後趕快又把匕首放回皮帶上。後來他刺傷自己以消除別人的懷疑。出發去南極探險的前一夜，他給我寫了這封信，以防萬一，他說，他可能回不來了。我不認為他會回來，我也知道他不會回來，正如瑪波小姐所說，他確實沒能從他堂哥的死亡中得到什麼好處。『五年來，』他說，『我一直生活在地獄中。我希望，至少我能死得很光榮，以補償我的罪孽。』」

大家都沒出聲。

「他的確死得很光榮。」亨利爵士說，「你把故事裡的人物改了名字，彭德，但我想我知道這個人。」

「我說過，」老牧師接著說，「我不認為艾略特殺人的動機能使大家心悅誠服。我仍然認為那樹林裡有某種邪惡的力量，這股力量驅使艾略特動手殺人。直到今天，一想起艾絲塔特的聖壇，我仍舊不寒而慄。」

03 金塊

「不曉得我下面要講的故事是否符合大家的要求，」雷蒙．衛司說，「因為我不知道結局。然而這件事情是如此有趣、離奇，因此我想把它當作一個難題提出來，說不定我們當中會有人找到一個符合邏輯的解釋。

「事情發生在兩年前，當時我與一個名叫約翰．紐曼的人到康沃爾郡一起度過聖靈降臨週[6]。」

「康沃爾郡？」瓊恩尖聲問道。

「是的，怎麼啦？」

6　指復活節過後的第七個星期日起始的一整個星期。

「沒什麼，只是有點奇怪，我要講的故事也是發生在康沃爾郡，在一個叫拉托爾的小漁村，你不會也是要講這地方發生的事吧？」

「不是的，我要講的事發生在一個叫作波佩朗的村子，它位於康沃爾郡西岸，是個原始的岩區。就在啟程的前幾個星期，有人介紹我認識這個叫紐曼的人。我發現他是個非常有趣的同伴，聰穎，特立獨行，滿腦子浪漫的想法。他最近正沉溺於沉船的打撈事業，為此，還租下了『波浪屋』。他是研究伊莉莎白時代歷史的權威，曾繪聲繪影地給我講述西班牙艦隊的潰敗，講得那樣投入，就好像他曾親眼目睹了那場戰役……是不是有輪迴轉世這回事？我挺納悶，我真的很納悶。」

「親愛的雷蒙，你真的太浪漫了。」瑪波小姐慈祥地看著他說。

「我一點也不浪漫。」雷蒙．衛司說，有些不悅。「是紐曼這傢伙滿腦子的浪漫。他讓我感興趣的地方是，他似乎像是舊時代倖存下來的怪人。據說有一艘屬於西班牙無敵艦隊[7]的船在康沃爾的海岸撞上著名的魔鬼暗礁，沉入海底，船上載著大量黃金。紐曼告訴我說，許多年以來，一直有人想把這艘船打撈上來，找到那些金子。我想這類故事大家早已耳熟能詳，雖然神祕藏寶船的故事總是虛構的多。有人成立了一家打撈公司，但很快就破產，紐曼低價買下了這玩意兒——你們怎麼稱呼它都行——總之，他買下了權利。他對這事非常熱中。據他表示，只需要最新科技和新式機械便能解決問題，金子就在那兒，他能打撈上來。

「聽著他的敘述，我突然想到，這種事太常見了。像紐曼這樣的有錢人，想做什麼的話，幾乎不費吹灰之力便能成功，然而，極有可能他找到的財富，對他來說並無多大意義。我必須承認他的熱情感染了我。我彷彿看見西班牙的大帆船向岸邊駛來，在暴風雨中顛簸，被黑色的礁岩撞得粉碎。光是『大帆船』一詞讀起來就很浪漫。『西班牙金塊』不但讓學童們激動不已，連大人們也為之心動。加上我當時正在構思一部小說，其中的某些場景就發生在十六世紀，我想我可以從紐曼身上採集到一些珍貴的地方風俗民情。

「那個星期五早晨，我與匆匆地從派汀頓出發，迫切期待這趟旅程。車裡除了我和另一個人外，幾乎空空蕩蕩。這個人坐在我對面的一個角落裡，他個子高高的，一副軍人模樣，我總覺得以前在什麼地方見過他，一時間我絞盡腦汁卻怎麼也想不出來，最後，終於記起來了，他是巴格思警官。我在寫艾弗森失蹤的報導時和他打過照面。

「我告訴他我是誰、我們曾在哪兒見過等等，很快我們就談得很投機。當我告訴他我要去波佩朗的時候，他說，這簡直太恰巧了，因為他也要到那兒去。我不想讓人覺得我好打聽，因此忍住不去問他前去的目的。相反地，我大談我對這地方的濃厚興趣，談那艘沉了的西班牙大帆船。讓我感到吃驚的是，他似乎相當清楚這艘船的事情。『你說的是璜．費南茲，』他說。『您的朋友不是第一個為了從它身上獲得財富而投下鉅資的人，這是個浪漫的

7 西班牙無敵艦隊（Armada），西元一五五八年西班牙派遣出征英國的艦隊。

遐思。』

「『也許這整個故事只是一則傳說，』我說，『根本就沒有什麼船在那兒沉了。』

「『哦，那艘船確實是在那兒下沉的。』警官說，『還有好些船也在那兒遇難了，您要是知道那一帶的海底有多少沉船，您鐵定會大吃一驚。事實上，我是為此才到那兒去的，六個月前奧特朗托號在那兒出事了。』

「『我記得我看過這個報導。』我說，『沒有人喪生，對吧？』

「『無人喪生，』警官說，『但丟了東西。大家都不知道，奧特朗托號載運了金塊。』

「『是嗎？』我好奇地問。

「『我們派了潛水員進行打撈，但金塊不見了，衛司先生。』

「『不見了！』我盯著他說，『怎麼可能不見了？』

「『這就是問題所在。』警官說，『礁岩把船上的保險庫撞開了一個洞，潛水員很輕鬆就進入了保險庫，可他們發現保險庫是空的。這下問題就來了：那些金塊是在沉船之前就被偷走了呢？還是沉船以後？或者是保險庫裡根本就不曾有過金塊？』

「『看來這是一樁奇案。』我說。

「『當你想到丟失的是金塊的時候，這的確稱得上是一樁奇案。金塊可不是那種可以放進口袋的鑽石項鍊，它的體積那麼龐大笨重。嗯，整件事情似乎根本不可能。這艘船啟航前必定有人動了手腳；如果不是這樣，那麼一定是船沉後的六個月中，讓人給搬走了。我就是去調查此事。』

「我發現紐曼在車站等我。他很抱歉沒能開著他的車來，車已經送到楚洛去修理，但他開了房東的農場貨車來接我。

「我爬上車，坐在他旁邊，我們小心翼翼地沿著這個小漁村的狹小街道繞進繞出，上了一個很陡的斜坡，我想，大概有七十五度的坡度吧，然後再沿著彎彎拐拐的小巷走了一段之後，轉入了他的波浪屋大門，大門的門柱是用花崗岩建造的。

「那是一個美麗的地方，它坐落在高聳的懸崖上，放眼望去便是大海。房子的主體已有三、四百年歷史，現代化的側翼是後來加上去的。後面是一片向內陸延伸的農場，約有六、七英畝大。

「『歡迎到波浪屋來。』紐曼說，『歡迎參觀西班牙金帆船，』他邊說邊用手指著前門，那兒掛著那艘西班牙大帆船的複製品，看似正要揚帆待發。

「第一天晚上我過得相當愉悅且獲益匪淺。主人給我看與璜・費南茲有關的舊手稿，還打開航海圖，用虛線指出位置，告訴我他打算製造新的潛水設備，可以說，我完全被這計畫迷住了。

「我告訴他說，我在車上遇到巴格思警官，他對此事很感興趣。

「『這一帶都是些怪人，』他若有所思地說，『他們每天滿腦子都是沉船呀、走私呀，一聽到有船在這一帶遇難，便認為穩當的發財機會來了。我給你介紹一個人，他是個船難的生還者，十分有趣。』

「第二天黎明時分，天高氣爽，紐曼開車把我帶到鎮上，介紹我認識他的潛水員希金斯。這人面無表情，沉默寡言，在整個談話中，他泰半哼哼嗯嗯，半句話也不說。他們談了一會兒高層次的技術問題後，我們去了三錨酒店，一大杯啤酒下肚之後，倒是叫這老兄開了金口。

「『倫敦的警探到這兒來了。』他咕噥道，『他們說那艘去年十一月在這兒下沉的船，裡面有金塊。唉，它不是第一艘在這兒下沉的船，也不會是最後一艘。』

「『對，對，』酒店老闆插嘴說，『你說對了，比爾．希金斯。』

「『事實如此，凱文先生。』希金斯說。

「我好奇地打量著酒店老闆，他長相特別，皮膚黝黑，肩膀寬闊，兩眼充血，鬼鬼祟祟地不敢正眼看人，我猜他就是紐曼提到的那位『有趣的船難生還者』。

「『我們不想有陌生人來干涉。』他有些粗暴地說道。

「『你是指警察嗎？』紐曼笑著問。

「『警察，還有其他人，』凱文意味深長地說，『千萬別忘了，先生。』

「回去的路上我說道：『你知道嗎，紐曼，我聽他那句話像是在威脅你。』

「我的朋友笑著說：『胡扯！我又不傷害這兒的任何人。』

「我懷疑地搖搖頭。凱文有些凶蠻，我覺得他的思維方式很奇怪，讓人摸不著頭腦。

「我想就是從那一刻起，我開始變得有些緊張，第一天晚上我睡得很好，第二天晚上就睡得不安穩，睡眠斷斷續續。星期天黎明時分，天氣陰沉沉的，天空烏雲密布，打著悶雷。我一向不善於掩飾自己的情緒，紐曼看出了我的變化。

「『你怎麼了，衛司？你今天早上好像很緊張。』

「『不曉得怎麼回事，』我坦承道，『我總覺得有什麼事要發生。』

「『是天氣的關係吧。』

「『是啊，也許吧。』

「我不再說什麼。下午我們乘紐曼的汽艇出海，但老天下起了傾盆大雨，我們樂得返回岸上，換上乾衣服。

「那天晚上，我的緊張情緒有增無減。屋外狂風怒號，接近十點的時候，風暴才停息下來。紐曼眺望窗外。

「『烏雲逐漸散了，我想再過半小時天氣就會轉好，到時候我想出去散個步。』

「我打著哈欠。『我睏得要命，』我說，『昨晚我睡得太少，今晚我想早點上床。』

「於是我便上床睡了。因為前一天晚上睡得太少，所以那晚睡得很沉，但腦子似乎未得到休息，依然被那不祥的預感壓迫著。我做了一些很可怕的夢，夢見我走在可怕的深淵和大斷層之間，深知一失足，就必死無疑。等我醒來時，手錶上的指針已指向八點。我的頭疼得厲害，前一晚的噩夢仍讓我心有餘悸。

「這恐怖的感覺非常強烈，因此當我走到窗前一拉開窗子的那一剎那，便嚇得向後退，又陷入了新的恐懼中……因為我第一眼看到的，或者我以為我看到的，是有人正在挖墓穴。

「好一會兒我才鎮定下來，接著我認出挖墓的人是紐曼的園丁。所謂的『墓穴』，實際上是為放在草地上等著栽種的三棵玫瑰而準備的。

「那園丁抬頭看見了我，用手碰碰他的帽子向我致意。

「『早安，先生。真是一個美好的早晨啊，先生。』

「『我想是吧。』我含糊地說，仍未從抑鬱的情緒中擺脫出來。

「不過，誠如園丁所說，那的確是個美好的早晨，陽光明媚，天清雲淡，想來一整天的天氣都會不錯。我哼著小調下樓去吃早餐。紐曼家沒有傭人，一對住在附近農場的中年姐妹每天來照顧他的起居。我進飯廳時，她們其中一個正把咖啡壺放在桌子上。

「『早安，伊麗莎白，』我說，『紐曼先生還沒下來嗎？』

「『他肯定是一大早就出去了，先生。』她答道，『我們來的時候他就不在屋子裡了。』

「我馬上又緊張起來。前兩天早上，紐曼很晚才下來吃飯，我從不認為他是一個早起的人。被那些不祥的預感驅使著，我跑上樓直奔他的臥室。臥室空蕩蕩的，而且他的床根本沒有睡過的痕跡。我稍微巡視一下房間，猜想如果紐曼出去散步，一定是穿著睡衣，因為房間裡找不到那套睡衣。

「這時我確定我那不祥的預感成真了。紐曼出去了，就像他昨晚說的，要出去走走。而由於某種原因他沒再回來，為什麼？出事了？還是墜落懸崖？我必須馬上出去找人。

「幾個小時之後，我召集了一大幫人，我們沿著懸崖的各個方向尋找，也在下面的岩石堆中搜索，但就是不見紐曼的蹤影。最後，絕望的我找來了巴格思警官。他一聽，臉色變得鐵灰。

「『說不定遭人殺害了，這一帶有不少刁民。你見過凱文嗎，那個三錨酒店的老闆？』

「我告訴他說我見過此人。

「『你知道他四年前曾因為毆打傷害罪蹲過監獄嗎？』

「『我一點兒也不感到意外。』我說。

「『這兒的人都說你朋友太愛管閒事，但願他沒出什麼事情。』

「大家加倍努力繼續尋找，直到那天下午接近黃昏的時候，我們的努力才有了回報。我們在紐曼家的庭園角落找到了他，他被丟進一條深溝裡，手腳都被人用繩子牢牢地捆著，嘴裡塞了手帕，以防他叫出聲來。

「他已筋疲力盡，疼痛難忍，但稍微活動了手腳並喝一大口威士忌之後，他已經緩過神來，可以對我們敘述事情的經過。

「昨晚的暴雨停歇後，大約十一點左右，他出門走走。他漫不經心地順著峭壁走了一段距離，來到人們稱之為『海盜灣』的地方，這裡到處都是山洞。他看見有些人正從一艘小船往岸上卸東西。他悄悄地溜下去想看個究竟。不知道他們搬的是什麼，但看起來反正很沉，這些東西被搬進了灣裡最遠的一個山洞裡。

「雖然這也沒有不妥，但紐曼還是覺得奇怪，他躡手躡腳往前再靠近些，突然有人叫了起來……他被發現了。兩個身強力壯的水手馬上向他襲來，把他打得失去知覺。等他醒來時，他發現自己躺在一輛貨車上，貨車砰砰砰地顛簸著，他猜想車子正從海邊往村子裡開。然而，使他感到驚訝的是，貨車拐進了通往他家的大門，那些人交頭接耳了一番之後，把他從貨車上拉了下來，扔進一條深溝裡，這溝很深，溝裡的人起碼要一段時間才會被發現。隨後貨車開走了，他想是經由距離村子四分之一英里的另一道門出去的。至於襲擊他的人，除了知道他們是水手、操著康沃爾郡的口音外，其他就一無所知了。

「巴格思聽得津津有味。『這樣看來，那些東西就藏在那兒，』他叫道，『他們從沉船中撈出了金塊，藏在某個山洞裡。大家都知道我們已經搜遍了海盜灣的每一個山洞，下一步我們會去更遠的地方搜尋。很顯然他們摸黑把這些金塊搬移到我們已經搜過、而且不會再搜的某個山洞裡。不幸的是，從當時到現在至少已過了十八個小時。假如他們是昨晚發現紐曼先生的，我懷疑我們現在是否能在那裡找到金塊。』

「警官立即前去搜查，他發現了確實的證據，顯示金塊的確如他所料曾在那兒藏過，但金塊已經又一次被搬走。至於新的藏匿之地則毫無線索。

「然而第二天早上，警官親自指出一條線索給我。『很少有車走這條路，』他說，『我們在一兩個地方發現車輪留下的明顯痕跡，有一個輪胎的外側有一個三角形的東西，因此，它的痕跡與其他車子的痕跡不會混淆，從這些地上的痕跡可以看出，車是從大門進來，從另一個門出去。毫無疑問，這就是我們要找的車。為什麼這些人要把車從距離較遠的門開出去呢？很顯然，那貨車是從村裡開出來的。現在村裡沒有多少人有這樣的貨車，不會多於三輛。三錨酒店的老闆凱文就有一輛。』

「『凱文原來是幹什麼的？』紐曼問。

「『你竟然會問這樣的問題，紐曼先生，他年輕的時候可是個職業潛水員呀。』

「紐曼和我面面相覷。所有的疑點好像一點一點地串了起來。

「『那天在海邊的那群人中沒有凱文嗎？』警官問。

「紐曼搖了搖頭。

「『恐怕我無法說什麼。』他遺憾地說，『我當時實在來不及搞清楚狀況。』

「警官很友好地邀請我跟他一起去三錨酒店。它們的車庫在沿街這一面，大門緊閉，但沿著街邊的一條小巷往上走一點，我們就發現了一道小門可以通到車庫裡面。小門開著，警官立即檢查輪胎。『我們逮到他了，好！』他叫道，『這車的左後輪胎上有明顯的標記。好，凱文先生，我看這次你再怎麼聰明也賴不掉了。』」

雷蒙．衛司突然停了下來。

「嗯？」瓊恩問，「到目前為止，我看不出這案子有什麼問題，除非他們根本沒找到那些金塊。」

「他們當然沒找到金塊。」雷蒙說，「而且他們根本也無法逮捕凱文。凱文太狡猾了，他們抓不到他的把柄。解釋不通的是，他那麼聰明的人，怎麼會在地上留下那些帶有明顯痕跡的車輪印呢？不僅如此，還有一件怪事。就在車庫大門的對面，有一棟小木屋，是一位女藝術家租下來避暑的。」

「噢，女藝術家！」瓊恩邊說邊笑。

「說得沒錯，『噢！女藝術家！』而這位呢，已經病了好幾個星期，有兩個醫院護士在看護她。那天值班護士拿了把安樂椅坐在窗前，窗簾是開著的，她宣稱如果對面的貨車曾經離開車庫，它是不可能逃過她的視線，而她發誓那輛貨車那天晚上從未離開過那間車庫。」

「我想那不是問題。」瓊恩說，「護士必定是睡著了，她們經常這樣。」

「那……呃，也有可能。」裴瑟里審慎地說，「不過我認為我們似乎未經推敲就接受了這些事情。在接受那位護士的證詞之前，我們應該先考察她的可信度有多少。那樣脫口而出的證詞令人生疑。」

「那位女藝術家也作了證。」雷蒙說，「她說她當時頭疼得很厲害，幾乎一整晚沒有入睡。那輛貨車的聲音那麼大，若曾經開動，她一定會聽到聲音。而且暴風雨後的夜晚又格外寧靜。」

「嗯，」牧師說，「那確實是一個旁證。凱文先生本人有不在場證明嗎？」

「他聲稱從十點起他一直在家裡睡覺，但沒有證人可以證實這一點。」

「那護士睡著了，」瓊恩說，「那病人也睡著了。病人總認為他們整晚都未闔眼。」

雷蒙．衛司帶著詢問的目光望著彭德博士。

「你們知道嗎，我實在為凱文抱屈，這可真是一朝背惡名，終身難擺脫。凱文是坐過牢，但在這個案子中，除了那個有明顯標記的車輪之外，沒有什麼證據可指控他。」

「亨利爵士，你看呢？」

亨利爵士搖搖頭。

「碰巧，」他笑著說，「我知道一些與此案有關的事，所以我不便開口。」

「那麼，該你了，珍姨媽，你沒有什麼要說的嗎？」

「等一會兒，親愛的。」瑪波小姐說，「恐怕我把針數弄錯了，兩針反針，三針平針，空一針，兩反針，好了，沒錯。剛才你說什麼，親愛的？」

「你有什麼看法？」

「你不會喜歡我的看法，親愛的，年輕人都不喜歡我的看法，我注意到了。我最好是什麼都別說。」

「胡說，珍姨媽，快說出來吧。」

「好吧，親愛的雷蒙。」瑪波小姐說，放下她手中的織物，盯著她外甥。「我覺得你應該仔細挑選你的朋友，你太輕信別人，太容易上當了。我想作家都是這樣，想像力太豐富了。什麼西班牙帆船的故事！如果你年紀大一些，生活歷練多一點，你會立刻就生起戒心。

對一個你才認識幾個禮拜的人尤其要小心！」

亨利爵士突然一陣大笑，並拍打著膝蓋。

「雷蒙，這下你輸了，」他說，「瑪波小姐，你太厲害了。孩子，你那位朋友紐曼有另一個名字，事實上他有好幾個化名。眼下，他不在康沃爾郡，而在達特穆爾的德文郡，說得再準確點，是在普林斯頓監獄服刑。我們抓他不是因為他偷了金塊，而是因為他洗劫倫敦一家銀行的金庫。接著我們調查他過去的紀錄，發現他把偷來的許多金塊埋在波浪屋的花園裡。真是個妙計。康沃爾郡沿岸到處都能聽到沉船藏寶的故事。潛水員、搬運金塊等都是事先設計好的。但還需要一名代罪羔羊，凱文正是最佳人選。紐曼把他的戲演得非常好，而我們的朋友雷蒙呢，頂著大作家的名號，更成了一個完美無瑕的目擊證人。」

「那麼輪胎上的記號呢？」瓊恩問。

「噢，我很快發現了這一點，親愛的，儘管我不大懂車子。」瑪波小姐說，「你知道，車胎是可以換的，我常常看到別人換車胎，那麼，他們當然可以從凱文的貨車上卸下一個車胎，從車庫的小門出來，經過小巷，把車胎裝在紐曼的貨車上，再從一個門開出去到海邊，載了金塊，再從另一個門開上來，然後他們又把車胎重新裝在凱文的貨車上，我猜，這時有另外一人在深溝裡把紐曼捆起來。被捆著的滋味當然難受，而且時間也超過他所料。看來，那個自稱園丁的人就負責這件事。」

「你為什麼說『自稱園丁的人』，珍姨媽？」雷蒙好奇地問。

「唉，他不可能是真的園丁吧？」瑪波小姐說，「大家都知道，園丁在聖靈降臨週的星期一是不工作的。」她微笑著，把她的織物摺起來。「還真是這一點小常識讓我找到正確方向。」她說，然後看著對面的雷蒙。「有朝一日你自己當家，有了你自己的園丁之後，就會知道這些小事情。」

04 血染人行道

「那件事非常奇怪，」瓊恩說，「我實在不太願意重提往事。那是發生在很久以前，確切地說已有五年了，但它一直縈繞在我心頭，揮之不去。它表面上充滿陽光、歡笑，但實際上卻令人毛骨悚然。更怪的是，我那時畫的那幅素描居然也籠罩著這種氣氛。你第一眼看到那幅素描的時候，眼中只是康沃爾郡坡度舒緩的街道，陽光灑了一地；但凝視一段時間後，一種陰森森的感覺就從中冒了出來。我沒把這幅素描賣掉，但也不想再看到它，就把它放在畫室的一個角落裡，面對著牆。

「事情發生在一個叫拉托爾的地方。它隸屬於康沃爾郡，一個十分特別的小漁村，風景如畫……太如夢如畫了，也許。那裡到處瀰漫著『康沃爾老茶館』的氣息，各種各樣的商店隨處可見，店裡的女孩都剪著短髮，穿著罩衫，在羊皮紙上手繪格言。這小地方美麗、奇特，但非常人工化。」

「我看，」雷蒙·衛司咕噥著。「那都是大型遊覽車惹的禍。無論通往目的地的道路有多狹窄，如今已經沒有一個風景如畫的村子能幸免於難。」

瓊恩點了點頭說：「通往拉托爾的都是小路，而且這些小路的坡道都很陡峭，差不多有屋頂的側面那樣的斜傾。好了，我開始我的故事吧。我當時到康沃爾去，打算停留兩個禮拜，去寫生。在拉托爾有一間很古老的旅館，叫『波哈維思』，據推測，這個小旅館是西班牙人在一五〇〇年左右砲轟這塊土地時修造的房子，也是至今唯一留存的一棟。」

「不是砲轟，」雷蒙·衛司皺著眉頭說，「要符合史實，瓊恩。」

「好吧，總之，他們帶著槍上了岸，向岸上的居民開火，房屋應聲倒塌。反正，這不是重點。那棟旅館很漂亮，很古老，門前有一個四柱迴廊。某天我選了一個非常好的角度，打開畫夾準備工作。這時候，一輛小車從山丘上蜿蜒向這邊徐徐開來，當然，它就停在旅館前面，正好停在阻擋到我的視線的地方。從車裡下來一男一女，我沒有特別留意他們，只看到那女的穿了一套淡紫色亞麻洋裝，戴一頂淡紫色的帽子。

「一會兒，那男的又從旅館走出來，謝天謝地，他把車開到碼頭，就停在那兒。他信步走來，經過我身旁走向旅館。就在這時，又有一輛該死的車沿著彎曲的山路向這邊開來。車裡下來的那個女人穿了一件我所見過最刺眼的印花棉布洋裝，我想是猩紅的聖誕紅色吧，戴一頂具有民俗風味的大草帽，應該是古巴產的，也是非常鮮豔的猩紅色。

「這女人沒把車停在旅館前，而是把車開到了街另一頭的一家旅館。隨後她下了車，那男人一看見她便驚訝地大喊：『凱蘿！真是太好了，想不到在這種偏僻的地方見到你，好多年不見了。嗨，瑪潔莉也在這兒，我太太，你知道的，你一定要去見見她。』

「他們肩並肩地沿著上坡路向波哈維思旅館走來，另一個女的則從門裡出來，走下去迎向他們。那個叫凱蘿的女人從我身邊經過的時候，我瞟了她一眼，只看見她下巴塗得很白，嘴唇則是火紅的猩紅色。我懷疑，我很懷疑瑪潔莉會樂意見到她。我沒在近距離看過瑪潔莉，但從遠處看，她看起來很土，而且超級呆板。

「當然，這些都不關我的事，但生活中總是有許多莫名的一瞥，會讓你禁不住東猜西想。他們離我有一段路，我只能斷斷續續聽到隻字片語，他們在討論去游泳的事。那丈夫，好像叫丹尼斯，想租一條船沿著海岸繞一圈。他說，沿海一英里外有一個著名的山洞值得一看。凱蘿也想去看看那山洞，但她建議沿著海邊的懸崖走，從陸路下去，她說她討厭乘船。最後他們找到了一個折衷的辦法：凱蘿沿著懸崖小路走，丹尼斯和瑪潔莉划船過去，在山洞那兒會合。

「聽他們談起游泳，我也想游了。那天早上很悶熱，我的繪畫又不怎麼順利，而且，我想下午的陽光會更迷人，因此，我收拾好畫具，去了一個我知道的小海灘，和山洞的方向正好相反，那是我個人發現的專屬海灘。我游得十分暢快，午餐吃了一罐牛舌、兩顆番茄，下午我滿懷自信、活力充沛地返回旅館，準備繼續作畫。

「這段時間整個拉托爾像是睡著了似的。我的判斷沒錯，下午的陽光確實很美，陽光投射下的陰影妙不可言。波哈維思旅館是這幅素描的主體，一縷斜陽傾照在廊前的地上，產生一種奇特的效果。我想那三個去游泳的人大概都平安回來了，因為有兩件泳衣，一件猩紅色的，一件深藍色的，曬在陽台上。

「我畫布的一個角角出了點問題，我俯下身去把它弄好，那只是一會兒的工夫，但等我再抬起頭來時，發現有個人斜靠在波哈維思的一根柱子上。這人好像是從地裡頭鑽出來的，穿了一件只有在海上作業的人才會穿的衣服，我猜他可能是漁夫。他滿臉長著黝黑的落腮鬍，如果我要找一個凶狠的西班牙船長當模特兒，我想不出有誰比他更合適。我興奮地趕快拿起畫筆，想在他離開之前把他畫下來，儘管他看起來好像準備要生生世世杵在那根柱子旁。

「不過，最後他還是移動了，所幸在他離開之前我已把我想要的部分畫了下來。他朝我走過來，開口說話。噢，他可真會說話。

「『拉托爾……』他說，『是個非常有趣的地方。』

「這點我已經知道，但儘管我這麼告訴他，還是無法僥倖逃脫——他巨細靡遺地告訴我西班牙人砲轟——我是說，摧毀這個村子的經過，還有村子裡最後被殺害的那位波哈維思旅館老闆是怎麼死的，他說那老闆在跨出自家門檻時，被一個西班牙船長用劍刺穿了胸膛，鮮血濺在人行道上，一百多年來沒有人能把這地上的血跡洗乾淨。

「那天下午的沉寂氣氛正是這段故事的最佳場景。那人的聲音很友善，但我同時感覺到在這種友善的語氣下隱藏著某種恐怖的東西。表面上他態度十分謙卑，但我覺得這謙卑的背後是殘忍。他讓我第一次深切體會到宗教法庭及西班牙人的種種暴虐行徑。

「他與我交談時我一直在作畫，猛然，我發現聽故事聽得津津有味的我，竟在畫布上畫了一些現場不存在的東西……斜陽中波哈維思門前的白色人行道上，我畫上了血跡！大腦竟然能對手開這種玩笑，看來似乎不可思議，但當我再度抬頭朝旅館看時，我又大吃一驚，我畫的正是我所看見的……白色人行道上的鮮血。

「我瞪大雙眼凝視了一兩分鐘，然後把眼睛閉上，自言自語：『別傻了，那兒其實什麼也沒有。』隨後我又睜開雙眼，那血跡仍舊在那兒。

「我突然覺得再也受不了了，於是打斷了那個說個沒完的漁夫。

「『請告訴我，』我說，『我的視力不太好，在那個人行道上的東西是血跡嗎？』

「他友好、寬容地看著我。

「『現在不會有血跡了，小姐，我跟你說的是將近五百年前的事。』

「『沒錯，』我說，『但現在……人行道上……』我的話卡在喉嚨裡，我明白，很明白他不可能看到我所看到的東西，我站起來與他握了握手，收拾我的畫具。正在收拾的時候，早上開車來的那個男子從旅館大門走了出來，茫然地向街的兩頭張望，他妻子在陽台上收起泳衣。

「他沿街而下，走向他停車的地方，但又突然一轉身，穿過街道，向那漁夫走去。

「『朋友，請問，你有沒有看見那邊第二輛車的女車主回來過？』

「『那個穿著花洋裝的女士嗎？沒有，先生，我沒見到她回來過，今天早上，她順著懸崖的小路朝山洞方向去了。』

「『我知道，我知道，我們一起在那裡游泳過，後來她說她要走路回來，之後我就再也沒有見過她。走這段路不需要花這麼久的時間。這附近的懸崖不危險吧？』

「『這要看走哪條路了，先生，你最好找一個熟路的人帶你去。』

「很顯然他指的是他自己，於是他開始說明情況，那年輕人不耐煩地打斷他，跑回旅館，朝著在陽台上的妻子喊道：『瑪潔莉，凱蘿到現在還沒回來，你說怪不怪？』

「我聽不清瑪潔莉的答話，可是她丈夫繼續說：『唉，我們不能再等了，我們得繼續趕路，去朋萊塔。你準備好了嗎？我去發車。』

「他去把車開了過來，不一會兒，他們雙雙離開。這時，我緊張兮兮地去查證我的幻覺究竟有多可笑。等那車子消失之後，我走到旅館前，仔細檢查了人行道。當然，那兒沒有任何血跡。沒有，所有的一切都是我荒誕的想像而已。然而，不知怎地，這樣讓事情變得更恐怖。我正站在那兒發愣的時候，傳來了那漁夫的聲音。

「他好奇地看著我。『你覺得你看見這兒有血跡，嗯，小姐？』

「我點點頭。『太奇怪了，太奇怪了。我們這兒有種迷信的說法，小姐，如果有人看見這兒有血跡……』他住了口。

「『怎樣呢？』我說。

「他說話的時候帶著很重的康沃爾口音，但語調自然流暢，發音正確，完全沒有康沃爾郡人說話時那種做作的腔調。他用一種溫和的語氣繼續說：『小姐，他們說，如果有人看見這地上有血跡的話，二十四小時內就會有人死亡。』

「太恐怖了！我全身發毛。

「他繼續解說道：『小姐，教堂裡有一幅很有意思的畫，是關於死亡的……』

「『不了，謝謝。』我斷然說道，立即拔腿沿著上坡的路直奔我租下的小木屋。我才剛到，就遠遠看見那位叫凱蘿的女人沿著懸崖邊的小路走來，她慌慌張張的，在灰色岩石的映襯下，猶如一朵鮮紅的毒花，那帽子的顏色就像殷紅的鮮血……

「我不寒而慄，真的，我滿腦子充血。

「過了一會兒，我聽見她發動車子的聲音，我在想，她是否也要去朋萊塔，但她把車開上了左邊那條路，那是完全相反的方向。我看著那車爬上山，隨後消失，這時我才鬆了一口氣，拉托爾似乎又恢復了它的平靜。」

瓊恩剛停下來，雷蒙．衛司就問：「假如你說完了，我這就告訴你我對此事的看法……消化不良，飯後視覺幻象。」

「還沒完呢，」瓊恩說，「你們該聽聽後來的故事。兩天後，報紙上刊登了一則標題為『下海游泳不幸身亡』的消息，上面說德克太太，丹尼斯．德克上校的妻子，在那附近的藍地灣不幸溺斃。當時，她與丈夫住在那兒的一家旅館裡，說他們本來打算去游泳，但一陣冷風吹了起來，德克上校說天氣太冷，就與旅館的一些房客去了附近的高爾夫球場；德克太太不覺得冷，便獨自去了海灣。她一去不回，她丈夫開始慌了，就與他的幾個朋友一起去了海邊，他們在一塊岩石邊上發現她的衣服，但怎麼也找不到這位不幸的女士。差不多一星期以後，大家才發現她的屍體，屍體被海水沖到不太遠的海岸上，頭上有遭受重擊的痕跡，是死亡之前留下的。理論上講，她一定是跳入水中的時候撞上了岩石。我算了算她死亡的時間，剛好是在我看到血跡的二十四小時之後。」

「我抗議，」亨利爵士說，「這根本不是個難題，這是一個鬼故事。朗碧荷小姐顯然是個靈媒。」

裴瑟里像往常一樣咳了一聲。

「有一點讓我感到很奇怪，」他說，「就是那頭上的一擊。我認為我們不能排除謀殺的可能，但我找不到任何依據。朗碧荷小姐的幻覺或者說視覺，確實很有意思，但我不清楚她想讓我們分析些什麼呢？」

「消化不良和巧合。」雷蒙說，「再說，你也不能肯定報上說的那個人就是你見到的那個人。而且，那個詛咒……不管是什麼，也只對拉托爾當地的居民有影響。」

「我認為，」亨利爵士說，「那個一臉凶相的漁夫和這件事一定有關。但我贊同裴瑟里的觀點，朗碧荷小姐的確沒給我們多少判斷依據。」

瓊恩轉向彭德博士，他只是笑著搖搖頭。

「這是個很有趣的故事。」他說，「但我也同意亨利爵士和裴瑟里的看法，我們能進行推測的依據太少了。」

隨後瓊恩又轉向瑪波小姐，好奇地看著她，瑪波小姐回她一笑。

「我也認為你有些不公平，親愛的瓊恩。」她說，「當然了，對你我來說未必是如此。我是說，我們兩個是女人，對服飾都有著特殊的敏感度，但把這樣的問題擺在男人面前，就不太公平了。她一定匆匆地換了很多次衣服。真是一個惡毒的女人……加上一個更惡毒的男人。」

瓊恩瞪大了眼睛看著她。

「珍姨媽，」她說，「我是說，瑪波小姐，我相信、我完全相信你已猜到了真相。」

「哦，親愛的。」瑪波小姐說，「我坐在這兒聚精會神地聽你講，當然比你更容易了解真相，你是一個藝術家，所以很容易受環境的影響，不是嗎？坐在這兒編織東西，比較容易發現事情的真相。人行道上的血跡是從掛在陽台上的泳衣上滴下來的，泳衣是紅色的，罪犯當然沒想到泳衣沾到了血。可憐的東西，可憐的小東西！」

「對不起，瑪波小姐，」亨利爵士說，「你知道，我們還是一頭霧水。你說的這些話，你和朗碧荷小姐似乎都明白，可我們這些男人好像墜入了五里霧中。」

「現在我來告訴你們這故事的結尾。」瓊恩說，「一年後，我去了東海岸一處海濱勝地，當時我正在畫畫，突然間，那種似曾相識的情景又出現在我眼前。我前面的人行道上有兩個人，一男一女，正與另一個穿著猩紅色印花棉洋裝的女子寒暄。『凱蘿，真是太好了！想不到這麼多年後能在這兒見到你。你不認識我的妻子吧？瓊，這是我的老朋友哈婷小姐。』

「我一眼就認出了那個男人，他就是我在拉托爾見過的那個叫丹尼斯的人。不過他換了太太，也就是說，她是個叫瓊的女人，不是瑪潔莉；但她們是同一類型的人……年輕、很土氣、毫不起眼。我一時以為我眼花了。他們開始談游泳的事。我告訴你們我做了什麼。我徑直朝警察局走去。他們也許會以為我精神出了毛病，可是我不在乎。事情進行得很順利，警察局有一位從蘇格蘭警場專程趕來的人，正是為此案而來。好像是……哦，說來真恐怖，警察局盯上了丹尼斯．德克。那不是他的真名，他根據不同的場合取不同的化名。他到處物色女孩子，通常是那些不起眼、內向、沒什麼親戚朋友的女孩，然後與她們結婚，替她們買巨額的人壽保險。噢，太可怕了！那個叫凱蘿的人才是他真正的老婆，他們總是攜手進行計畫。警方循著這條線索要將他逮捕到案；保險公司也開始起疑。每次他都是帶著新太太來到僻靜的海邊，然後另一個女人就會突然出現，隨後他們一起去游泳。接著新太太被謀殺，凱蘿穿上死者的衣服和他一起搭船回去。接下來他們便離開，無論在什麼地方，他們離開之前，總會打聽一下那位『凱蘿』的下落。兩人一出了村子，凱蘿馬上換上自己那套絢麗的衣服，畫上她慣常的濃妝，又回到原來的地方，開著她的車離開。他們摸清水的流向，妻子不幸溺死的地點就是順流而下的下一個海濱浴場。凱蘿再扮回新太太，去某個無人的海灘，把身上那套衣服脫下來，放在岩石上，再穿上她猩紅色的外套，在一邊靜靜地等候著，等她的丈夫與她會合。

「我猜，他們在謀殺可憐的瑪潔莉時，血濺到了凱蘿的泳衣上，而泳衣恰好是紅色的，因而他們沒注意到。正如瑪波小姐說的那樣，他們把泳衣掛在陽台上的時候，血滴了下來。噢！」她哆嗦了一下。「我好像現在還看得到那灘血。」

「沒錯，現在我想起來了。」亨利爵士說，「戴維斯是他的真名，我忘了在他的許多化名中，有一個是叫德克。真是一對狡猾透頂的犯罪搭檔！讓我感到吃驚的是，居然沒有人認出她不同的變化。我想，可能就像瑪波小姐所說的那樣，衣服比臉更容易引人注意。不管怎麼樣，他們的手法還是很高明。儘管我們懷疑戴維斯，但要將他繩之以法並不容易，因為他永遠有完美的不在場證明。」

「珍姨媽，」雷蒙好奇地看著她說，「你是怎麼發現真相的？雖然你過著單純平靜的生活，但也沒有事能嚇得了你。」

「在這個世界上，許多事情有著驚人的相似之處。」瑪波小姐說，「你們知道那個格林太太吧？她埋葬了五個孩子，而事前為每個孩子都買了保險。唉，這自然會讓別人起疑心了。」她搖了搖頭。「鄉村生活中也隱藏許多罪惡。我真希望你們這些可愛的年輕人，永遠也不要了解這個世界有多麼邪惡。」

05 機會與動機

裴瑟里比平時更誇張地清了清嗓子。

「聽完那麼多聳動的故事之後，恐怕我要講的小問題會讓大家覺得太平淡。」他帶著歉意說，「我的故事裡沒有血腥味，但在我看來，這是個有趣且相當巧妙的小問題，而且，幸運的是，我剛好知道答案。」

「該不是可怕的法律問題吧？」瓊恩·朗碧荷問，「我是指法律條文，以及一堆一八八一年巴納比與史金納對簿公堂的細節。」

裴瑟里先生從鏡框上方讚賞地看著她微笑。

「不，不，我親愛的小姐，這點你不用擔心，我要講的故事簡潔明瞭，就算不是我們這行的人都能理解。」

「可別出一些法律詭辯上的問題。」瑪波小姐用棒針指著他說。

「放心好了。」裴瑟里說。

「唉，這很難說，不過還是讓我們來聽聽這故事吧！」

「事情與我的一個委託人有關，我且把他叫作克洛德……西蒙．克洛德。他是一位相當有錢的人，住在離這兒不遠的一棟大房子裡。他有個兒子在戰爭中犧牲了，留下一個孩子，一個小女孩。她母親一生下她就死了，而她父親死去後，她祖父收養了她。老人家對她寵愛有加，小克莉絲在祖父面前可以隨心所欲。我從未見過像他這樣溺愛小孩的人。這孩子在十一歲的時候得了肺炎死了，當時他痛苦絕望的程度，我無法形容。

「可憐的西蒙．克洛德悲傷到了極點。最近，他的一個弟弟死後身無分文。西蒙．克洛德慷慨地給他弟弟的孩子們提供了一個家。兩個侄女，一個叫葛莉絲，另一個叫瑪麗，還有一個侄兒，叫喬治。儘管對子侄們仁慈慷慨，這個老人家卻從來沒在他們身上傾注他對待小孫女的那種愛與關懷。喬治．克洛德在附近的一家銀行裡找了份工作；葛莉絲嫁了一位年輕聰明的藥劑師，他叫菲利普．賈羅德；文靜且矜持的瑪麗則留下來照顧她的伯伯。我想，她是以她那含蓄的方式愛著她的伯伯。一切看來似乎都很平順。小克莉絲死後，西蒙．克洛德來找過我，要我重擬一份新的遺囑。根據這份遺囑，他的龐大財產將均分給他的侄兒侄女們，每人各得三分之一。

「時間一天天過去。一天我偶然碰到喬治．克洛德，我向他打聽他伯伯的情況……我好久沒見到他了。讓我感到意外的是，喬治的臉色頓時沉了下來。『我真希望你能讓西蒙伯伯恢復理智。』他沮喪地說。他那誠實但並不很帥的臉上滿是困惑和焦慮。『這場招魂術愈演愈烈了。』

「『什麼招魂術？』我問，驚訝不已。

「喬治一五一十地講了克洛德先生是怎麼逐漸對通靈術感興趣，又因為這興趣的關係，巧遇一個叫尤瑞蒂．斯普拉夫人的美國靈媒。喬治十分篤定地把這個女人描繪成一個道道地地的騙子，說她完全控制了西蒙．克洛德。她老是待在他的大房子裡，也在他家舉行過很多次降靈大會，克莉絲的靈魂每次都會現身在溺愛她的爺爺眼前。

「我在此先聲明，我不是那種嘲笑和鄙視通靈術的人，但我只相信有根據的東西，這點我已經說過。而且，我認為當我們以不偏不倚的態度，從通靈術本身的角度來衡量證據的時候，有許多東西便不能籠統地都歸為騙術，或是把它簡單地擱置在一旁。所以，我既不輕信也非全然不信。有些見證讓人不得不信。

「當然，通靈術也很容易被一些騙子利用。從喬治．克洛德告訴我的這個尤瑞蒂．斯普拉夫人的情形來看，我愈來愈相信西蒙．克洛德已落入壞人手裡，這個斯普拉夫人很可能是個惡劣的騙子。處事精明的老先生，可能是因為摯愛去世的孫女才會不小心受騙了。

「我不斷反覆思考這件事情，愈想愈不安。我很喜歡克洛德家的這些年輕人，瑪麗還有喬治。我覺得那個斯普拉夫人會影響他們的伯伯，而給他們帶來麻煩。

「我盡快找了一個藉口去拜望西蒙．克洛德。我發現斯普拉夫人以貴賓身分住在克洛德先生家裡。一看見她，我便充滿反感。她是個中年的胖女人，穿得花枝招展，嘴邊老是掛著像『我們已過世的摯親』等等諸如此類的用語。

「她的丈夫阿布沙．斯普拉也住在這房子裡。他身材瘦高，表情憂鬱，賊頭賊腦。機會一來，我馬上把克洛德拉到一邊，很巧妙地提起通靈術。他立刻津津樂道說尤瑞蒂．斯普拉真是棒極了！她直接應驗了他的祈禱！她不求金錢的回報，拯救一顆苦難的心所帶來的喜悅對她就已足夠。她對小克莉絲懷有母愛。他開始把她當作親生女兒一樣對待。隨後他繼續向我講起一些細節，說他是怎樣聽到克莉絲說話的聲音，說他與她的父母在一起過得很好很快樂。還跟我講了一些克莉絲說出的感覺……這些在我的記憶裡，根本不像是克莉絲的言行；她還特別強調『爸爸媽媽都愛親愛的斯普拉夫人』。

「『不過，當然了，』他突然停了下來。『你一定對此嗤之以鼻，裴瑟里。』

「『不，其實不然。正好相反，有些論述通靈術者所做的見證，我由衷地接受，而且我會相信並尊重他們推薦的靈媒。我想這位斯普拉夫人很值得信賴囉？』

「西蒙對斯普拉夫人已經到了心醉神迷的地步。他認為她是上帝派到他身邊來的。他與她在一處海濱勝地邂逅，那年夏天他在那裡待了兩個月。一次偶然的巧遇，帶來了如此令人意外的結果！

「我非常不滿地離開他家，我最深層的憂懼果然成真，但我不知所措。經過一番審慎的思考之後，我決定給菲利普．賈羅德寫封信，這位菲利普．賈羅德，我前面提到過，才剛娶了克洛德家的長女葛莉絲。我把問題攤在他的面前，當然了，措辭上字斟句酌。我在信中指出，這個女人控制了老先生的思想，以及由此帶來的危險。如果可能的話，我建議盡可能安排老克洛德先生與某個聲譽良好的通靈者接觸，我認為，這對菲利普不是件難事。

「賈羅德立即行動。他發現西蒙．克洛德的健康狀態令人擔憂，這一點我沒注意到。他是一個務實的人，不想讓他妻子以及小姨子、小舅子應得的遺產被外人奪走。一個禮拜後，他來到了克洛德的大房子，帶來一位客人，這人正是大名鼎鼎的郎曼教授。郎曼是一流的科學家，因為他與降靈界人士往來，才使得他們得到公眾的尊重。他不僅是傑出的科學家，也是非常正直的人。

「這次拜訪的結果讓人沮喪。拜訪期間，郎曼都相當沉默寡言，他一共舉行了兩次降靈大會，在什麼樣的情況下進行的我不知道。郎曼教授在克洛德家的時候一直三緘其口，然而，他回去之後立即給菲利普寫了一封信，信中他坦承他找不出斯普拉夫人有什麼欺詐行為，不過他個人認為她不是真的通靈。他還說，如果賈羅德覺得沒什麼不妥的話，可把他的信出示給他的伯伯。他建議賈羅德安排他伯伯與一個真正的靈媒接觸。

「菲利普直接把信轉給伯父，但結果大出他所料。老人家大為光火，說這擺明是要陰謀破壞斯普拉夫人的名譽，是對一個聖人的誹謗和陷害！她曾跟他提過這裡的人對她心存忌恨。老人家說，郎曼當然看不出她有什麼欺詐行為，尤瑞蒂在他生命中最低潮的時候來到他身邊，給他幫助和安慰，他準備贊助她的事業，儘管這會引起他與家裡其他成員間的不和，對他來說，在這個世界上，斯普拉夫人比其他任何人都重要。

「菲利普・賈羅德怒氣沖沖地離開了那棟房子。克洛德這次勃然大怒之後，導致他自己的健康狀況急轉直下。最後一個月裡，他只能躺在床上苟延殘喘，靜候死神讓他解脫。菲利普離開後的第二天，有人緊急捎來一個口信，我馬上趕了過去。克洛德躺在床上，呼吸困難，連我這個外行人也看得出來他已回天乏術。

「『我的日子不多了。』他說，『我感覺到了，別跟我爭。裴瑟里，在我死之前，我有責任對那個在這世上最關心我的人做點什麼，我想重新立個遺囑。』

「『好的，』我說，『如果你現在就告訴我你的想法，我會重新起草一份新遺囑送來給你。』

「『那不行，』他說，『唉，老朋友，我也許活不過今天晚上，我已把我的想法寫了下來。』他在枕頭下面摸索著。『你看看它是否妥當。』

「他拿出一張紙，上面用鉛筆草草塗了幾行，非常簡潔明瞭。他給每個侄兒侄女留了五千鎊，剩下的一大筆財產都給了尤瑞蒂・斯普拉，以表示他的『感謝和崇敬』之情。

「我不喜歡這份遺囑，但木已成舟，而且也不存在神志不清的問題，老人家的頭腦與健康人的一樣清醒。他搖鈴喚來了兩個僕人。管家艾瑪・岡特，是個高個子的中年婦女，她在這個家裡已待了好多年，克洛德生病期間，她盡心盡力照顧他。與她一起進來的還有廚子，一位精力充沛、豐滿的女人，三十歲。西蒙・克洛德濃眉下的眼睛注視著她們。

「『我想讓你們做我遺囑的見證人。艾瑪，把我的鋼筆給我。』
「艾瑪順從地走向書桌。
「『不是左邊的那個抽屜，小姐，』老西蒙不耐煩地說，『你難道不知道它放在右邊的抽屜裡嗎？』
「『不，是在左邊的抽屜裡，先生。』艾瑪說，並把筆拿出來給他看。
「『那一定是你上次放錯了地方。』老人家嘟囔道，『我無法容忍東西沒有物歸原處。』
「他一邊嘟嘟囔囔，一邊從她手上拿過筆來，將經過我修正的草稿重新謄在另一張紙上，然後簽上名。艾瑪．岡特和廚子露茜．戴維也在上面簽了字。我把遺囑摺起來，放進一張長形的藍色信封裡。大家都知道，遺囑應該要寫在正規的專門用紙上。
「就在兩個僕人剛要離開房間時，克洛德倒在枕頭上喘著氣，臉都扭曲了。我急忙俯下身去，艾瑪．岡特立即跑了回來。不過老人家恢復了過來，臉上露出一絲虛弱的微笑。
「『沒事了，裴瑟里，別緊張，不管怎樣，我現在可以放心地去了，該做的都已經做了。』
「艾瑪不解地看著我，好像是問我她是否可以離開房間。我肯定地點點頭，她開始朝外走，先停下來撿起我在慌忙中掉在地上的藍信封，把它遞給我，我隨手把它放進外套的口袋裡，之後她離開了房間。
「『你生氣了，裴瑟里，』西蒙．克洛德說，『和其他人一樣，你也抱持偏見。』

「『這不是偏見的問題，』我說，『斯普拉夫人可能真如她所稱，是個靈媒。我不反對你留給她一點財產做紀念，以示感謝。但恕我直言，克洛德，把遺產留給一個陌生人而不給自己的骨肉，這是不對的。』

「說完這話，我起身告辭，我已經盡力而為，也提出了我的反對意見。瑪麗．克洛德從客廳中走出來，在走廊上攔住我。

「『喝了茶再走好嗎？這邊請。』她把我帶到客廳裡。

「壁爐裡燒著火，室內看起來溫馨愜意，她接過我的外套，這時她哥哥喬治走了過來，他從她手上接過外套，走到房間的另一頭，把外套掛在那兒的一把椅子上，然後回到壁爐旁，我們在那兒喝茶。在喝茶的過程中談到一個與遺囑有關的問題……西蒙．克洛德說他不想讓人為了遺囑的問題去打擾他，所以讓喬治全權處理他的遺產。喬治很緊張，怕自己出錯。在我的提議下，喝完茶後我們一起去書房，我研究了一下可能會出現問題的文件。瑪麗．克洛德一直陪著我們。

「大約一刻鐘之後，我準備離去，想起我的外套還掛在客廳裡，便回去拿。房間裡只有斯普拉夫人一個人，她正跪在掛了衣服的椅子旁邊，好像在整理椅套的樣子，看來有些不自然。我們進去的時候，她滿臉通紅地站了起來。

「『那個椅套從來就沒有套好過。』她抱怨道，『哼！我做的還比較好哩。』

「我拿起衣服穿上。穿衣服的時候，發現那只裝著遺囑的信封已從口袋裡掉了出來，飄到地上，我把它重新放回口袋。與大家道別後，我啟程離去。

「我把我接下來的一系列行為都仔細地描述給你們聽。一回到辦公室，我把外套脫下來，從口袋裡拿出那只裝有遺囑的信封，抓在手裡，站在桌子旁。這時我的祕書走了進來，告訴我有電話找我，我桌上的分機壞了，因而只能跟著她到外面的辦公室去接電話。我留在那兒講了大概五分鐘的電話。

「我剛放下電話，祕書就對我說：『斯普拉先生要見您，先生，我把他帶進了您的辦公室。』

「我回到我的辦公室，發現斯普拉先生正坐在桌邊的椅子上，他站起來，裝腔作勢地向我問好，然後東拉西扯的聊了起來。總之，他緊張兮兮地替他和他太太辯解。說什麼他擔心人們會說三道四，說大家都知道他妻子在孩提時就是一個心地純潔、行為端正的小孩……我想，我當時對他相當無禮。最後，我想他意識到他的來訪不可能達到目的，便突然離去。這時我才想起我放在桌上的遺囑，便把它拿過來，把信封口封上，並在信封上標明內容，然後把它鎖進了保險櫃。

「好了，現在到了故事的關鍵處了。兩個月之後，西蒙．克洛德先生去世。我長話短說，只說重點……那張裝有遺囑的信封打開以後，裡面只是白紙一張。」

他停頓下來，朝四周那一張張興致盎然的臉看，流露出滿足的微笑。

「大家都覺得這很有趣，對吧？兩個月來，那封信一直鎖在我的保險櫃裡，不可能有人動過它，不，不太可能。從簽好遺囑到我把它鎖進保險櫃，中間相隔的時間那樣短，誰最有機會調換信封？動機又是什麼呢？

「現在我來提綱挈領地總結一下：克洛德簽了那份遺囑，是我親自把它放在信封裡的，到此為止都沒問題。然後又是我親手把信封放進我外套的口袋裡。瑪麗從我手中接過外套，又把外套遞給了喬治，我親眼看見他把衣服掛在椅子上。我待在書房的那段時間，尤瑞蒂．斯普拉夫人有充裕的時間從我的外套口袋裡拿出信封，瀏覽上面的內容，事實上，發現信封不在我口袋裡，掉到地上去，這一點就證明她確實這麼做了。但問題是，斯普拉夫人雖有機會把一張白紙放進信封，可是她沒有動機。遺囑對她有利，假如真是她掉了包，她就會失去夢寐以求的遺產。斯普拉先生的情況也一樣。他也有機會。他單獨在我的辦公室裡至少待了兩三分鐘，那裝有遺囑的信封就在桌子上。但同樣地，偷換遺囑對他一點好處也沒有。因此，我們面臨了以下的難題：兩個有機會偷換遺囑的人沒有動機；而兩個有動機的人沒有機會。對了，我不排除女管家艾瑪．岡特的嫌疑。她對她的少爺及小姐很忠心，而且厭恨斯普拉夫人。我確信，如果她想得到，她也會去偷換遺囑。雖然是她從地板上撿起信封交到我手上，然而要在那麼一眨眼的工夫內調換信封裡的東西，可能性極小。重新拿個信封把裝有遺囑的信封換下來也是不可能，因為信封是我帶去的，那兒不可能有人也有同樣的信封。」

他環視四周，對眾人笑了笑。

「好了，這就是我的小難題。我希望，我說得夠清楚，我很想聽聽大家的看法。」

笑。

瑪波小姐突然咯咯地笑個不停，大家都吃了一驚，看來是有什麼事情讓她覺得非常好笑。

「怎麼了，珍姨媽？也講出來讓我們笑笑吧。」雷蒙說。

「我想起了小湯米・西蒙茲，是個調皮的小男孩，但有時很討人喜歡。他是那種滿臉稚氣、愛調皮搗蛋的小鬼。上禮拜在主日學校上課時，他問老師：『老師，你說蛋黃是白的還是蛋黃都是白的？[8]德斯頓小姐解釋：『一堆蛋的蛋黃是白的（Yolks of eggs are white.），動詞用複數；蛋黃是白的（Yolk of egg is white.），動詞用單數。』調皮的小湯米說：『好吧，可是我告訴你，蛋黃是黃的！（I should say yolk of egg is yellow!）』真是個搗蛋鬼！當然，這是老掉牙的文字遊戲了，我小時候就知道這種遊戲。」

「確實很好笑，親愛的姨媽。」雷蒙說，「不過這與裴瑟里先生說給我們聽的這個怪故事無關。」

「噢，不，有關係的。」瑪波小姐說，「這裡面有個圈套！裴瑟里先生的故事裡也有個圈套！真是標準的律師作風！啊，我親愛的老朋友！」

她不以為然地向律師搖了搖頭。

8 原文是「Yolk of eggs is white or yolk of eggs are white?」，小湯米是想知道這個句子中的動詞該用單數還是複數。

「我懷疑你是否真的知道答案。」律師眨著一隻眼睛說道。

瑪波小姐在一張紙上寫了幾個字，摺好傳過去給他。

裴瑟里打開紙條，瞟了一眼上面寫的字，一臉讚賞地看著瑪波小姐。

「親愛的朋友，你們還有什麼不清楚的地方嗎？」

「我小時候就知道這種遊戲，」瑪波小姐說，「而且也玩過。」

「我一點都不懂，」亨利爵士說，「裴瑟里先生一定要了什麼法律條文的花招。」

「完全沒有，」裴瑟里先生說，「完全沒有。這是一個相當簡單的問題。你們先別管瑪波小姐，她有她自己看問題的方法。」

「我們應該能發現真相。」雷蒙．衛司有些惱火地說，「事情再簡單不過了。有五個人碰過那個信封。斯普拉夫婦最可能動手腳，但他們並未動手。那麼就只剩下三個人了。嗯，一想到魔術師在表演的那些精湛技藝，我就覺得是喬治．克洛德在把衣服拿到房間另一頭的過程中，把遺囑從信封中取出來換掉了。」

「嗯，我認為是那女孩幹的。」瓊恩說，「我猜，那女管家跑去告訴她發生了什麼事，於是她找來一個藍信封，暗中掉了包。」

亨利爵士搖搖頭。

「你們兩位的看法我都不贊同，」他慢吞吞地說，「你們所說的那種方法只有魔術師才做得來，而且是在舞台上或者在小說裡，在真實的生活中根本做不到，特別是在像裴瑟里先生這種明眼人的面前。我倒有個想法，只是個想法而已。我們都知道郎曼教授曾經到過那棟房子，而且話說得很少。有理由推測，斯普拉夫婦對他訪問的結果十分不安，如果西蒙．克洛德沒把他們視作知己——這點很有可能——他們可能會從另一個角度來看待克洛德找裴瑟里先生來的這件事。他們可能以為克洛德原已立了一份對尤瑞蒂．斯普拉有利的遺囑，但再立的這份新遺囑可能是要將她淘汰出局，因為郎曼教授揭露了實情。或者，套一句你們律師的習慣說法……菲利普用親情說服了克洛德。這樣的話，就意味著斯普拉有偷換遺囑的動機。她確實也這樣做了，然而裴瑟里進來得不是時候，她來不及細看遺囑和內容，就把它扔進火裡燒了，以防律師會重新找到它。」

瓊恩不以為然地搖著頭。

「她不會看都沒看就把它付之一炬的。」

「這個答案確實有些牽強。」亨利爵士也承認。「我猜……嗯，裴瑟里先生總不會自己替天行道吧？」

這只是個玩笑，但這位身材瘦小的律師倏地站了起來，準備要捍衛他的尊嚴。

「太離譜了！」他厲聲說道。

「彭德博士有什麼高見嗎？」亨利爵士問。

「我沒什麼特別的想法。我認為偷換遺囑的人要不是斯普拉夫人就是她丈夫，而且可能是基於亨利爵士剛才說的那種動機吧。如果她在裴瑟里離開前沒機會看到那份遺囑，那她就會處在一種進退兩難的處境，又想看遺囑，又不能讓人知道她想偷看遺囑。她可能把遺囑夾在克洛德先生的文件中，以為克洛德死後它會被找到。但為什麼那份遺囑還沒找到，我不知道。只有一種可能，就是艾瑪．岡特偶然發現了那份遺囑，出於對主人的愚忠，她把它毀掉了。」

「我認為彭德博士的推斷最好，對吧，裴瑟里先生？」瓊恩說。

律師搖了搖頭。

「我來把故事講完，發現信封裡是一張白紙時，我傻眼了，和你們一樣，我也慌亂得不知所措。我想我永遠也查不到真相了；同時又不得不承認，這事確實做得很漂亮。

「一個月後，有一天我與菲利普一起吃飯，他在飯後的交談中提到一件有趣的事情。

「『我有件事要告訴你，裴瑟里，但你要保密。』

「『當然。』我答道。

「『我的一個朋友，原來以為可以從他的一位親戚那兒繼承一筆遺產，不幸的是，他發現他這位親戚想把遺產留給一個完全不相干的人。我的朋友採取了一種也許是不太道德的手段。那朋友家裡有一位女管家，她忠心支持我把它稱之為『合法』的一方。我朋友給她做了簡單的指示。他給她一枝裝滿墨水的筆，要她把這支筆放在主人房間書桌的一個抽屜裡，但不是放在通常放筆的那個抽屜，還說如果主人叫她去充當簽署遺囑的證人、並要她拿筆，就把這枝筆給他，這枝筆在外形上和主人的那枝一模一樣。她所要做的就是這些。我朋友無需做更多的解釋，因為她是一個忠心耿耿的女人，於是毫不懷疑地就完成了他的吩咐。』

「他停頓一下後說道：「『希望沒有使你感到厭煩，裴瑟里。』

「『那兒的話，』我說，『我覺得非常有趣。』

「我們四目交會。

「『當然了，你是不認識我這位朋友的。』他說。

「『當然不認識。』我答道。

「『那就好。』菲利普·賈羅德說。

「他停了一會兒，然後笑著說：『你明白了嗎？那枝筆裡裝的是隱形墨水——澱粉加水再加幾滴碘，就形成一種深藍色液體，而寫在紙上的字跡過四、五天後就會消失了。』」

瑪波小姐咯咯咯地笑著。

「會消失的墨水，」她說，「我見過，孩提時我就經常玩這種墨水。」

她對著四周的人笑著，停下手裡的女紅，用指頭再次指著裴瑟里說：「說來說去還是個圈套，裴瑟里，真不愧是個律師。」

06 聖彼得的拇指印

「現在，珍姨媽，輪到你了。」雷蒙．衛司說。

「是的，珍姨媽，我們都在期待你給我們講點真正刺激的東西。」瓊恩．朗碧荷附和道。

「好了，親愛的，你們是故意在笑我，你們想必認為，我一直住在偏僻的小村鎮，不會有什麼有趣的經歷吧。」瑪波小姐心平氣和地說。

「如果我敢說，鄉村的生活永遠風平浪靜的話，我會遭天譴的。」雷蒙熱切說道，「更何況你推斷出那麼多驚人的謎底！與聖瑪莉米德比起來，大都會顯得祥和寧靜多了。」

「唉，親愛的，」瑪波小姐說，「無論在哪兒，人性大同小異。當然了，生活在鄉村裡，更能近距離地觀察人性。」

「你實在很與眾不同，珍姨媽，」瓊恩叫道，「我希望你不介意我叫你珍姨媽吧？」她接著補充道，「我也不知道為什麼我想這麼叫你。」

「是嗎，親愛的？」瑪波小姐說。

她抬起頭來看了瓊恩一會兒，眼神促狹，瓊恩兩頰瞬間飛起一片紅暈。雷蒙．衛司坐立不安，尷尬地清了清嗓子。

瑪波小姐看著他們倆，嘴角再度浮現笑意，隨即又埋頭去織她的東西。

「當然，我一直過著平淡的生活，這是事實，但我有許多解決小問題的經驗，有些問題確實也很傷腦筋，不過此刻沒必要講給你們聽，因為都是些雞毛蒜皮的小事，你們不會有興趣的。比如是誰把瓊絲太太的網袋割破了、為什麼西孟斯太太的新皮大衣只穿過一次等等，這對於剛開始研習人性這一課的學生來說實在很有趣，但對你們就沒有多少意義了。我只記得一件你們可能會感興趣的事，這和我那可憐的侄女梅貝兒的丈夫有關。

「那大約是十年或十五年前的事了，慶幸的是，這件事已經過去了，而且有了圓滿的結局，大家也都把它忘記了。人類的記憶非常短暫，我一向認為，這是件好事。」

瑪波小姐停了下來，自言自語道：「我得數數這一排，減針有點麻煩。一、二、三、四、五，然後是三針反針，這下就對了。嗯，我說到哪兒啦？噢，對了，關於可憐的梅貝兒。

「梅貝兒是我侄女，一個很好的女孩子，真正的好女孩，但有點傻氣，無論什麼時候，只要覺得心煩，她就會誇大其辭。二十二歲時，嫁給了一個叫鄧孟的先生，但說來這樁婚姻並不美滿。我暗地希望這樁婚姻不會節外生枝，因為鄧孟先生是個脾氣非常暴躁的人，他絕不會有耐性去忍受梅貝兒那小小的怪癖，我還發現鄧孟家有精神病史。然而，那時的女孩與現在的女孩一樣固執，而且以後的女孩也不會有何改變。梅貝兒還是嫁給了鄧孟先生。

「婚後，我很少見到她，她來這兒住過一兩次，他們好幾次邀請我到他們那裡去住，我總是藉故推辭，因為事實上，我不喜歡住在別人家裡。兩人婚後十年，鄧孟先生突然去世。他們沒有孩子，他把所有的錢都留給梅貝兒。當然，我給梅貝兒寫了封信，告訴她如果需要我的話，我隨時可以過去，但她回了我一封內容很理智的信，於是我認為她並未受到重大打擊。我認為這很正常，因為我知道他們合不來已有一段時間了。可是三個月之後，梅貝兒寄來了一封內容幾呈歇斯底里的信，求我到她那兒去，還說事情變得愈來愈糟糕，她再也無法忍受了。

「於是，」瑪波小姐繼續說，「我多付克拉拉膳宿費，把家裡的盤子、查理王的酒杯等值錢東西送到銀行去保管，之後，我立即動身。到那兒之後，我發現梅貝兒非常緊張。那棟房子叫『藤蔓丘』，是一棟很大的房子，裝修得很舒適。家裡有個廚子、一個女傭，還有一個護士負責照顧梅貝兒的公公──『頭腦秀逗』的老鄧孟先生。老先生很安靜，舉止得體，但有時非常古怪。我前面說過，他們家族有精神病史。

「看到梅貝兒的變化，著實讓我吃了一驚。她極度緊張，渾身都在發抖，我費了九牛二虎之力也沒能讓她告訴我到底出了什麼事，我只好旁敲側擊，多數人在碰到這種情況時都採用此法。我向她提起她在信中經常提到的一些朋友，例如加拉赫夫婦。讓我訝異的是，她說她近來根本沒見過他們。我還提到一些其他人的名字，結果都一樣，我告訴她，說她把自己封閉起來、愁眉苦臉地過日子實在很傻，尤其與朋友們疏遠更傻。之後，她終於說出實情。

「『不是我要這麼做，是他們害我的。這地方現在沒人跟我說話，當我走在大街上的時候，他們都繞道而行避開我，以免跟我打招呼，好像我是一個痲瘋病人似的。太可怕了，我再也忍受不下去。我要把房子賣掉，遠走他鄉。不過話說回來，我為什麼要被迫離家？我什麼也沒做呀！』

「我無法形容我當時有多難過。那時我正在替荷大克太太織一條圍巾，心緒不寧到居然沒發現漏了兩針，要到很久以後我才發現這漏掉的兩針。

「『親愛的梅貝兒，』我說，『你嚇了我一大跳，這一切是怎麼發生的？』

「梅貝兒從小就很彆扭。我費了很大的勁也無法讓她直接回答我的問題。她含糊不清地說有些人惡意中傷她，說那些飽食終日的傢伙除了道人是非之外沒別的事做，只知到處說人長短。

「『我想這再清楚不過了，』我說，『顯然是出現了與你有關的謠傳。但你一定和其他人一樣清楚這件事。你得告訴我是怎麼回事。』

「『那太惡毒了。』梅貝兒呻吟道。

「『當然惡毒，』我厲聲附和道，『人心啊，無論你告訴我什麼，我都不會感到意外。好了，梅貝兒，現在你能簡單告訴我這些人都說了你什麼嗎？』

「終於，她和盤托出。

「好像是傑佛瑞．鄧孟死得有些突然和意外，於是謠言四起。事實上，簡而言之，就是有人說她毒死了丈夫。

「我想你們都知道，沒有什麼比謠言更可怕，也沒有什麼比謠言更難反擊。人家在背後說你的是非，你根本無從駁斥，更無法否認，於是謠言繼續擴散且愈滾愈大，沒有人能阻止。有一點我很肯定：梅貝兒沒有能力去毒害任何人。或許她有可能做了什麼傻事，但為此她的生活就該被破壞，甚而連家也不能待嗎？我不懂為什麼。

「『無風不起浪，』我說，『梅貝兒，現在你來告訴我，是什麼事讓人們開始說閒話，總有原因吧。』

「梅貝兒語無倫次，一再聲明沒什麼事，根本就沒什麼，除了傑佛瑞．鄧孟突然死亡之外。那天晚上吃晚飯的時候，他人看起來還好好的，但夜裡突然病得很厲害。醫生被請了來，不過醫生來後幾分鐘他就死了，死因說是誤食了有毒的蘑菇。

「『嗯，』我說，『那樣突然暴斃當然會引起人們非議，但一定還有其他事情。你是否與傑佛瑞吵過架，或者有過諸如此類的事？』

「她承認前一天早晨吃早餐時，她與傑佛瑞吵過一架。

「『我猜，那些傭人聽見了，對吧？』我問。

「他們當時都不在飯廳裡。

「『噢，親愛的，』我說，『他們可能就在門外呢。』

「我太熟悉梅貝兒那高分貝又歇斯底里的聲音了，而傑佛瑞・鄧孟發起脾氣來嗓門也是無法控制。

「『你們在吵些什麼呢？』我問。

「『噢，都是些小事，每次都這樣，一點點小事就能吵起來，隨後，傑佛瑞變得不可理喻，淨說些可惡的話，再後來，我就告訴他我眼裡是怎麼看他的。』

「『你們經常都這樣吵嗎？』我問她。

「『不是我的錯……』

「『我親愛的孩子，』我說，『現在說誰對誰錯已經無關緊要，那不是我們要討論的。在這種地方，個人沒有多少隱私可言。你與丈夫經常吵架，某天早上你又與他大吵一架，當晚丈夫就突然神祕地死去……就這些了嗎？或者還有別的事？』

「『你是什麼意思？』梅貝兒繃著臉說。

「『沒什麼特別意思，親愛的。如果你做了什麼蠢事，看在上帝的份上，別瞞我，我只是想盡力幫你。』

「『沒人能幫得了我，』梅貝兒憤怒地說，『我只有死路一條。』

「『相信上帝吧，祂能幫你的，親愛的。』我說，『好啦，梅貝兒，我很清楚你有事瞞著我。』

「從她小時候起，只要她一有事瞞著我，我總是知道。我花了好長一段時間，終於問出結果。那天早上，她去了趟藥房，買了砒霜。自然，藥方上有她的簽字。毫無疑問，藥房老闆把這件事傳了開來。

「『你們的醫生是誰？』我問。

「『羅林森醫生。』

「此人我見過，有一次梅貝兒指給我看。簡單地說，他是一個走路有些蹣跚的老先生。我生命中無數次的經驗告訴我不能相信這些醫生。他們有的聰明，有的不怎麼樣，連那些醫術精湛的醫生大半時候都不知道你到底得了什麼病。我本人與他們以及他們的藥物一向沒什麼來往。

「我思索了一下，接著我戴上小扁帽，去拜訪羅林森醫生。他正是我想像中的那種人，一個老好人，善良，神情茫然，視力差得可憐，輕微重聽，而且，少了根筋。我一提到傑佛瑞・鄧孟的死，他立刻自以為是、長篇大論地談起了各種可食用以及有毒的蘑菇。他曾盤問過廚子，她坦承下鍋的一兩朵蘑菇『有一點怪』，但她想，商店既然出售這些蘑菇，那麼應該沒問題。後來，她愈想愈覺得這兩朵蘑菇的形貌不對勁。

「我想她一定會如此感覺，起初這些蘑菇的外觀並無異樣，而後來就變成橙黃色，且帶有一些紫色的斑點……只要稍做努力，他們這類人是沒什麼記不住的。

「我得知，醫生到的時候，鄧孟已無法說話，也已經不能吞嚥，而且幾分鐘後就死了。羅林森醫生對自己開出的死亡證明十分有把握，但我不確定在他的證明中，固執和真實的成分各占多少。

「我回到梅貝兒那兒，直截了當地問她為什麼要買砒霜。

「『你一定有某種念頭。』我指出。

「梅貝兒放聲痛哭起來，『我是想自己了斷，』她哭著說，『我太痛苦了，我想擺脫所有的一切。』

「『砒霜還在嗎？』我問。

「『不在了，我把它扔了。』

「我坐在那兒思前想後。

「『他發病後做過什麼？他叫過你嗎？』

「『沒有，』她搖了搖頭。『他急促地搖鈴，而且搖了好幾次。最後，女傭桃樂蒂聽到了鈴聲，她叫醒廚子，一起去了鄧孟的房間。看到他的樣子，桃樂蒂頓時給嚇呆了，他神志不清，語無倫次。她撇下廚子跑到我房間叫醒我，我翻身下床與她一起奔過去，當然我一看就知道他病得很厲害，不巧的是，那個護理鄧孟老先生的護士布里絲剛好那天晚上不在，因此沒人知道該怎麼辦，我讓桃樂蒂去請醫生，而我和廚子留下來陪著他，但幾分鐘後，我就受不了了。那氣氛太可怕了，於是我跑回我的房間，把門鎖上。』

「『你太自私、太狠心了。』我說，『難怪你之後便沒好日子過，這是你自食惡果。那廚子一定會到處散播這件事。唉，唉，這下可糟了。』

「接下來，我去找傭人們談，那廚子想和我談蘑菇的事，但我阻止了她，這些蘑菇煩死人了。我只是詳細詢問了當晚她們主人的情形，她們倆都說那天晚上鄧孟先生極度地痛苦，無法吞嚥，只能用一種像是嗓子給勒住的聲音說話，說出來的僅是一些斷斷續續的詞，沒有意義。

「『那麼他說了什麼呢？』」我好奇地問。

「『是不是關於什麼魚的，對吧？』廚子轉身看著桃樂蒂。

「桃樂蒂表示同意。她說：『一堆魚，還有一些諸如此類毫無意義的話。我立刻明白他失去神志了，可憐的主人。』

「看來這些都不能說明什麼，最後，我上去找布里絲，她是個五十歲左右的婦女，面容憔悴。

「『很遺憾，那天晚上我剛好不在。』她說，『醫生到達之前，在場的人似乎都束手無策。』

「『我想當時他已經神志不清，』我滿懷疑慮地說，『但這應該不是食物中毒的症狀，對吧？』

「『這要看情況而定。』布里絲說。

「我問起老鄧孟的病情。

「她搖搖頭說：『不太妙。』

「『虛弱？』」

「『噢，不，他的身體好得很，只是視力下降得厲害，他也許會比我們都活得長命，但他的大腦衰老得很快。我已經和年輕的鄧孟夫婦說過應該送他去療養院，不過鄧孟夫人就是不聽。』」

「我就說梅貝兒是個心地善良的人。

「嗯，事已至此，我全面思考了這個問題，終於發現只有一件事可以做。面對沸沸揚揚的謠言，只好開棺驗屍，只有驗屍報告才能堵住這些人的嘴。起初，梅貝兒不同意，還大驚小怪，全然感情用事，說這樣做會打擾死者在墳墓裡的安寧等等，但我態度堅決。

「其間的過程我就不贅述了。在獲得許可後，他們解剖了屍體，不過結果未盡人意。沒有砒霜的殘留，這當然是最有力的證明，但驗屍報告仍說：『沒有任何跡象顯示他的死因是什麼。』

「好了，這下你們也看得出，我們根本沒解決麻煩，人們照舊議論紛紛，說少量的毒藥是檢查不出來的等等廢話。我去拜訪了那位做驗屍報告的病理專家，請教他一些問題，他大部分都盡心盡力地回答了。從他的回答中我了解到，他認為毒蘑菇不可能是鄧孟先生致死的原因。一個想法在我腦海中慢慢形成，於是我問他，假設死者是中毒的話，哪一種毒會引起鄧孟先生死前的那種症狀，他給我做了一長串的解釋。我得承認，大多數的解釋我是聽不懂的，但他大概是說：死因可能是一種很強的植物鹼造成的。

「我的想法是這樣：假設傑佛瑞．鄧孟也有精神病，他可不可能是自殺？有一段時間他研究過醫學，對毒藥以及中毒症狀應該有豐富的知識。

「我也知道這種想法有些牽強，但我只能想到這點。老實講，我幾乎想破了頭。好啦，當我碰到大麻煩的時候——我敢說你們這些現代的年輕人一定會笑我——我就小小地禱告一番，無論身在何處，走在街上也好，還是在市集也罷，而且我總能得到回應。這或許是件微不足道的小事，顯然與這個案件風馬牛不相及，但其實不然。當我還是個小女孩的時候，我就把這樣的一句話釘在床頭……『祈禱吧，你會得到應驗的。』就在我說的那天早上，我走在大街上，閉上眼睛，努力地祈禱，而等我睜開眼睛時……你們猜我第一眼看見了什麼？」

五張面孔帶著不同程度的興致轉向瑪波小姐，這是個很容易回答的問題，但沒人答對。

「我看見了……」瑪波小姐激動地說，「魚店的櫥窗。裡面只有一樣東西，一條新鮮的黑線鱈。」

她得意地環顧四周。

「哦，天啊！」雷蒙．衛司說，「祈禱應驗了……一條新鮮的黑線鱈！」

「是的，雷蒙。」瑪波小姐嚴肅地說，「不可以去褻瀆它，上帝的手無處不在。我首先看見的是那魚身上的黑斑，人們把它稱為『聖彼得的拇指印』，當然，那只是傳說罷了，然而正是這一點使我豁然開朗。我需要信仰，特別是對聖彼得的信仰。我把這兩件事串聯起來——信仰，以及魚。」

亨利爵士有些急促地擤了擤鼻子，瓊恩則緊咬雙唇。

「好，這到底讓我想起了什麼呢？當然，那個廚子和女傭都說鄧孟先生臨終前提過魚之類的字眼。我相信，完全相信，在這些不成句的詞語裡能找到謎底。我回到家，決心弄個水落石出。」

她稍作停頓，隨後繼續說：「你們是否想過，在多大程度上，我們需要依據上下文才能判斷一個字眼的含義？達特穆爾有個奇景叫『灰色的韋勒』（Grey Wethers）。如果你與當地農民交談、提到灰色的韋勒，他會以為你講的是那裡的石頭，但你講的其實是天氣。同樣的，如果你指的是那些石頭，一個局外人中途聽到你們的談話，他會以為你們是在談天氣。因此，當我們要重述一段談話時，通常不會一字不漏地重述，而會選擇我們認為意思相同的其他字眼來代替。

「我分別找廚子和桃樂蒂談話。我問廚子是否確定她的主人真的提到過什麼『一堆魚』這類的，她說她相當確定。

「『他確實是這麼說嗎？』我問她，『或者他特別提到某種魚？』

「『對了，』那廚子說，『是某種魚，只是我現在想不起來是什麼魚了。一堆……什麼魚來著？不是那些餐桌上經常出現的魚。鱸魚（perch）還是梭子魚（pike）？不對，不是p開頭的。』

「桃樂蒂也想起，她的主人曾提到某種魚，『一種稀奇古怪的魚，』她說，『一堆……

到底是什麼呢？』」

「『他說的是一批（heap）還是一堆（pile）呢？』我問道。

「『我想他說的是一『堆』，但我也不敢完全肯定，一字不差地記下一些詞語並不容易，你說對吧，瑪波小姐？特別是這些詞語似乎毫無意義的時候。不過我現在想起來了，我百分之百地確定他說的是『堆』，而魚的名稱開頭字母是C，但不是鱈魚（cod）或小龍蝦（crayfish）。』

「接下來的發展是我最得意的部分，雖然我完全不懂藥材——在我眼裡，它們都是噁心難聞的東西——可是我祖母有留下來的一個菊花茶古老祕方，這可比你們的任何一種藥還好用。我家裡有幾本醫藥用書，其中有一本藥物索引。我推測傑佛瑞中了某種毒，他想把名稱說出來。

「嗯，我從H開頭的那一頁查起，從He開始查，沒有找到發音相似的詞。繼而我又查P開頭的字，這次幾乎立刻就查到了。你們猜是什麼？」

她得意洋洋地住了口，向眾人瞧瞧。

「縮瞳劑[9]。現在你們可以理解，一個連話都快說不出來的人，要吐出這個字有多難了吧？而從未聽過這個字的廚子，又會把這個字聽成什麼呢？可不可能聽成『一堆鯉魚（pile of carp）』呢？」

「太厲害了！」亨利爵士表示贊同。

「我永遠也猜不到這點。」彭德博士說。

「太有趣了，」裴瑟里先生說，「實在太有趣了。」

「我立即翻看這一條目的解釋。上面介紹了縮瞳劑對眼睛的作用，以及其他一些好像與此案無關的效果，最後，我終於找到了最關鍵的一個句子：『此藥的臨床經驗顯示，它可作為阿托品[10]中毒的解毒良藥。』

「我簡直無法形容當時那種茅塞頓開的感覺。我從來都不覺得傑佛瑞．鄧孟會自殺。不，這一新發現非但可能，而且我百分之百確定這是正確的解答，因為所有的線索串聯起來都是那麼符合邏輯。」

「我不想猜了，」雷蒙說，「說下去吧，珍姨媽，告訴我們，你突然明白了什麼。」

「我的確不懂藥物學，」瑪波小姐說，「但我碰巧知道這種藥的效用。我的視力曾一度下降，醫生給我開的眼藥水裡面就有阿托品。我上樓徑直朝古怪的老鄧孟的房間走去，我沒和他繞圈子，直入主題。

「『鄧孟先生，』我說，『我都知道了。你為什麼要毒死兒子？』

9 縮瞳劑（pilocarpine），治療青光眼的一種藥物，可以減少眼球內液體的產生，並幫助液體順利流出，進而達到降眼壓的目的。

10 阿托品（atropine），副交感神經抑制劑，可抑制副交感神經，達到抗肌肉痙攣的作用。

「他盯著我看了一兩分鐘——就他那個年紀而言，他還算是英俊——隨後他爆發出一陣笑聲。這是我聽過最邪惡的笑聲，老實告訴你們，我不寒而慄。以前我也聽過類似的笑聲，那是可憐的瓊絲太太精神失常發作的時候。

「『是的，』他說，『我是在和傑佛瑞算帳。我比傑佛瑞聰明得多。想擺脫我，啊？想把我送進瘋人院，啊？我聽到他們談論這件事。梅貝兒是個好孩子，她為我辯解，但又有什麼用呢？她是拗不過傑佛瑞的，最終還是他說了算，向來如此。但我解決了他，解決了我那善良可愛的兒子！哈哈！夜裡，我悄悄地下了樓……這一點也不難，布里絲不在。我可愛的兒子正在酣睡呢，他的床頭放了杯水，他有半夜醒來喝水的習慣。我把水倒掉一些，哈哈！把一瓶眼藥水倒了進去。他醒過來的時候，會想都不想就一口把它喝掉。眼藥水其實只有一湯匙那麼多，但已綽綽有餘、綽綽有餘了。他中計了！隔天早晨他們來到我房間，很委婉地告訴我他的死訊，怕我傷心，哈哈哈哈哈！』

「好了，故事講完了。」瑪波小姐說，「當然，那可憐的老頭被送進了瘋人院，他確實不能對自己的行為負責。真相大白了，每個人都向梅貝兒道歉，盡可能彌補他們曾對她發出的責難。但倘若不是傑佛瑞發現自己已中毒，想讓人盡快去找解藥的話，這案子將永遠是個謎。我相信阿托品中毒的症狀很明顯，像是瞳孔放大等等，但前面我已說過，羅林森醫生的視力很差……可憐的老頭，因此他也沒發現真正的死因。更有趣的是，藥書上還說，食物中毒的症狀與阿托品中毒的症狀完全不同。但我向你們保證，每次看到黑線鱈，我就會情不自禁地聯想到『聖彼得的拇指印』。」

一陣良久的沉默。

「我親愛的朋友，」裴瑟里先生說，「我最親愛的朋友，你實在是不可思議。」

「瑪波小姐，我會向蘇格蘭警場推薦你當顧問。」亨利爵士說。

「不過，珍姨媽，無論如何，有件事你一定不知道。」雷蒙說。

「噢，不，我知道，親愛的，」瑪波小姐說，「是晚飯前剛發生的事，對吧？你帶瓊恩出去看日落。那是個最棒的地方，在茉莉花叢旁，也正是那個送奶員向安妮求婚的地點。」

「該死，珍姨媽，」雷蒙說，「別破壞浪漫的氣氛，瓊恩和我可不是送奶員和安妮。」

「你這就不對了，親愛的。」瑪波小姐說，「人性是非常相似的，真的。但幸好，也許人們還沒了解到這一點。」

第二部

The Thirteen Problems

07 藍色的天竺葵

「去年我來這兒的時候……」亨利．克什林爵士說了這句話之後停了下來。

女主人班崔太太好奇地看著他。

這位蘇格蘭警場前任局長此時正住在他的老朋友班崔夫婦家裡，他們住在聖瑪莉米德附近。

班崔太太手裡拿著筆，正在徵詢他當晚宴會的第六位賓客該請誰來。

「嗯？」班崔太太帶點鼓勵的語氣說，「你去年來這兒的時候？」

「告訴我，」亨利爵士說，「你認識一個叫瑪波小姐的人嗎？」

班崔太太愣了一下，這太出乎她的意料了。

「認識瑪波小姐？誰不認識她！小說裡面典型的老處女，非常可愛，不過和時代脫節太久，無可救藥，你該不會是想要邀請她吧？」

「你吃了一驚，對吧？」
「我得承認，是有一點。我壓根沒想到你會……不過也許你有充分的理由？」
「理由再簡單不過了。去年我來這兒的時候，我們常聚在一起討論一些謎案，我們有五、六個人，每人講一個故事，除了講故事的人之外，沒有第二個人知道答案。由那位作家雷蒙・衛司開場。這應該是一種推理能力的訓練，看誰的推測最接近事實。」
「然後呢？」
「和那些老故事裡的情節一樣，我們絲毫沒有想到瑪波小姐會參加我們的遊戲，但我們還是很禮貌地接納了她，為的是不傷害到這位可愛的老太太。結果，好戲上場了，這位老太太每次都擊敗我們！」
「什麼？」
「我向你保證，她都直指真相，就像一隻熟習歸途的鴿子。」
「但這也太離奇了！可愛的瑪波小姐幾乎從未踏出聖瑪莉米德一步啊。」
「啊！但根據瑪波小姐的說法，這恰好為她提供了如在顯微鏡下觀察人性的多重機會。」
「我想這話有點道理。」班崔太太承認，「至少可以了解到人們心胸狹窄的一面，但我不認為我們會有什麼真正刺激的犯罪案件。我想晚飯後應該讓亞瑟拿他那鬼故事去試試她，如果她能找到答案，我會不勝感激。」
「我怎麼不知道亞瑟信鬼？」

「噢，他當然不信這世上會有鬼，那正是讓他倍感困擾的地方。事情發生在他的一個朋友身上，此人叫喬治．普理查，一個超級無趣的傢伙。這件事對喬治來說，真是場噩夢，不管這個令人不可思議的鬼故事是真的，還是……」

「還是什麼？」

班崔太太沒回答，一兩分鐘後，她話鋒一轉說：「你也知道，我喜歡喬治，人人都喜歡他，大家很難相信他會……但人的確會做出一些旁人難以理解的事情。」

亨利爵士點點頭，他比班崔太太更了解人類那些有違常理的行為。

就這樣，那天的晚宴如期舉行。班崔太太望著飯桌上的賓客（她一邊看一邊顫抖，因為她家飯廳就像大多數英國人的飯廳一樣，其冷無比），目光停在那位坐在她丈夫右手邊的老太太身上。瑪波小姐坐得筆直，戴了一雙黑色蕾絲手套，肩上披了一條老式的三角巾，雪白的頭髮上繫了一條蕾絲髮帶。她正興致勃勃地與那位上了年紀的羅伊德醫生談話。話題是關於救濟院以及那些地區護理人員為人詬病的問題。

班崔太太再次感到狐疑，她懷疑亨利爵士是在和她開一個大玩笑，不過這樣做有何意義？但他說的不可能是真的吧。

她的目光繼續在每個人的身上游移，最後停在她那紅臉、闊肩的丈夫身上，他正與珍娜．賀麗爾述說賽馬的事。珍娜是個又漂亮又受歡迎的女演員，在台下（如果可能的話）比在台上更漂亮。她睜著圓大的藍眼睛，不時地低聲說「是嗎」、「噢，真想不到」、「太不可思議了」。看得出她根本不懂馬經，也不想為此花費心思。

「亞瑟，」班崔太太說，「可憐的珍娜小姐被你煩死了，別再談馬了，還是給她講講你那個鬼故事吧……你知道的，喬治．普理查的故事。」

「嗯，桃莉？哦！我不知道……」

「亨利爵士也想聽聽，今天早上我跟他提過。聽聽在座各位對這事的看法，一定很有意思。」

「哦，好啊！」珍娜說，「我喜歡聽鬼故事。」

「嗯，」班崔上校有些猶豫地說道，「我一向不大相信超自然的東西，但這次……

「我想你們都不認識喬治．普理查吧，他是個大好人。他的妻子，唉，已經去世了，可憐的女人。我長話短說。她在世的時候，沒給過喬治一天好日子過。她久病不癒，我相信她確實有些毛病，然而不管是什麼病，她可是費盡心機善加利用。她反覆無常、苛刻、不可理喻，一天到晚怨天尤人。喬治隨時都要伺候她，而無論喬治怎麼做，她都覺得不對，只會臭罵他一頓。我相信，換作是其他男人，早就把她劈成兩半了，嗯，沒錯吧，桃莉？」

「她真是個恐怖的女人，」班崔太太證實道，「如果喬治真把她的腦袋劈成兩半，即便陪審團裡有女陪審員，喬治也會獲判無罪。」

「我不知道這件事是如何開始的，喬治在談起此事的時候很含糊。我猜是他太太一向喜好算命、看手相、探索預知未來的超能力等等，喬治也不管她，覺得只要她高興就好；但他拒絕參與，這又成了他的另一個不是。

「家裡的護士不停調換，一個護士來個幾週，普理查太太就開始對人家不滿。曾有一個年輕護士也很熱中算命，她就特別喜歡這小護士。不過有一天她突然和這小護士吵翻了，一定要這小護士滾蛋。她把以前曾經護理過她的一個老護士請了回來，這是一位對付精神病患很有經驗的老護士。據喬治說，柯普琳護士是個很好的人，言行十分理智。她以完全漠視的方式來忍受普理查太太的暴躁和神經質。

「普理查太太向來在樓上用午餐，喬治和護士通常也在午餐時討論下午由誰來照顧病人。嚴格地說，護士在下午兩點到四點之間休息，但有時她也必須放棄休息時間……假如那天下午喬治想做別的事。那天又碰到這種情形，但護士說她下午要去探望住在戈登格林的一個姐姐，可能要晚些回來。喬治一聽，立即拉長了臉，因為他已和人約好下午要去打高爾夫球。最後，柯普琳要他放心。

「『她不會掛念我們的。』她的眼神亮了起來。『今天下午會有一個人來與太太作伴，她比我們更能讓她高興。』

「『誰呀？』

「『等等，』柯普琳護士的眼裡閃動著喜悅的光芒。『我把它說清楚一些……查莉姐，一位能預知未來的巫師。』

「『哦！天啊！』喬治咕噥道，『是個新來的，對吧？』

「『最新的，我想是我的前任護士凱思達介紹的。太太沒見過她，太太讓我寫封信給這位巫師，約她今天下午來。』

「『好吧，反正今天下午我要去打高爾夫球。』喬治說，然後對這位叫查莉妲的巫師滿懷感激地離開了家。

「等他一回到家，就發現他太太格外躁動不安。她像往常一樣躺在沙發上，不時嗅著手裡的嗅鹽。

「『喬治，』她大聲吼道，『關於這房子，我跟你說過什麼來著，嗯？打從搬進這棟房子的那刻起，我就覺得不對勁！我當時沒跟你這麼說過嗎，嗯？』

「喬治按捺著性子說：『你又來了。不，我想我不記得了。』

「『與我有關的事你從來就記不住。男人都沒有同情心，而我確信你是其中最冷漠的一個。』

「『哦，好了，瑪麗，親愛的，這不公平。』

「『嗯，我說得沒錯，這個女人立刻就感覺到這房子不對勁！事實上，她一進門便害怕地說：『這裡有邪惡的東西，邪惡，危險，我感覺到了。』

「喬治很不識相地大聲笑了出來。『這麼說，你今天下午花的錢很值得。』

「他太太閉上眼睛，拿起她的嗅瓶深深地吸了一口。

「『你恨死我了！如果我死掉，你一定樂壞了。』

「喬治趕緊聲明他不會如此，一兩分鐘後，她接著說：『你大可嘲笑我，但我得把話說完。這房子對我來說確實危險，那個女人是這麼說的。』

「喬治對查莉妲的感激之情這會兒已蕩然無存，他知道太太一旦拗起來，鐵定會吵著要搬到別處去住。

「『她還說了些什麼？』他問。

「『她說得不多，當時她非常不安，不過她倒是提了一件事。我的一個花瓶裡有紫羅蘭，她指著這些紫羅蘭大叫：「趕快把這些扔掉，家裡不能有藍色的花，永遠也不能有，記住，藍色的花會要了你的命。」你也知道，』他太太接著說：『我不只一次跟你說過，藍色令我反感，我總不自覺地對藍色保持戒心。』

「這次喬治很明智，沒說他以前從未聽她說過這件事，反而問她，這神祕的查莉妲長得什麼模樣，他太太興致勃勃地給他做了一番描述。

「『黑髮，在耳後盤成髻，眼睛半閉著，眼睛的周圍塗了一圈黑，一塊黑色的面紗罩著她的嘴和下巴，說話時像是在唱歌，帶著明顯的外國口音，我想是西班牙口音……』

「『這都是一般人慣用的伎倆。』他笑說。

「他太太馬上閉上眼睛。『我覺得很不舒服，』她說，『按鈴叫護士來，人的無情讓我感到很難受，這你太清楚了。』

「就在兩天之後，柯普琳護士來找喬治，臉色鐵灰。

「『請您去看看太太吧，她收到一封信，這信使她十分煩惱不安。』

「他發現妻子手裡拿著一封信，她一見到他，便把信遞給他。

「『看看這封信。』她說。

「喬治看了那封信，信紙散發出很濃的香水味，字寫得又大又黑。

「『我看到了未來，在還來得及之前要小心防備。留神滿月當天，藍色的櫻草花表示警告，藍色的蜀葵意指危險，藍色的天竺葵代表死亡……』

「喬治忍不住要笑出聲來，柯普琳飛快使了個眼色阻止他，於是，他有些尷尬地說：『那個女人可能是想嚇唬你，瑪麗。再說，哪兒來的藍櫻草花和藍蜀葵呢？』

「但普理查太太還是哭了起來，說她的日子屈指可數。柯普琳護士與喬治一起離開她的房間，走到樓梯轉彎處的時候，喬治再也忍不住，終於說了出來：『蠢得不得了。』

「『可能吧。』

「柯普琳說這話的語氣讓喬治大為吃驚，他愣愣地看著她。

「『護士小姐，想必你也不相信……』

「『不，不，普理查先生。我不是相信算命，那全是些鬼話。讓我感到困惑的是，這件事背後的意義。一般來說，算命的人都會想大撈一筆，但這女人嚇唬太太，似乎並不是為了圖利，至少目前我看不出來。還有……』

「『還有什麼？』

「『太太說，她好像覺得這個查莉妲有些面熟。』

「『是嗎？』

「『嗯，我不太喜歡這一切，普理查先生，只是這樣。』

「『我倒是沒想到你也這麼迷信，護士小姐。』

「『我不迷信，但事情若有不對勁，我看得出來。』

「這次談話過了四天之後，第一件怪事發生了。為了便於敘述，我得先把普理查太太的房間描述一下。」

「這讓我來說會更好，親愛的。」班崔太太打斷他道，「她的房間用的是一種新潮的壁紙，每個牆面的四周都用各種各樣的花邊圍起來，讓人感到恍若置身於花園中，當然這些花根本就不對，我指的是，那麼多品種的花是不可能在同一時期開的。」

「別讓你追究園藝知識的熱情打亂你的敘述，桃莉。我們大家都知道你對園藝十分熱中。」她丈夫說。

「哎呀，實在荒謬嘛，」班崔太太反駁道，「把風鈴草、水仙、羽扇豆、蜀葵、紫菀全放在一起。」

「真是太不科學了。」亨利爵士說，「不過請你還是接著講下去。」

「在這些用來圍邊的花叢中有櫻草花，黃色和粉紅色的，還有……哦，該由你講了，亞瑟。」

班崔上校接著繼續這段故事。

「一天清晨，普理查太太急促地搖鈴，管家立即跑了去，以為她又在發神經了。然而不是那麼回事，她極度躁動，指著壁紙……上面那些花朵中間真的出現一朵藍色的櫻草花。」

「啊！」瑪波小姐說，「太嚇人了！」

「問題是，那朵藍色的櫻草花是否原本就在那兒？喬治和護士抱持肯定的看法。但普理查太太說什麼也不這麼認為，堅持說她是那天早晨才注意到這朵花，而且前一天晚上正是滿月，這事讓她心神相當不寧。」

「也就是在同一天，我碰到喬治，他告訴了我這件事。」班崔太太說，「於是我就去看普理查太太，盡我所能向她解釋這整件事有多麼荒唐，但毫無作用。我憂心忡忡地離開她，記得那天我還碰到了琴兒．英斯道，跟她說了這件事。琴兒真是個怪女孩，她問：『那麼普理查太太真的很不安囉？』我告訴她，我認為這女人很可能會被嚇死，她實在太迷信了。

「琴兒接下來的話讓我嚇了一大跳。她說：『嗯，也許那樣再好不過了，對吧？』她說話時的語氣是那麼冷靜，那種煞有其事的口氣讓我實在……嗯，目瞪口呆。我知道現在的人說話都相當直截了當，不留情面，但我還是不太習慣這種說話的方式。琴兒奇怪地看著我，笑著說：『你一定不喜歡我這樣說，但事實就是如此。普理查太太的生命對她自己有什麼意義呢？毫無意義。而普理查先生像是生活在地獄裡。他妻子被嚇死，對他來說再好不過了。』我說喬治一直對她很好。她說：『是的，為此他應該獲得一枚獎章，可憐的人。喬治．普理查是一個很有吸引力的男人，上一個護士是這麼認為的，那個很可愛的女孩，叫什麼來著？哦，對了，叫凱思達。她和普理查太太就是因此吵起來的。』

「聽到琴兒這麼說我不大高興。當然了，任何人都會懷疑……」

班崔太太刻意停了下來。

「沒錯，親愛的，」瑪波小姐平靜地說，「人們總是這樣，英斯道小姐漂亮嗎？我猜她也打高爾夫球吧？」

「是的，她什麼運動都在行，長得也漂亮，很迷人，金髮，膚色健康，有一對漂亮深沉的藍眼睛。要不是現在這種情況的話，我們都覺得她和喬治．普理查很登對。」

「他們是朋友嗎？」瑪波小姐問。

「哦，是的，他們是非常要好的朋友。」

「桃莉，能讓我把故事講完嗎？」班崔上校哀求道。

「亞瑟想繼續說他的鬼故事。」班崔太太無可奈何地說。

「這之後發生的事是喬治親口告訴我的。」上校接著說，「毫無疑問，在接下來的那個月，普理查太太每天都心驚膽戰。她在日曆上把滿月的日子圈起來，等到滿月的那天晚上，她把喬治和柯普琳護士都叫到她房間，讓他們仔細檢查壁紙，結果只有粉紅色和紅色的蜀葵，沒有藍色的。只要喬治一離開她的房間，她立即把門鎖上……」

「而第二天早上就出現了一大朵藍蜀葵。」賀麗爾小姐興奮地說。

「對極了，」班崔上校說，「或者說，差不多對。她頭頂正上方的一朵蜀葵變成了藍色的。這讓喬治感到震驚，他愈是感到吃驚，就愈是不願認真看待這件事，反而堅持認為整件事純屬惡作劇。當時門是鎖著的，而且是他太太第一個發現花的顏色變了……連柯普琳護士也承認這點，但他也不予理會。

「這事嚇壞了喬治，他因此變得不可理喻。他妻子要離開這棟房子，而他執意不讓她走。他第一次開始有點相信這種超自然力，但又不肯承認，平時他對太太百依百順，可這一次他不讓步。他說，瑪麗不能再自欺欺人了，整件事都是鬼扯。

「就這樣又過了一個月，普理查太太也沒有太堅持要離開，這倒是在大家的意料之外。我想她可能認為自己是在劫難逃了，她一遍又一遍地重複：『藍色的櫻草花，表示警告；藍色的蜀葵，表示危險；藍色的天竺葵，表示死亡。』然後躺著看向離她床頭最近的粉紅色天竺葵。

「整個氣氛讓人精神緊張，連護士也受到了感染。滿月的前兩天，護士來找喬治，求他把太太帶到別的地方去。喬治一聽就火大不已。

「『就算牆上的每一朵花都變成了藍色的魔鬼，它也誰都殺不死！』他大叫道。

「『會的，有人給嚇死過了。』

「『一派胡言。』喬治說。

「喬治固執得要命，怎麼也勸不動。我猜他一定認為是他太太自己搞的鬼，認為這都是她歇斯底里搞出來的把戲。

「嗯，不幸的夜晚終於來臨，普理查太太像往常一樣把門鎖上。她非常平靜，處在一種臨危不懼的狀態中。護士很擔心她的狀況，想給她打一針番木虌鹼的興奮劑，但普理查太太拒絕了。我想，就某種程度上說，她似乎樂在其中……喬治是這樣說她的。」

「我想這很有可能，」班崔太太說，「在整個事件中一定有某種奇怪的誘惑力存在。」

班崔先生繼續說：「次日清晨，沒聽到那急促的鈴聲……普理查太太通常在八點左右醒來。到了八點半還沒有動靜，護士砰砰砰地敲門，沒人應聲，她找來喬治，堅持要破門而入，他們用一把鑿子把門撬開。一看到直挺挺躺在床上的太太，柯普琳護士就知道發生了什麼事。她讓喬治去打電話請醫生，可是為時已晚。醫生說她大約在八小時前就死了。她的嗅鹽瓶子放在她手邊，而在靠床頭這面牆上，一朵粉紅色的天竺葵變成了鮮亮的深藍色。」

「太可怕了。」賀麗爾小姐哆嗦著說。

亨利爵士皺著眉頭。

「沒有更多線索了？」

班崔上校搖搖頭，但班崔太太急忙說：「煤氣。」

「煤氣怎麼了？」亨利爵士問。

「醫生到達的時候，聞到房裡有點瓦斯味，他發現那壁爐內的煤氣開關稍微開了，但就那麼一點點，根本不要緊。」

「普理查先生和護士進去的時候，沒注意到有煤氣的味道嗎？」

「護士說，她是聞到了某種氣味；喬治說，他根本沒注意到有煤氣味，但是有什麼東西讓他感到很奇怪和鬱悶，不過他把這些歸咎於受到驚嚇，事實上可能也是如此。無論如何，不可能是煤氣中毒，那煤氣少得幾乎聞不到。」

「故事就這樣結束了？」

「還沒有，接著，謠言四起。傭人，你們知道的，可能不小心偷聽到一些事情，例如，偷聽到普理查太太對她丈夫說他恨她，如果她死了他一定樂不可支，以及近來的一些談話等等。有一天，針對喬治拒絕搬家這件事，她說過：『很好，哪天我死了，我希望每個人都知道是你殺了我。』倒楣的是，喬治在他妻子去世前一天剛好為花園的小路調了些除草劑準備除草，一個傭人目睹了這一切，還看見他後來給他太太端了杯熱牛奶。

「謠言滿天飛，且愈傳愈厲害。醫生開了張死亡證明，說她是死於驚嚇、暈厥、心臟衰竭，我不知道他究竟說了些什麼，八成是些沒多大意義的醫學術語。然而那可憐的女士入土未滿一個月，當局下了開棺驗屍的命令。」

「我記得，驗屍報告毫無結果，」亨利爵士沉重地說，「就這樣，這成了一樁捕風捉影的案子。」

「這件事自始至終都很離奇，」班崔太太說，「例如叫查莉妲的那個巫師。他們照她留下的地址去找她，可是當地人從未聽說過這號人物！」

「她出現過一次，很突然，」班崔先生說，「以後就徹底消失了。都是藍色惹的禍[11]，太妙了！」

「還有，」班崔太太接著說，「那位據說是介紹巫師來的小護士凱思達，根本連聽都沒聽過這個人。」

眾人面面相覷。

「一個不可思議的故事。」羅伊德醫生說，「大家只能做出各種猜測，但要猜……」他搖搖頭。

「普理查與英斯道小姐結婚了嗎？」瑪波小姐問，聲音柔和。

「你為什麼要問這個？」亨利爵士問。

瑪波小姐微微地睜開她的藍眼睛。

「我認為這很重要，」她說，「他們結婚了嗎？」

上校搖搖頭說：「我們，嗯，倒是希望他們喜結連理，可是出事到現在已經十八個月了，我相信他們連面都很少見了。」

「這很重要。」瑪波小姐說，「非常重要。」

「那麼你與我的看法相同，」班崔太太說，「你認為……」

「別鬧了，桃莉，」丈夫說，「你要說的事根本不合理，你不能什麼證據也沒有就無端指責一個人。」

「別耍男子氣概吧，亞瑟，男人就是噤若寒蟬。總之，這是我們女人間的事。這只是我一個瘋狂的想法而已，也許，只是也許，琴兒．英斯道扮成了巫師。請注意，她可能是鬧著玩的，我從來也沒懷疑過她有什麼惡意，然而，萬一她真的那麼做了，而且愚昧的普理查太太也確實給嚇死了……瑪波小姐的意思是這樣，對吧？」

「不，親愛的，不完全是。」瑪波小姐說，「你們想想，我如果想謀殺一個人……當然，我到死也不會有這種念頭，因為這太不應該了，我不喜歡殺生，哪怕是一隻黃蜂……儘管我也覺得黃蜂該殺，不過我認為園丁會有更人道的辦法處理牠們……讓我想想，我說到哪兒啦？」

「如果你想殺人的話……」亨利爵士迅速答道。

「噢，是的。如果我想那麼做，我應該不會完全依賴嚇人這個方式，大家可能從報紙上看到過有人給嚇死的報導，但這種方法並不保證有效，神經過敏的人遠比我們想像中的要勇敢。我情願選擇一些更有把握的方式，再做一個周密的計畫。」

「瑪波小姐。」亨利爵士說，「您把我嚇到了。你該不是想害我辭職下台吧，你的計畫一定是天衣無縫。」

11 「都是藍色惹的禍」英文是 out of the blue，原意指「突然」，此處乃雙關語。

瑪波小姐瞪了他一眼。

「我想我已經講得很清楚，我永遠不會做這些壞事，」她說，「不，我只是想把自己放在……呃，某個人的立場上。」

「你是指喬治・普理查？」班崔上校問，「我不相信是喬治幹的，請大家注意，儘管護士認為喬治有可能……出事一個月之後，在開棺驗屍時，我去看她，不知怎麼回事，她什麼也不想說，但顯然她相信喬治在某種程度上應對他妻子的死負責，她堅信自己的看法。」

「唉，」羅伊德醫生說，「或許她的想法也不是完全沒道理，請大家注意，護士通常知道她不能亂說什麼，因為手上沒證據，但她其實知道內情。」

亨利爵士向前傾了傾身子。

「別賣關子了，瑪波小姐，」他勸說道，「您好像白日夢做得出神了，您不說給我們聽聽嗎？」

瑪波小姐吃了一驚，臉上泛起紅暈。

「對不起，您說什麼？」她說，「我正在想那些地區護士的問題，這確實是個棘手的問題。」

「比藍色的天竺葵還要棘手嗎？」

「這要看那些櫻草花而定了，」瑪波小姐說，「我是說，班崔太太說那些花是粉紅色和黃色的，如果變成藍色的那些原來都是粉紅色的，那就對了，而如果是黃的……」

「是粉紅色的。」班崔太太說。

她瞪大了眼睛，所有的人都睜大了眼睛盯著瑪波小姐。

「那麼，這就水落石出了。」瑪波小姐說，遺憾地搖了搖頭。「黃蜂的季節以及一切的一切……當然了，還有煤氣。」

「我猜，這讓您想起了數不清的鄉間悲劇，對吧？」亨利爵士說。

「不是悲劇，」瑪波小姐說，「更談不上犯罪，但它讓我想起了在與地區護士打交道時碰到的一個小麻煩。說到底，護士也是人，身穿不舒服的硬領制服，又必須處處小心行事，還經常與她所服務的對象發生糾紛，嗯，你們相信有時候她們也會出事嗎？」

亨利爵士眼睛一亮。

「您是指凱思達護士嗎？」

「哦，不是的，不是凱思達護士，是柯普琳護士。你們看，她曾在那個房子裡待過，而且很喜歡普理查先生，據你們所說，他是個很迷人的男人。我敢說她以為……可憐的東西，哎，這點我們不去深究。我猜她不知道有一位英斯道小姐，當然啦，後來她發現到有這麼一位小姐存在的時候，她就回過頭來跟普理查作對，她盡其所能地去傷害這家人。最終，還是那封信出賣了她，對吧？」

「哪封信？」

「嗯，她應普理查太太的要求給巫師寫了封信，後來巫師顯然是應這封信的要求來了。

但後來的調查發現，那個地址根本沒有這麼個人。這一點足以說明柯普琳護士與此事有關。她只是假裝寫了信，其實她自己就是那名巫師，還有什麼比這更合理的推測呢？」

「我從未想到過這封信裡大有文章，」亨利爵士說，「當然，這一點相當重要。」

「這是一步險棋，」瑪波小姐說，「儘管她化了妝，普理查太太還是有可能認出她來，當然了，如果被認出來，她就會說是開個玩笑而已。」

「你說如果你是某個人，你就不會依賴嚇人的方式殺人，這話是什麼意思？」亨利爵士問。

「那種方式不保險，」瑪波小姐說，「不，我認為那些警告，諸如藍色的花不祥等等，不過是……套句軍事術語來說，」她得意地笑了笑，「『不過是偽裝。』」

「那麼真實的東西是什麼呢？」

「我知道我的腦子裡總有黃蜂在飛動，」瑪波小姐說，「可憐的東西，總是成千上萬地被撲滅，特別是在美麗的夏天。當我突然想起，我看過園丁把氰化鉀加上水在瓶子裡上下搖動，那看起來像是嗅鹽。如果這些氰化鉀被裝進一只嗅瓶裡，與普理查太太的嗅瓶調換……唉，那可憐的女士有用嗅鹽的習慣。而且你說，在死者的手邊發現了嗅鹽的瓶子。那麼，當然，當喬治去打電話叫醫生的時候，柯普琳護士便偷偷地換掉了瓶子。再把煤氣開一點點，讓煤氣蓋過杏仁的味道，以防別人覺得奇怪。我曾聽說過氰化物在人體內過一段時間後會消失得無影無蹤。當然，我也許錯了，瓶子裡可能是一種完全不同的東西，但不管是什麼，這已經不重要了，對吧？」

瑪波小姐停了下來，有些接不上氣來。

珍娜．賀麗爾湊上前問：「可是那些藍色的天竺葵，還有那些花怎麼解釋呢？」

「護士們手邊都有些石蕊試紙，對吧？做實驗用的，不是什麼好玩的東西，我不需詳細解說。我以前也做過一點護理工作。」瑪波小姐說這話的時候有些臉紅。「藍色的試紙遇酸就會變成紅色，紅色的遇鹼就會變成藍色。在紅花上黏些紅色石蕊試紙不是什麼難事，當然要在靠近床的地方。這樣，當那可憐的女人用她的嗅瓶時，強烈的氨氣就會把它變成藍色，確實是妙計。當然了，那些天竺葵剛糊上牆的時候，不會是藍色的，在出事前，根本就沒有人注意過它。那護士在調換瓶子的時候，必定花一兩分鐘的時間把裝有嗅鹽的瓶口對著牆，我是這樣想的。」

「您好像是親眼目睹似的，瑪波小姐。」亨利爵士說。

「讓我感到不安的是，」瑪波小姐說，「可憐的喬治和那可愛的英斯道小姐，也許他們因互相猜疑而彼此疏遠了，但生命是如此短暫啊！」

她搖了搖頭。

「你不必為此操心。」亨利爵士說，「事實上我暗中已有計畫。我們逮捕了一名護士，因為她涉嫌謀殺她一個上了年紀的病人……死者給她留了一筆遺產。她就是把裝有氰化鉀的瓶子調換成嗅鹽瓶……柯普琳護士故技重施。普理查先生和英斯道小姐沒有必要再互相猜疑了。」

「這再好不過了，您說是嗎？」瑪波小姐叫道，「我當然不是指謀殺，那太可悲了，它讓我們看到了世間的罪惡，一旦你屈服……哦，我想起來了，我和羅伊德醫師那段提及鄉村護士的談話還沒完呢……」

08 伴護

「接下來，羅伊德醫師，」賀麗爾小姐說，「你有什麼讓人聽了毛骨悚然的故事嗎？」

她直視著他，微笑著，那微笑迷死了萬千劇院觀眾。珍娜．賀麗爾一度被認為是全倫敦最美麗的女人，那些圈內嫉妒她的人常說：「珍娜不是個藝人，她根本不會演戲，你們知道我的意思，她全憑那雙會說話的眼睛！」

這雙「眼睛」此時正閃閃動人地盯著那位頭髮灰白、年近花甲的單身醫生。近五年來，醫生一直在聖瑪莉米德看診。

不自覺地，醫生脫下西裝背心（近來這背心有些緊，讓他覺得不大舒服），他火速絞盡腦汁，賀麗爾小姐對他充滿了信心，他總不能讓這位俏佳人大失所望，對吧？

「今天晚上，我想在罪惡中打滾。」珍娜出神地說。

「妙極了，」班崔上校——這家的男主人——說，「妙極了，妙極了。」隨即發出一種中氣十足如軍人般的大笑。「嗯，桃莉？」

他的妻子馬上恢復她的社交應變能力（她剛才腦中一直在籌畫即將來臨的春天聚會），熱情地附和道：「說得好，」她說得很熱切，不過臉上一點兒表情也沒有。「我也一直這麼認為。」

「是嗎，親愛的？」瑪波小姐說，眼睛一閃一閃的。

「賀麗爾小姐，您也知道，在聖瑪莉米德這樣的地方，很少發生令人毛骨悚然的事，更不用說犯罪了。」羅伊德說。

「此言差矣，」亨利．克什林說，這位蘇格蘭警場前任局長轉向瑪波小姐。「我不只一次從我們這位朋友身上了解到，聖瑪莉米德是個罪惡的溫床。」

「噢，亨利爵士！」瑪波小姐辯解道，一片紅暈飛上她的兩頰。「我相信我從沒說過那樣的話，我只是說：『我認為人性相同，無論是在鄉下還是在別的地方，只不過鄉下讓人有更多的機會與閒暇近距離地觀察人性。』」

「但您不是一直住在這兒，」珍娜．賀麗爾抓住他不放。「您走遍世界各處奇異的角落，這些地方總會有些不同尋常的事發生吧！」

「確實如此，是的，」羅伊德醫生說，仍然在費力思索。「是的，當然……是……啊！有了！」

他鬆了口氣，跌坐在椅子上。

「這是好多年前的事了，我幾乎都忘了，過程很奇怪，可以說怪透了，而最後讓我得到線索的那種巧合更是神奇。」

賀麗爾小姐把椅子挪了挪，靠他更近些，還補了口紅，滿心期待。其餘的人也饒有興致地盯著他。

「我不知道各位是否聽說過加納利群島[12]。」醫生開始了他的故事。

「這些島嶼一定很美，」珍娜・賀麗爾說，「它們是不是在南邊海域？還是地中海？」

「我在去南非的途中曾順道去過那兒，」上校說，「日落時，特內里夫島上的特德峰，景觀壯麗極了。」

「我要講的這次意外發生在大加納利島，不是特內里夫島，而且離現在已有好多年。那時我的健康狀況很糟，不得不暫時關閉我在英國的診所到海外去療養。我在大加納利島最大的城市拉斯帕馬斯開了家診所。我在那兒的生活非常愉快，不僅氣候溫和，陽光充足，還有棒透了的衝浪游泳（我可是一個游泳愛好者）設施。海港生活讓我著迷，來自世界各地的船舶在港口靠岸停泊。每天清晨我都沿著防波堤散步，興致比女性在逛帽子專賣街還高呢。

「我剛才說了，來自世界各地的船都在拉斯帕馬斯停靠，有時他們只停上數小時，有時

12　加納利群島（Canarias），北大西洋東部的火山群島，居民多為西班牙人和當地人的混血兒。

則一兩天。在城裡最大的旅館『大都會』裡，你可以看到各種不同國籍、飄泊不定的旅人，即便是去特內里夫島的人，通常也會在這兒待上幾天，再過島去。

「我的故事就從大都會旅館開始。一月的一個星期四晚上，旅館舉行一場舞會，我與一位朋友一直在小桌邊坐著，觀賞舞會進行。參與舞會的有一群英國人和其他國家的人，但跳舞的泰半是西班牙人，當樂隊奏起探戈舞曲時，只有五、六對西班牙人在舞池中曼舞。他們跳得非常好，我們都在一旁觀看，羨慕不已。特別是一位女性，身材高䠷、漂亮、婀娜多姿，像隻野性尚存的母豹優雅地舞動，渾身散發某種危險的信號，讓我們心動不已。我把這種想法告訴朋友，他也同意我的看法。

「『像這樣的女人，』他說，『背後必定有段歷史，生命不會平淡無奇。』

「『美麗本身可能就是危險。』我說。

「『還不只是美麗，』他堅持說，『還有別的。你再多看那女人幾眼。那個女人日後一定會出事，或是有人因她出事。我剛才說過，她的生命不會平淡無奇，她的周圍一定充滿了各種離奇刺激的事情，看她的臉就知道。』他停了下來，隨後又笑著補充說：『再看看那邊那兩個女人，一看就知道什麼事也不會發生在她們身上！她們一生下來就註定安安穩穩地度過一生。』

「我順著他的目光望去，他所指的那兩個女人是剛到的遊客……那天晚上，一艘荷蘭籍的羅德號才進港，乘客們剛上岸。

「一看到她們，我馬上就明白朋友的意思。那是兩位英國女士，是你在海外隨處可見的那種有教養的英國遊客。我猜她們的年齡在四十歲左右，一個皮膚白皙，有一點點……只是一點點，太豐腴；另一個皮膚黝黑，有一點點——也只是一點點——清瘦。兩個人都保養得很好，身穿質樸、裁剪合宜的粗花呢套裝，臉上脂粉未施，一看就知道是出身良好的英國女人。兩人都沒有什麼特別的地方，她們和成千上萬的英國女性一樣，在旅遊指南的協助下，將依序去參觀她們想觀賞的東西，對其他一切則視而不見，無論到哪裡，一有機會就去英國圖書館和英國教堂。很可能她們其中的一個，也許是兩個，都稍微會畫畫。正如我朋友說的，她們身上不會發生什麼刺激或特別的事，儘管她們很有可能已經周遊了半個世界。我看看她們，再看看那位婀娜多姿、半閉著火熱雙眸的西班牙女郎，我笑了。」

「這兩個可憐的東西，」珍娜．賀麗爾說，嘆了口氣。「但我真的認為不會充分利用自己的人真是傻。像龐德街的那個女人華倫婷最棒了。奧黛麗．戴蒙卯足了勁演這個角色。你看過她演的《下行台階》嗎？在第一幕中她演一個中學生，演得唯妙唯肖。然而就算她是個出色的演員，她也畢竟半百了，事實上，我碰巧知道她其實已經快六十了。」

「請繼續，」班崔太太對羅伊德醫生說，「婀娜多姿的西班牙舞孃，這故事我喜歡，讓我忘記了我的年齡和這身臃腫的身材。」

「對不起，」羅伊德醫生抱歉地說，「其實這故事與那位西班牙女郎無關。」

「是嗎？」

「是的，事態的發展證明我和朋友都錯了。這個西班牙美女根本沒發生過什麼刺激的事。她嫁給了船務公司的一位職員，到我離開那個島的時候，她已是五個孩子的母親了，而且變得很胖。」

「就像伊士雷·彼得斯家那個女孩一樣。」瑪波小姐說，「因為腿長得漂亮而上了舞台，在默劇中演男主角，大家都說日後她準會變壞，然而她卻嫁了一個推銷員，安安穩穩地過著平凡的日子。」

「鄉村小鎮的通俗事件。」亨利爵士輕聲說。

「不，我要講的故事與那兩位英國女士有關。」醫生繼續說道。

「她們出事了？」賀麗爾小姐小聲地問。

「是的，她們出事了，而且就在兩人到達的第二天。」

「是嗎？」班崔太太說。

「只是出於好奇，那天晚上我出去的時候，看了一眼旅館的住宿登記簿。我很快就找到了她們的名字……瑪麗·巴頓小姐和艾蜜·杜蘭小姐，來自巴克斯郡科頓韋爾的一座小牧場。當時我怎麼也沒想到會在那麼短的時間內與這兩位女士再次相逢，而且是在那種悲慘的情況下。

「次日我與一些朋友計畫一起出去野餐，我們準備帶著午餐，駕車橫越全島，到一個叫作（時間太久了，我記不太清楚）拉斯尼夫的海灣。那兒是一處保護良好的海灣，如果有時間，我們準備在那兒暢游一番。野餐活動如約進行，只是我們出發得晚了些，不得不在途中停下來，吃過午餐後繼續前進，想趕在午茶前到達拉斯尼夫島，游泳一會兒。

「我們剛到海邊，立刻就感受到極大的騷動，整個村子的人似乎都聚集在海邊，他們一看到我們的車就立即跑向我們，七嘴八舌地向我們說著什麼。我們的西班牙語不太靈光，好一會兒，我才明白了他們的意思。

「兩個昏了頭的英國女人下海去游泳，一個游得太遠，感到不適，另一個緊隨其後，想把她拖回島上，但又體力不支，要不是有個男士駕著小船去找救生員來搭救的話，恐怕她也會溺死。

「我一明白了之後，立刻推開人群向海邊奔去。一開始我沒認出她們。那位胖點的女人穿的是一件黑色的彈性泳衣，戴一頂綠色的橡膠泳帽。她抬起頭來焦慮地看著我時，一點也沒有喚起我的記憶。她跪在朋友身旁，外行地做著人工呼吸。當我告訴她我是醫生時，她鬆了口氣，我命令她趕緊到附近的小木屋去擦乾身子換上乾衣服，與我同行的一位女士和她一起去了。我竭盡全力搶救那個溺水的女人，但已回天乏術。生命之火顯然是熄滅了，最後，我無奈地放棄了。

「我走進漁夫的小屋，向大家報告了這個令人難過的消息。那位生還者已經穿上她自己的衣服，這時我才認出她正是昨晚到達的那兩個女士中的一個。她很平靜地接受了這一噩耗，很顯然，這可怕的事件把她給嚇呆了。

「『可憐的艾蜜……可憐，好可憐的艾蜜，她一直盼望著到這兒來游泳，她很會游泳。我真不明白，醫生，您能告訴我是怎麼回事嗎？』

「『也許是抽筋，您可以告訴我當時的情形嗎？』

「『我們一直在游，游了大概二十分鐘吧，我想。然後我想往回游，但艾蜜說她還想再游遠些，便再游了出去。突然間，我聽見她的叫聲，仔細一聽，她在求救，我鼓足了勁向她游去，游到她那兒的時候，她仍浮在水面，她猛地抓住我不肯鬆手，我們倆都沉了下去，如果不是那位男人駕船來的話，我一定也淹死了。』

「『那是常有的事，』我說，『要救一個行將溺斃的人不是件容易的事。』

「『真是太恐怖了，我們昨天才剛到，』巴頓小姐繼續說，『我們都沉浸在享受這兒的陽光，享受我們小小的假期，而現在……現在卻發生了這樣的慘事。』

「我詳細地向她詢問了那個死去女人的資料，向她解釋說，我願意盡全力幫助她，但西班牙當局需要完整的資料。因此她立刻給了我這個女人的資料。

「溺斃的那位叫艾蜜．杜蘭，是她的伴護，五個月前才應聘而來。她們一直相處得很融洽，只是杜蘭小姐很少提及她的家人。她很小的時候就成了孤兒，是她的一個叔叔把她帶大的，然後到二十一歲就開始自謀生路。

「這就是事情的全部經過。」醫生停了下來，之後又補充了一句，帶著結束的語氣說，「沒什麼好說的了。」

「我沒搞懂，」珍娜．賀麗爾說，「這樣就沒下文了？我是說，這確實是一齣悲劇，不過這可不是……嗯，那種令人毛骨悚然的故事吧？」

「我認為一定還有下文。」亨利爵士說。

「是的，」羅伊德醫生說，「下文還長著呢，當時發生了一件怪事。意外發生後，我問了漁夫等人看見了什麼，畢竟他們是目擊證人。有個女人的說法很可笑，我當時並未留意她所說的話，之後才回想起來。她堅稱，杜蘭小姐之所以喊叫，根本不是碰到了什麼麻煩，而是另一個游到她身邊的女人故意把她的頭往水裡按。我說過了，當時我根本沒在意她的話。這個說法充滿了想像，而且從岸上看去，情況或許差距甚大。巴頓小姐意識到後者死命抓住她會造成兩人雙雙溺斃，所以可能會先讓她的朋友失去知覺。但照那個西班牙婦女的說法，看上去就像是巴頓小姐故意……故意把她的朋友溺死。

「我再說一遍，當時我一點也沒把這件事放在心上，是後來才想起的。我們最大的困難是如何查出死者的背景，艾蜜．杜蘭好像沒什麼親人。巴頓小姐和我一起清理她的遺物，發現了一個地址，按該地址寫了封信去，但那只是她租來放東西的地方，房東太太什麼也不知道，只在她搬進來的時候見過她一面。杜蘭小姐曾說過很想有個屬於自己的地方，讓她隨時可以回去。房間裡只有一兩件像樣的舊家具、一大堆學校的照片和一箱子大減價時買回來的東西，但沒有私人物品。她告訴房東說，她的父母死在印度，那時她還很小，是個當牧師的親人把她帶大的，但她沒說清楚是舅舅還是叔叔，因此無從查起。

「這也沒什麼好大驚小怪，只是讓人有些失望而已。一定有許多驕傲、沉默寡言而且寂寞的女人像她一樣。她遺留在拉斯帕馬斯的個人物品中有些照片，已經舊到開始泛黃，而且為了裝進相框中已被裁剪過，因此沒留下攝影師的姓名，有一張還是用銀版法拍攝的，裡面可能是她母親，更可能是她祖母。

「杜蘭小姐有兩位介紹人，其中一位巴頓小姐已經忘記，另一位她費了好大的勁終於想起那人的姓名。結果這位女士人在國外，去了澳洲。我們給她寫了封信，隔了好長一段時間她才回信。我得說，信是來了，但幫不了什麼忙。信中說，杜蘭小姐曾經做過她的伴護，很盡職，是個很迷人的女孩，但她對她的私生活及家庭背景一無所知。

「所以，結果就是如此，我說過，一切都平淡無奇，真的。只有兩件事情讓我不安。一是沒有任何人認識艾蜜·杜蘭，二是那個西班牙女人那番奇怪的言論。是的，我還得補充第三點：當我剛彎下身去檢查一動也不動的艾蜜時，巴頓小姐正朝漁民的小屋走去，她曾回過頭來張望，當時她臉上帶著一種我只能稱為極度焦慮、忐忑不安的表情，這種表情深深地刻在我的腦海裡。

「當時，我認為這很正常。我想她是為朋友感到悲痛。然而，後來我才發現根本不是那麼回事，她們之間沒有什麼深厚的友情。巴頓小姐不是悲痛，只是由於喜歡艾蜜·杜蘭，被她的死嚇傻了，僅此而已。

「但為什麼她會有那種極度焦慮的表情呢？這問題一直纏繞著我。我絕對沒有誤讀她的表情。一個答案慢慢在我腦中形成：或許那個西班牙女人說的是實情，或許瑪麗．巴頓果真冷血到企圖淹死艾蜜．杜蘭，她成功地把她拉下水且裝成救她的樣子，並被救上了船，而她們所在的海灘前不著村後不著店，接著我出現了，她萬萬沒想到，一個醫生出現了！而且還是個英國醫生！她相當清楚有人在比艾蜜．杜蘭溺水更久的情況下，被人工呼吸救活了。但她得扮演好她的角色，把她的受害者留給我而離去，她最後回過頭來看那一眼的時候，臉上帶著那種可疑的焦慮，是不是怕艾蜜．杜蘭會醒過來，說出真相？」

「噢！」珍娜．賀麗爾說，「這下我覺得有些恐怖了。」

「這樣一想，整個事情就有些可怕了，艾蜜．杜蘭的身分更顯得撲朔迷離。艾蜜．杜蘭是誰？為什麼這麼個小人物，一個雇來的伴護，會遭主人殺害呢？那個死亡之泳背後有什麼隱情？她是幾個月前才應聘來陪巴頓小姐的，然後瑪麗．巴頓把她帶來海外，但在她們登島的第二天就發生了這種悲劇。她們倆都是有教養、平凡、矜持的英國人啊！整個事件顯得太離奇，我告訴自己，也讓自己的想像在空中馳騁。」

「您沒有採取什麼行動嗎？」賀麗爾小姐問。

「親愛的小姐，我能做什麼呢？沒有任何證據。大部分目擊者的證詞都和巴頓小姐一樣。我的懷疑完全是建立在一個瞬間的印象上，有可能只是我的想像。我唯一能做的……而且已經做了的，是去尋找艾蜜．杜蘭的親人。當我再回到倫敦時，我甚至去拜訪了她的房東太太，那次會面的結果我已經在前面跟你們說了。」

「然而您感覺到有些地方不對勁。」瑪波小姐說。

羅伊德醫生點點頭。

「有一半的時間，我為自己居然有這種想法而感到羞愧，我憑什麼懷疑這和藹的英國女士是個冷血的殺人凶手？她在島上那短短的時間裡，我盡可能幫助她，協助她與西班牙當局周旋，總之，我盡到一位英國紳士的責任，在異國幫助一位自己的同胞。然而我想，她知道我懷疑她，而且不喜歡她。」

「她在那兒住了多久？」瑪波小姐問。

「大約有兩週吧，杜蘭小姐就葬在那兒，大約十天之後她搭船回英國。這場災難讓她很難過，她無法按照計畫在那兒過冬，她是這麼說的。」

「她朋友的死，真的讓她很難過嗎？」瑪波小姐問。

醫生有些猶豫。

「嗯，從表面上是不太看得出來。」他很謹慎地說。

「她有沒有，比如說，長胖了些？」瑪波小姐問。

「真奇怪，您竟會提出這樣的問題，不過現在回想起來，我想您是對的，她……是的，看起來體重是有所增加。」

「好可怕喔！」珍娜·賀麗爾抖了一下說，「這就像……就像是吸了受害者的血而變胖一樣。」

「然而，從另一方面看來，我可能有些冤枉她，」羅伊德醫生繼續說，「在她離開之前，她說了幾句話。這些話似乎與此案風馬牛不相及，但我相信那可能是她良知的甦醒，儘管時間已過了很久，但最終她還是承認了她的罪行。

「在她離開加納利群島的前一天晚上，她請我到她那兒去，非常感謝我為她所做的一切，我當然說這事微不足道，說我只是做了任何人都會做的事情等等。這之後是一陣沉默，接著她突然問我一個問題。

「『您認為，』她問，『私下執法算是合法的事嗎？』

「我回答說，那是一個很難回答的問題，但整體而言，我認為那並不合法，法律畢竟是法律，我們必須遵守。

「『即便是在它無能為力的時候？』

「『我不大懂您的意思。』

「『這很難說清楚，一個人可能會做出全然錯誤的事情……也許是犯罪，雖然他有充分的理由。』

「我冷冷地答說，可能有些罪犯在下手時會有那種想法。她立即向後退縮。

「『太可怕了，』她喃喃自語著，『太可怕了。』

「然後，她換了一種口氣，問我能否給她一些容易入睡的藥物。『自從……』她有些猶豫。『自從那件可怕的事情發生後，我一直睡得不安穩。』

「『是嗎？是不是有什麼心事？你腦子裡是不是一直在想著什麼？』

「『腦子裡？您認為我腦子裡該想些什麼？』她的口氣很凶，也帶著懷疑。

「『有時候失眠是因為有煩惱。』我輕描淡寫地說。

「她想了一下說：『您是指煩惱未來還是煩惱過去？哪一個是無法改變的？』

「『兩者都不能改變。』

「『煩惱過去完全沒好處，因為你已經無法挽回……哦！煩惱又有什麼用！人不該想太多，不該想太多呀。』

「我給她開了些比較溫和的安眠藥就告辭了。在我離開時，我不停地想著她剛說過的那些話：『已經無法挽回……』那是指人還是指物呢？

「這最後一次會面，讓我對後來所發生的事有了某種程度的心理準備，當然，我並未料到此事，可是當它發生時，我並不感到意外。因為，你們知道，瑪麗·巴頓在我心目中是一個執著的女人，並非懦弱的凶手，她是個堅定的女人，一旦下定決心便付諸行動，只要她還堅持決心，態度絕不軟化。從與她的最後一次談話中，我猜想她一定是開始對自己的決心產生了懷疑，她的那些話是向我暗示，她開始感覺到良心受到嚴重譴責，她後悔了。

「接下來的故事發生在康沃爾郡的一個小海水浴場。當時是一年中的旅遊淡季，那裡的氣氛很荒涼。我想想……那大概是在去年三月下旬，我是從報紙上得知這件事的。報上說，一位住在當地一家小旅館的巴頓小姐，行為怪異，眾所皆知，每到晚上她就在房間裡走來走去，喃喃自語，根本不讓她周圍的人安睡。有一天，她喚來了牧師，自稱有極重要的事要告訴他，她說她犯了罪。然後，等牧師來了，她卻根本不做告解，反而突然站起來說，她改天再來找牧師。牧師認為這是輕度的精神失常引起的，沒把她的告解看得很認真。

「第二天，有人發現她失蹤了，留了張字條給法醫，上面寫道：『昨天我試圖跟牧師告解，招認一切，但被阻止了，她在冥冥之中阻止我那麼做。我只能用一種方式來贖罪，那就是以命抵命。我應該以和她同樣的死法……溺死於深海中，來結束我的生命。我原本相信我的做法正確，但現在看來並非如此，要祈求艾蜜的原諒，我只有隨她而去。任何人都與我的死無關。瑪麗．巴頓。』

「她的衣服在附近一處僻靜的海灣上被發現，很顯然她是在這兒換下衣服，然後義無反顧地向深海游去，那兒的水流出了名的危險，甚至能把岸上的人拖下水。

「屍體一直沒找到，但經過一段時間後，她還是被認定為死亡。她是一位富婆，有十萬英鎊的遺產，由於她沒有留下任何遺囑，這筆遺產就自然留給了她最近的親屬，在澳大利亞的堂兄妹一家。報紙上還保守地提到發生在加納利群島的悲劇，推斷杜蘭小姐的死使她朋友精神失常。偵查結果是：一時的精神錯亂導致自殺。

「這場悲劇以艾蜜．杜蘭和瑪麗．巴頓雙雙死亡而落幕。」

好一陣的沉默之後，珍娜．賀麗爾小姐長長地嘆了一口氣。

「唉，您不能在最精采的地方停住了，繼續講呀。」

「您知道，賀麗爾小姐，這不是連載小說，而是真實的故事。現實生活往往會在它選定的地方停下來。」

「但我不想讓它停下來，我想知道……」

「這就是我們需要去思考的地方了，賀麗爾小姐。」亨利爵士解釋說，「為什麼瑪麗．巴頓要殺害她的伴護？這就是羅伊德醫生向我們提出的問題。」

「噢，嗯，」賀麗爾小姐說，「她可能有許多理由要殺她，我的意思是說，哦，我也搞不清楚。死者也許讓她感到厭煩，或者她嫉妒死者，雖然羅伊德醫生沒提到任何男人，但那艘救她上來的船……唉，大家都知道，人們對船夫以及水手的各種說法。」

賀麗爾小姐停了下來，因為說得太急而有些喘不過氣來。顯然珍娜迷人的外貌比她的腦袋好太多了，這點她的觀眾心知肚明。

「我有好多種猜測，」班崔太太說，「但我想我得侷限在其中一種，我想可能是巴頓小姐的父親毀了艾蜜的父親而致富，因此，艾蜜決定報復。噢，不，完全弄反了，煩死人啦！有錢的主人為什麼要殺害卑微的伴護呢？啊，對了，巴頓小姐有個年輕的弟弟愛上了艾蜜．杜蘭，為了她舉槍自盡。巴頓小姐等候時機，待艾蜜小姐家道中落後就雇了她當伴護，把她帶到加納利群島，完成了她的報復計畫，這推測怎麼樣？」

「好得不得了，」亨利爵士說，「只是我們不知道巴頓小姐還有個弟弟。」

「我們只能推測她有個弟弟，」班崔太太說，「否則她根本沒有殺人動機嘛。你懂嗎，華生？」

「你說的都沒錯，桃莉，」她丈夫說，「但那只是一種猜測。」

「當然是猜測，」班崔太太說，「我們所能做的也只是猜測，我們又沒有任何線索，該你了，親愛的，你自己猜猜看。」

「老實說，我不知道該說些什麼，但我覺得賀麗爾小姐的分析有點道理，她們是為了某個男人而鬧翻的。桃莉，此人有可能是某個高教會的牧師，她們都給他做了件長袍什麼的，他先穿了杜蘭小姐的那一件……根據研判，好像應該就是這麼回事。想想她最後找來牧師的那段描述。碰到英俊的牧師，女人都會昏頭的，這種故事時有所聞。」

「儘管只是猜測，」亨利爵士說，「我也盡可能地讓它周密些。我認為巴頓小姐精神有問題。精神錯亂引起的案件遠比你們想像的要多，她的精神愈來愈不正常，她開始相信她有義務除掉某些人，也許是那些生來就不幸的女人。沒人知道杜蘭小姐的過去，她極有可能有段不幸的過去。巴頓小姐得知這件事，決定履行她的『義務』，後來她的『正義』行為開始讓她不安，以致後悔到了極點。她的下場證明了她精神完全錯亂。現在，瑪波小姐，請說您同意我的看法。」

「恐怕我無法同意，亨利爵士。」瑪波小姐說，臉上帶著歉意的微笑。「我認為最後的結局說明她是個絕頂聰明、足智多謀的女人。」

珍娜．賀麗爾發出一小聲尖叫，打斷了瑪波小姐。

「哦！我真笨，我能再猜一次嗎？這一定是敲詐！那位伴護想敲詐巴頓小姐。我只是不懂為什麼瑪波小姐說她自殺是個聰明的做法。我一點兒也不明白。」

「啊哈！」亨利爵士說，「你們瞧，瑪波小姐又想起聖瑪莉米德也發生過類似的案子了。」

「您老是嘲笑我，亨利爵士，」瑪波小姐指責他說道，「我得承認，這的確讓我稍微聯想起楚特太太。有三個老太太在不同的教區死去，她領了她們的養老金。」

「聽起來像是一個手段高明複雜的犯罪行為。」亨利爵士說，「但我看不出這對破解我們現在的問題有何幫助。」

「當然沒有，」瑪波小姐說，「對您來說沒什麼幫助。可是對一些很窮的家庭來說，養老金對孩子們不無小補。我知道，局外人很難理解這一點。我想說的只是，整件事的癥結在於，一個老女人和另一個老女人非常像。」

「呃？」亨利爵士迷惑不解地說。

「我總是把事情愈說愈混亂。我是說，當羅伊德醫生一開始描述那兩位女士的時候，他並不知道誰是誰，我想旅館裡的人也分不清她們兩個，當然了，一兩天之後，大家就能分辨清楚，但就在第二天，其中一個就死了，如果活著的那位說她是巴頓小姐，我想沒人會提出異議。」

「您認為……啊！我明白了。」亨利爵士緩緩說道。

「只能這麼想，親愛的班崔太太剛才也提出這樣一個問題：為什麼有錢的雇主要殺害卑微的伴護呢？事情該倒過來才是，我是說，只有這樣才合理啊。」

「是嗎？」亨利爵士說，「這真讓我吃驚。」

「當然，」瑪波小姐接著說，「她不得不穿上巴頓小姐的衣服，這些衣服穿在身上一定有點緊，因此，一般人從表面上看，她是長胖了點，那就是為什麼我剛才要提那個問題。男人們一定認為是這位女士長胖了，他們不會想到是衣服太小了，雖然這才是正確的解釋。」

「但如果艾蜜．杜蘭殺了巴頓小姐，她能得到什麼好處呢？」班崔太太問，「她不可能永遠欺瞞下去呀。」

「這個角色她只需要扮演一個月左右就行了。」瑪波小姐指出，「在此期間，我猜她一定是到處旅行，遠離那些認識她的人。我前面說過，年齡相仿的兩個女人，相貌上不會有很大的差別。護照上的照片與真人的差異通常沒人注意……大家都知道護照上的照片是怎麼回事，然後到了三月，她到康沃爾去，開始裝瘋賣傻來引起旁人的注意。最後，當人們在海灘上發現她的衣服、看到她留下的字條以後，便不可能再去做些常識性的推論。」

「什麼推論？」亨利爵士問。

「沒有人淹死，」瑪波小姐肯定地說，「那是明擺著的事實，但其中穿插了太多不相干的插曲，分散了大家的注意力……包括謀殺、懺悔啦，那其實都是障眼法。根本就沒人淹死，這才是真正重要的事實。」

「您的意思是說……」班崔太太說，「您是說根本不存在什麼悔恨？她……她根本就沒投海自盡嗎？」

「她才沒哩！」瑪波小姐說，「又一個楚特太太，她特別擅長障眼法，但她碰到了我這個對手。我一眼就看穿了你們那位悔恨交織的巴頓小姐。投海自盡？如果我猜得沒錯，她一定是去了澳洲。」

「您猜對了，瑪波小姐，」羅伊德醫生說，「一點也沒錯。現在這事又讓我感到相當訝異。哎呀，要是我早知道您的這番推論，那麼那天我在墨爾本所遇到事就不會令我吃驚了。」

「那就是您說的……神奇的巧合？」

羅伊德醫師點點頭。

「是的，我巧遇巴頓小姐或者是艾蜜・杜蘭小姐，隨你們怎麼稱呼她。實在倒楣，有段時間，我在當船醫，有一次船在墨爾本靠岸，我下船在街上溜達，第一眼看到的，正是我認為已在康沃爾郡溺死的那位女士。看到我，她認為一切都完了，於是她採取了一項很冒險的行動，也就是把我當成知己。真是個奇怪的女人，我想，毫無道德感。她生活在一個九口之家，是家裡的長女，一家人窮得一個錢打三個結。他們曾求助於英國那位有錢的堂姐，但遭到拒絕。為此，巴頓小姐與父親大吵一架。家裡實在太缺錢了，因為最小的三個孩子體弱多病，需要支付昂貴的醫療費。於是，艾蜜・巴頓決定進行她的冷血謀殺計畫。她啟程前往英國，在船上當保育員以充作船費。後來她當了瑪麗・巴頓小姐的伴護，改名為艾蜜・杜蘭，租了房子，在裡面擺了些家具以證明這號人物存在。投海自盡的計畫純屬臨時起意。她一直在伺機而動。接著她導演了這場悲劇的最後一幕，然後回到澳洲，在這期間，她和家人以巴頓小姐最近親屬的身分繼承了她的遺產。」

「一樁非常大膽而且完美的罪案。」亨利爵士說，「幾乎是天衣無縫，假如在加納利群島死亡的是瑪麗．巴頓小姐，人們就會懷疑艾蜜．杜蘭，那麼她與巴頓家的親戚關係就會被查出來，但身分的交換以及雙重罪行，有效地排除了人們的懷疑。是的，幾乎是天衣無縫。」

「她最後的下場怎麼樣？」班崔太太問，「您是如何處置這件事的，羅伊德醫生？」

「我處在進退兩難的境地，班崔太太。就法律所要求的證據而言，我拿不出來，但身為一個醫生的我明確地發現，這個女人表面上看起來健壯、活力充沛，但實際上已不久人世。於是我和她一起去了她家，看到她家的其他成員。真是一個可愛的家庭，弟妹們都敬重這位大姐，他們壓根兒不會想到他們的大姐是個殺人犯。在我根本沒有證據的情況下，我又何必給這家人帶來憂愁呢？巴頓小姐的自白除了我之外沒別人聽到，我遂決定順其自然。她在我們那次會面的六個月後死去了。我不知道她是否真能心安理得，至死不感到內疚？」

「一定會內疚的。」班崔太太說。

「我想也是。」瑪波小姐說，「楚特太太就是。」

珍娜．賀麗爾打了個哆嗦。

「這太……太可怕了，到現在我還沒搞清楚是誰淹死了誰。這個叫楚特太太的怎麼會與此事有關呢？」

「她與此案無關，親愛的。」瑪波小姐說，「楚特太太只是住在我們村子的一個女人，一個不太好的人。」

「噢！」珍娜說，「在村子裡啊。但村子裡一向太平無事，不是嗎？」她嘆了口氣。「我要是生活在一個小村子裡，一定什麼都不知道。」

09 四個嫌疑犯

這場談話的內容一直圍繞著那些未被發現或做案人逍遙法外的案件，班崔上校，他那胖胖、和藹可親的太太，珍娜・賀麗爾，羅伊德醫生，甚至年長的瑪波小姐，每個人都輪流發表了自己的看法，而至今尚未開口的人，卻是大家都認為在這種場合下最有發言權的亨利・克什林爵士……蘇格蘭警場前任局長。他靜靜地坐在那兒，捻著他的鬍子，確切點說，是捋著他的鬍子，他似笑非笑，像是在想著什麼有趣的事。

「亨利爵士，」班崔太太終於開了口。「如果你什麼都不說，我可要尖叫了喔，應該有許多罪行未受制裁……還是沒有？」

「你是想到報紙上的標題吧，班崔太太？『蘇格蘭警場再度失誤』，隨後是一連串的懸案名單。」

「我想，這類案子畢竟是少數。」羅伊德醫生說。

「是的，正是如此。數百宗破了案、罪犯伏法的案子很少被媒體大事渲染，但這還不是問題的所在，對吧？當你們談及未被發現的罪案和未被破解的案件時，你們談的是兩碼子事。未被發現的罪案蘇格蘭警場亦不知情，也就是沒人來報案的那種。」

「我想，這類案子為數不多吧？」班崔太太說。

「是嗎？」

「亨利爵士！該不會有很多吧？」

「我認為，」瑪波小姐若有所思地說道，「數量應該很多。」

這位迷人的老小姐氣定神閒地說了這句話。

「親愛的瑪波小姐。」班崔上校說。

「當然，」瑪波小姐說，「很多人不夠聰明，無論做什麼都會被發現，但也有很多人很靈光，除非他們有強烈的道德原則，否則可能做出什麼事來，讓人想都不敢想。」

「是的，確實有很多人相當聰明。大多數的罪案之所以被偵破，都是因為那一點點的笨拙，每一次罪犯們都對自己說：要不是出了那麼一丁點兒的差錯，誰會知道呢？」

「這就很嚴重了，克什林。」班崔上校說，「真的很嚴重。」

「是嗎？」

「你這什麼意思？是啊！當然是很嚴重。」

「未受懲罰的罪案，嗯？從法律的角度來看，可能是如此，但法律之外還有因果報應，雖說惡有惡報是陳腔濫調，然而依我看，沒什麼比這更真確的了。」

「也許，也許吧，」班崔上校說，「但那不能改變問題的嚴重性，呃……嚴重性。」他停了一下，有些茫然。

亨利．克什林爵士笑了笑，說：「一百個人中有九十九個都會和你的想法一樣，但你知道嗎，重要的不是『誰有罪』，而是『誰無辜』，很少人認清這一點。」

「我不明白。」珍娜．賀麗爾說。

「我懂，」瑪波小姐說，「褚蘭特太太有次發現袋子裡少了二點五先令，這時首先遭殃的，就是每天都來打掃的那個女人，亞瑟太太。褚蘭特太太一家認為是她拿了錢，但這家人很善良，知道亞瑟太太有一大家子要養，丈夫還酗酒，嗯，因此他們不想把事情弄大，但他們對她的態度與以往不一樣了。像是他們不在家的時候，他們不再把房子交給她管理。這對她來說差別甚大，其他人也開始對她另眼相看。後來突然有一天，他們發現錢原來是家庭女教師偷的，因為褚蘭特太太剛好透過鏡子親眼看見她溜進了房間。這純屬巧合，我則把它叫作天意。我想亨利爵士說的大概就是這個意思。大多數人只對誰偷了錢感興趣，而最終被抓出來的往往是最出乎意料的人，就像偵探小說裡描寫的那樣！但真正受影響的人是什麼也沒做的亞瑟太太。您說的就是這意思，對吧，亨利爵士？」

「是的，您說的正是我的意思。你提到的那位清潔婦還算走運，最後總算還了她的清白，但有些人可能一輩子被不公平的懷疑壓得喘不過氣來。」

「這是不是讓你想起了某樁案子，亨利爵士？」班崔太太敏銳地問。

「事實上，班崔太太，我確實想起了一樁案子，一樁很玄的案子，我們都知道凶手是誰，但就是找不到證據。」

「我猜用的是毒藥，」珍娜喘著氣。「某種不留痕跡的東西。」

羅伊德醫生不安地動了動，亨利爵士搖搖頭。

「不，親愛的小姐，不是那種美國南方印地安人的神祕毒箭！我倒希望如此。我們碰到的問題比這要普通得多，普通到無法證明罪犯有罪。一個老人從樓梯上摔下來，摔斷了脖子，這種不幸的事故每天都在發生。」

「那到底是怎麼回事？」

「誰知道呢？」亨利爵士聳聳肩。「有人從後面推他下去？還是凶手在樓梯上拴了一條棉布或繩子，事後又小心翼翼地把繩子收了起來？我們永遠不得而知。」

「這麼說你認為那，嗯，不是意外？理由是什麼呢？」醫生問。

「說來話長，但……嗯，是的，我們確定那不是一場意外。我已經說了，根本無法定誰的罪，證據不確鑿，但事情還有另外一面，這就是我剛才要講的。有四個人可能涉案，其中只有一人有罪，另外三個則是無辜的，除非有朝一日真相大白，否則，這三個人將一輩子生活在被人懷疑的可怕陰影中。」

「我看，」班崔太太說，「你最好告訴我們這個長篇故事。」

「我長話短說好了，」亨利爵士繼續道，「省掉開始那一段，因為那涉及到德國的一個祕密組織——黑手黨，一個繼承卡莫拉[13]作風，或是類似人們印象中的卡莫拉組織。他們有組織地進行敲詐和從事恐怖活動，在戰後突然崛起，而且立刻以驚人的速度拓展，無數的人受到他們的迫害，官方的打擊行動收效不大，因為組織內的祕密防範很嚴，幾乎無法找到任何願意出賣他們的人。

「在英國很少有人知道這個組織，但在德國，其勢力大得驚人，然而，該組織最終栽在羅森博士的手上，還是土崩瓦解了。他在情報界赫赫有名。曾經打入該組織，成為他們當中的一員，並滲透到他們的核心，在搗毀這一組織中發揮莫大的影響力。

「結果他成了焦點人物，最明智的辦法是讓他離開德國，至少得離開一段時間。於是他來到英國，柏林警方給我們來了封信。我們進行了一次私人會晤。他的態度很平靜，且安之若素，他知道自己未來的下場會是什麼。

「『他們一定能找到我，亨利爵士，』他說，『我毫不懷疑這一點。』他身材魁梧，頭腦清晰，聲音低沉，只有那一點點喉音能讓你判斷出他的國籍。『那是無可避免的事，沒

13 卡莫拉（Camorra），一八二〇年在義大利那不勒斯組成的一個祕密組織，一度發展成頗有勢力的政治組織，後因從事詐騙、搶劫而遭取締。

關係，我有心理準備，接受這差事本身就是冒險。任務已經完成，這一組織無法再建立起來了，但組織中仍有許多成員逍遙法外，他們一定會採取某種報復手段，那就是要我的命，這只是早晚的問題，我只希望時間拉長點。您知道，我正在收集編纂一些非常有趣的材料，是我畢生的結晶。可能的話，我想完成這項工作。』

「他說得簡單明瞭，態度莊嚴，我只有佩服的份。我告訴他說，我們會嚴加防範，不過他對我的話置之不理。

「『總有一天，他們會找到我的。』他重複道，『這天來臨的時候，您用不著自責，我相信屆時您一定已竭盡全力了。』

「隨後他談了他的計畫，這計畫再簡單不過了。他打算在鄉下找一棟小木屋，平靜地住下來，繼續他的工作。最後他選了薩默西一個叫金斯納頓的小村子，那兒離火車站七英里，與世隔絕。他買下了一棟迷人的小木屋，重新裝潢之後，非常滿意地住了進去。與他一起住進這房子的還有他的侄女葛瑞塔、一位祕書、一個忠心耿耿跟了他近四十年的德國女傭，還有一個長工兼園丁的本地男人。」

「四個嫌疑犯。」羅伊德醫生輕聲地說。

「沒錯，四個嫌疑犯，這無須多言。過了五個月平靜的生活之後，不幸終於發生了。一天早晨，羅森博士從樓梯摔了下來，半小時後才被發現，發現時他已經斷了氣。事故發生的當時，格魯德太太正在廚房裡，門關著，她什麼也沒聽見，她是這麼說的；葛瑞塔小姐正在花園裡種一些球莖，這也是她自己說的；那個園丁竇布斯在花園中的小屋裡喝早茶，他是這麼說的；祕書外出散步去了，同樣，這也是他自己說的。沒有人提得出不在場證明，也沒人能替其他人作證。但有一點是肯定的，下手的人不可能是外面來的人，在像金斯納頓這樣的小村子，陌生人一眼就會被認出來。前後門都是鎖著的，家裡的每個人各自都有一把鑰匙。因此，範圍就縮小到這四人身上。然而每個人又似乎毫無嫌疑。葛瑞塔，他親哥哥的女兒；格魯德，四十年來忠心的僕人；竇布斯，從未離開過金斯納頓一步；還有查爾斯．坦普頓，那個祕書……」

「對了，」班崔上校說，「他有可能嗎？依我看，他是嫌犯。你知道他的來歷嗎？」

「正因為我知道他的來歷，才排除他的嫌疑，至少當時是這樣。」亨利爵士低沉地說，「查爾斯．坦普頓是我們的人。」

「哦！」班崔上校相當吃驚。

「是的，我要派人保護羅森博士，但又不想引起村民議論紛紛。羅森也確實需要一位祕書，我讓坦普頓去擔任這項工作。他是位紳士，德語說得很流利，是一位很幹練的人。」

「那麼，你懷疑誰呢？」班崔太太迷惑不解地問，「每個人似乎都……都不可能。」

「是的，表面上看是這樣，但你也可以從另一角度來看待這件事。葛瑞塔小姐是他的侄女，她非常可愛，但戰爭讓我們見識到太多兄妹、父子之間反目成仇的例子。可愛的弱女子能做出的舉動，你連想都想不到，同樣的情形也適用於格魯德太太，誰知道她與主人曾有什麼過節？也許是一場爭吵，加上她四十年來忠心耿耿，因此積怨更深，那個階層的老婦人有時有著滿肚子的怨恨。竇布斯呢？能不能因為他與這家裡的人沒有聯繫，就把他排除在外？有錢能使鬼推磨，從某種意義上講，他最容易接近，也最可能被收買。」

「有一點是可以肯定的，那就是已有口信或命令從外面傳來。還有，怎麼會拖了五個月？所以，這個組織的成員肯定一直在運作。在不確定羅森是否背叛了他們的情況下，他們暫緩行動，直到證實他的背叛行為。接著，一切確證無疑，於是他們給臥底人員下了命令——『殺』。」

「太可惡了！」珍娜．賀麗爾說道，打了個寒顫。

「但這個密殺令是怎麼來的呢？我試圖找尋答案，那是我解決難題的唯一希望，這四人中必定有人以某種方式與他們聯繫。我很了解他們的規矩，命令一來，就不能拖延，必須馬上執行，這是黑手黨的特性。

「我開始深入調查。你們可能會認為調查的方法仔細得有些可笑。那天早上有誰到過那房子？我任何人也沒放過，這兒是名單。」

他從口袋裡掏出一枚信封，從信封裡抽出一張紙。

「賣肉的，送一些羊頸肉來，經調查沒問題。

「雜貨店的助手送來一袋玉米粉、兩磅糖、一磅奶油、一磅咖啡。經調查也沒問題。

「郵差，給羅森小姐送來兩份目錄；格魯德太太有一封當地來的信；羅森博士收到三封信，其中有一封蓋了外國的郵戳；兩封坦普頓的信，其中有一封也是外國郵戳。」

亨利爵士停了下來，從信封裡抽出一疊文件。

「你們一定有興趣親眼看看這些東西，有關人員把他們交給了我，有些是從廢紙簍裡找到的。無須說，我已找專家鑑定過是否用了隱形墨水等等。這方面倒是不可能。」

大家湊在一起看這些信。那兩份目錄來自一個苗圃工人和倫敦一家有名的毛皮公司。羅森的三封信有兩份是帳單，一份是本地公司寄來要種子的貨款單，另一份是倫敦一家文具公司寄來的。那封蓋了外國郵戳的信這樣寫道：

親愛的羅森：

我剛從赫默思．史帕思醫師家回來。前幾天我碰到了艾加．傑克遜，他與艾莫斯．派瑞剛從青島回來。說實話，我一點也不羨慕他們。請盡快讓我知道你的近況。我以前就跟你說過，要提防某個人，你知道我指的是誰，儘管你不同意我的看法。

喬真敬上

「坦普頓的兩封信中有一封也是帳單，你們已看到了，是他的裁縫寄來的。另一封是一位德國朋友寄來的。」亨利爵士繼續說，「可惜的是，他在出去散步時看完了信，接著當場就把它撕掉了。最後，我們來看看格魯德的信。」

親愛的史瓦茲太太：

我們希望你多麼能來參加禮拜五晚上的團契，牧師說他有希望你會來，你被我們全體歡迎。那份火腿的食普很棒，榭榭你。希望這封信收到你。提醒你再次，星期五見。

艾瑪．格林敬上

羅伊德覺得這信寫得有些好笑，班崔太太也有同感。

「我認為這最後一封信可以排除在外。」羅伊德醫生說。

「我也這樣想，」亨利爵士說，「但為防萬一，我查證了是否有一個叫格林的太太和教會團契。小心點總是沒錯。」

「我們瑪波小姐就經常這樣講。」羅伊德醫生笑著說，「你做白日夢做得出神了，瑪波小姐，你在想什麼呢？」

瑪波小姐嚇了一跳。

「我真是不中用了。我在納悶，給羅森那封信中，『說實話（In all Honesty）』的H為什麼要大寫？」

班崔太太立刻接著說：「確實是，嗯！」

「沒錯，親愛的，」瑪波小姐說，「我以為你們會注意到這一點！」

「那封信在明白地警告羅森，」班崔上校說，「那是第一件引起我注意的事，你們一定沒想到我注意到那麼多。是的，明確的警告。不過，要提防的人是誰呢？」

「這封信有些奇怪。」亨利爵士說，「據坦普頓講，羅森博士早飯時打開信，看完後，把信扔給餐桌那頭的坦普頓說，他根本就不認識這個男人。」

「那不是什麼男人啊，」珍娜·賀麗爾說，「最後的落款是喬真呀！」

「不一定，也許是喬貴，但看上去的確比較像是喬真，只不過它給我的印象是男人的筆跡。」羅伊德醫生說。

「瞧，這就有趣了。」班崔上校說，「羅森從桌子的這一頭把信扔給了那一頭的坦普頓，裝作不知情的樣子。他其實是想看看這些人的表情。誰的表情呢？他侄女的？還是祕書的？」

「或許是那個廚子的？」班崔太太說，「她當時說不定正好端早餐進飯廳呢，但我沒搞懂的是……太怪了。」

她看著信皺起眉頭。瑪波小姐湊近她，伸出手與班崔太太一起拿著信在那兒輕聲交談。

「為什麼坦普頓要把他那封信撕掉呢？」珍娜·賀麗爾小姐突然問，「好像……噢！我不知道……好像不太正常。他怎麼會有德國的來信呢？當然了，他沒有嫌疑，你前面已說過……」

「亨利爵士並沒那麼說。」瑪波小姐停止了與班崔太太的交談，抬起頭來說，「他說，有四個嫌疑犯，這裡面就包括了坦普頓先生。是這樣吧，亨利爵士？」

「是的，瑪波小姐。痛苦的經驗讓我學會一件事：永遠也不要說某人不用懷疑。我剛才已經告訴過你們何以其中三人可能有罪，雖然看來他們不大可能涉嫌。當時，我並未把坦普頓算在內。但為了遵行我剛才提過的原則，我最後還是把他列為嫌犯。我被迫體認一件事：無論在軍隊還是警界，內部總有一些奸細，人數多到我們不願承認。因此，我開始冷靜地調查坦普頓。

「剛才賀麗爾小姐提的問題，我也同樣問過自己。這家裡的人，為什麼唯獨只有他不能出示那封信？還有，那封信的郵戳是德國的，為什麼他會有德國的來信呢？

「這最後一個問題有些天真，而我也確實問過他，他的回答再簡單不過了。他母親的妹妹嫁給了一個德國人，信是德國的表妹寄來的。這下子，我知道了一件以前我不知道的事情……查爾斯．坦普頓與德國人有關係。這使他登上了嫌疑犯的名單，事實就是這樣。他是我的人，一個我一向喜歡和信賴的小夥子。講句公道話，我得承認，他的嫌疑最大。

「可是……我不知道，不知道……我永遠也不想知道。這不只是懲治一個凶手的問題。只是因為有嫌疑，那種我大膽唾棄的嫌疑，也許就此毀了一個正直青年的前程……對我來說這似乎重要一百倍……」

瑪波小姐咳了幾聲，輕聲說道：「那麼，亨利爵士，如果我沒誤會您的話，您心裡一直覺得是坦普頓幹的，對吧？」

「在某種意義上說，是的。理論上，四個人同樣都有嫌疑，但造成的結果會大有差別。

比如說寶布斯，我也懷疑他，但這無礙於他繼續任職園丁，村裡的人都認為羅森的死是場意外。格魯德太太稍微受到一點影響，這件事會改變羅森小姐對她的態度，但那樣對她來說也沒什麼大不了。

「至於葛瑞塔．羅森嘛，嗯，現在，我們說到了案子的關鍵部分。葛瑞塔是個非常可愛的女孩，坦普頓又是位相貌英俊的小生。五個月來，他們一同被拋進這與世隔絕的地方。不可避免的事情發生了，兩人雙雙墜入愛河，儘管他們口頭上不承認。

「之後災難降臨。在我返回倫敦後的頭一天還是第二天，離現在大約有三個月吧，葛瑞塔．羅森來探望我。她終於把她叔叔的種種後事處理完畢，賣掉了房子，打算回德國。那時她知道我已退休，她來造訪我完全是為了私事。一開始她拐彎抹角，後來還是和盤托出。她想聽聽我的看法。那封有德國郵戳且被坦普頓撕掉的信一次又一次地困擾著她。那封信沒問題嗎？當然沒問題，她相信他的話，可是……哦！她想弄清楚，她想明確地搞清楚。

「你們了解了嗎？她與我的感受一樣，想要相信他，但可怕的猜疑暗藏心底，持續存在著。我對她直言不諱，也請她跟我說實話，我問她是否真的喜歡查爾斯，而查爾斯是否也喜歡她。

「『我想是的，』她說，『哦，是的，我知道我們彼此都喜歡對方。我們在一起時是那麼幸福，每天都過得好快樂。我們知道彼此互相傾心。不用著急，來日方長，總有一天他會對我說他愛我，我也會告訴他我愛他，啊！猜也猜得到！但現在一切都變了，我們之間出現了烏雲，關係變得緊張。當我們單獨在一起的時候，已不知道該說些什麼，我想他也有同感，我們都對自己說，要是我能確定就好了！這就是我來找您的原因，亨利爵士，求您對我說：「你可以放心，無論是誰殺了你叔叔，那都不會是查爾斯．坦普頓！」說呀！哦，跟我說呀！求您，求求您！』

「然後呢，真該死，」亨利爵士說著，砰地一聲往桌子上擊了一拳。「我就是無法對她那麼講。他們會愈來愈疏遠，會彼此懷疑，這種懷疑將像幽靈一樣飄移在他們之間，永遠也無法驅散。」

他倒在椅背上，臉色鐵灰，十分疲倦，沮喪地搖了搖頭。

「我們已經無計可施，除非……」他重新坐了起來，臉上浮現一絲古怪的微笑。「除非瑪波小姐能幫我們，您能嗎，瑪波小姐？我有一種感覺，您一定能從那封提到教會團契的信中看出些名堂來。這封信是否也讓您想起了能使這案子真相大白的人或事？您能幫幫這兩個無助的年輕人嗎？他們是如此地渴望幸福。」

在他那古怪的微笑下，是番誠心誠意的求助，他相當讚佩這位柔弱、傳統的老處女的智慧，他看著她，眼裡充滿希望。

瑪波小姐咳了幾聲，理了理她的蕾絲。

「這確實是讓我稍微聯想起安妮．波尼。」她承認。「當然了，那封信，在我和班崔太太看來簡直再清楚不過了，我不是指教會團契的那封信，而是另一封。亨利爵士，您一直住在倫敦，從來沒做過園藝工作，所以您是不可能注意到的。」

「嗯？」亨利爵士說，「注意到什麼？」

班崔太太伸手拿出一份目錄，興致勃勃地讀了起來：

「赫默思・史帕斯醫師（Dr. Helmuth Spath），純種的丁香花，是一種很漂亮的花朵，花莖很長，很適合用來裝飾，非常漂亮。

「艾加・傑克遜（Edgar Jackson），一種外形亮麗的菊科類植物，花呈磚紅色。

「艾莫斯・派瑞（Amos Perry），花色特別紅，是最好的裝飾用花。

「青島（Tsingtau），鮮豔的桔紅色花朵，花園中最耀眼的花卉，剪下來後壽命很長。

「誠實（Honesty）……」

「還記得這個字開頭的字母是大寫嗎？」瑪波小姐小聲說道。

「Honesty，一種形態完美的花卉，有玫瑰色和各種白色。」班崔太太丟下這張目錄，用強烈的口氣說：「大麗花（Dahlias）！」

「這些花名的字首拼起來就是『死亡（DEATH）』。」瑪波小姐解釋說。

「但這封信是給羅森博士的呀！」亨利爵士反駁道。

「這就是整個事件中最高明的部分。」瑪波小姐說，「這一點以及那份警告都很高明。收到一封陌生人的來信，裡面全是他弄不懂的名字，他會怎麼做？哎呀，當然把信丟給他的祕書囉。」

「所以，原來是……」

「噢，不！」瑪波小姐說，「不是祕書幹的。唉，正因如此，才證明不是祕書下的手。你們想想看，如果凶手是祕書，我們永遠也別想找到這封信。而且，他也不敢撕毀一封蓋有德國郵戳、收信人是他的信件。真的，他的無辜是──如果您允許我用這個詞──無庸置疑。」

「那麼是誰……」

「嗯，看來似乎很確定，再確定不過了，早餐桌上另外還有一個人，她必定伸手接過那封信並讀了信，在那種情況下這是很自然的事。事情就是這樣。還記得同一天，她也同樣收到一份花卉目錄嗎？」

「葛瑞塔．羅森，」亨利爵士緩緩說道，「那麼她來探訪我……」

「男士們是永遠也看不透這點的，」瑪波小姐說，「而且，恐怕他們認為我們這些老女人才是，嗯，惡毒的女人，老以個人的角度去看事情。但事實就是如此。很不幸地，人類對自己的同性最為了解。我猜他們之間一定有嫌隙。坦普頓對葛瑞塔．羅森產生了一種莫名其妙的厭惡，他懷疑她，純粹是出於直覺，而且無法隱藏其疑心。我認為那位小姐探望您純粹是出於惡意。她其實已經相當安全，她特地來找你，是想把你的懷疑栽在可憐的坦普頓頭上。在她來找您之前，您還很懷疑是不是他幹的。」

「她並沒說什麼……」亨利爵士說。

「先生們永遠也看不透女人的小把戲。」瑪波小姐平靜地說。

「那女孩，」他頓了頓，「犯了凶殘的謀殺罪，卻仍逍遙法外！」

「哦！不，亨利爵士。」瑪波小姐說，「她逃不掉的，您、我都堅信這一點，還記得您剛才說過的話嗎？葛瑞塔・羅森會受到制裁的。首先，她一定結交了一幫怪人，這些人專門從事敲詐和恐怖活動，與他們為伍不會有好下場，而且可能會讓她的下場悲慘萬狀。正如您所說，人最好不要浪費時間思索誰有罪，重要的是那些被冤枉的人。我敢說坦普頓先生會和他的德國表妹結婚。他撕掉她寄給他的那封信，這事看來的確『可疑』，今天晚上我們一直在用這個名詞，但在這兒的含義完全不同。看起來像是他怕另一個女孩會注意到或問起這封信。是的，我想他們之間有些小小的情愫。現在我們再來看看竇布斯，我敢說，他與此事沒有多少關係，他唯一關心的就是十一點的早茶。再來就是可憐的老格魯德太太，她讓我想起了安妮・波尼。可憐的安妮，五十年的忠誠換來的卻是遭人懷疑她偷了蘭姆小姐的遺囑。儘管毫無依據，但那顆忠誠的心破碎了。她死後，有人在一個祕密抽屜的一只茶葉盒裡發現了那份遺囑，是蘭姆太太為了安全起見，自己把它藏在那兒，但這對安妮來說為時已晚。

「正是為此，我才特別擔心那位德國老太太，一個人老了以後，特別容易受傷害。比起坦普頓來，我更為同情她。坦普頓年輕英俊，深得女人青睞。您會寫信給她，對吧，亨利爵士？告訴她，她的清白已確認無虞。主人死了，無疑她會認為自己被懷疑……噢！我想都不敢想！」

「我會寫信給她，瑪波小姐。」亨利爵士說，用一種奇怪的眼光看著她，「您知道，我永遠也無法了解您，您的觀點永遠出乎我的意料。」

「我的觀點，我想，一定很小里小氣。」瑪波小姐說，「我幾乎從未踏出聖瑪莉米德一步。」

「然而您卻破解了一樁可以稱得上是跨國的懸案。」亨利爵士說，「您已經破案了，這點我相信。」

瑪波小姐臉有些紅，隨後稍微地抬頭挺胸。

「我想，以我們那個時代的標準來看，我受到相當好的教育。我姐姐和我有一位德國教師，是位小姐，一個多愁善感的女人。她教我們許多花語……那種東西現在已沒人研究了，但它的內涵相當迷人。比如黃色的鬱金香代表沒有希望的愛情，翠菊表示我因嫉妒而死於你的腳下。那封信的落款是喬真（Geogine），我記得這在德語的意思好像是『大麗花』，因此，要是能想起大麗花的花語，就能讓整件事水落石出了……唉，怎麼就想不起來呢？我的記憶力是大不如前了。」

「無論如何，它並不代表『死亡』。」

「不是，的確不是。真恐怖，不是嗎？這世上竟有這許許多多悲慘的事。」

「的確，」班崔太太說著，嘆了口氣。「所幸我們還有花，還有朋友。」

「你們注意到了嗎？她把我們這些朋友排到了花的後面。」羅伊德醫生說。

「有個男人每晚都到劇院，送把紫色的蘭花給我。」珍娜恍惚地說。

「『我等待你的恩寵』，那就是紫蘭花代表的意義。」瑪波小姐興高采烈地說。

亨利爵士發出一陣特別的咳嗽聲，別過頭去。

瑪波小姐突然大叫一聲。

「想起來了！大麗花的意思是『背叛及歪曲』。」

「太厲害了，」亨利爵士說，「實在太厲害了。」

他長長地嘆了口氣。

10／聖誕節慘案

「我抗議。」亨利．克什林爵士輕輕地眨動雙眼，看著在座的人。

班崔上校雙腿伸得直直的，對著壁爐台皺著雙眉，彷彿盯著一位遊行隊伍中踢錯正步的士兵；他太太則偷偷摸摸地掃視著剛寄來的一份球莖植物目錄；羅伊德醫生盯著珍娜．賀麗爾，眼神充滿了愛慕之意；而這位年輕貌美的女演員則若有所思地注視著自己搽了粉紅色指甲油的指甲。只有那位年長的老處女瑪波小姐筆直地坐著，一雙淺藍色的眼睛對著亨利爵士眨了眨。

「抗議？」她低聲說道。

「一個很嚴正的抗議。我們一共六個人，男女各占一半，我要代表在座這幾位受欺壓的男性提出抗議。今晚我們共講了三個故事……全都是我們三個男人講的！我抗議女士們沒有分攤工作。」

「哦！」班崔太太憤怒地說道，「我們已經做了該做的事。我們帶著至高至絕的智慧傾聽，展現了成熟女性的態度……不巴望自己成為眾人注目的焦點！」

「真是個絕妙的藉口，」亨利爵士說，「但說不通。《一千零一夜》就是一個很好的先例！好了，說吧，莎赫札德[14]。」

「你是指我嗎？」班崔太太說，「但我真的沒什麼好講的，我周圍從未發生過血腥事件或神祕懸案。」

「我並沒有特別指定要講什麼血案，」亨利爵士說，「但我知道你們三位女士中一定有人知道什麼精采的案子。好了，瑪波小姐，這次是講『清潔婦的奇遇』還是『母親聯誼會之謎』呢？別讓我對聖瑪莉米德失望。」

瑪波小姐搖搖頭說：「那裡沒有您感興趣的東西，亨利爵士。當然，我們是會發生一些小小的案子，例如零點二五品脫的上選好蝦莫名其妙地不見了，可是您不會感興趣的，因為結局微不足道，儘管這件事讓人更加了解人性。」

「您已經教會我重視人性了。」亨利爵士很認真地說。

「你呢，賀麗爾小姐？」班崔上校問，「你必定有些特別的經歷。」

14 莎赫札德（Scheherazade），《一千零一夜》中蘇丹王妃的名字，以一夜復一夜地給國王講述有趣的故事而免於一死。

「是的，一定有。」羅伊德醫生說。

「我嗎？」珍娜說，「你們的意思是，要我告訴你們我的親身經歷？」

「或者是你朋友的。」亨利爵士修正了說法。

「哦！」珍娜含糊地說，「我想我沒有什麼親身經歷，我是說，沒碰過那種事。鮮花，當然有囉，還有好多奇怪的留言，但那些都只是男人的花招，不是嗎？我不認為……」她停住，陷入了沉思。

「我看我們還是聽聽蝦子的傳奇吧！」亨利爵士說，「請吧，瑪波小姐。」

「您真愛說笑，亨利爵士，蝦子什麼的只是我信口說說而已，但我倒是因此想起了一件往事……其實不是件小事，是場悲劇，我本人在某種程度上也捲了進去。我對自己做的事從不後悔，不，一點也不後悔，只可惜這件事不是發生在聖瑪莉米德。」

「這讓我有些失望，」亨利爵士說，「但我會盡量接受。我們都知道您靠得住。」

他一副洗耳恭聽的態度，瑪波小姐因此泛起紅暈。

「但願我能完整地講述這個故事。」她焦慮地說，「我擔心我會語無倫次，人常會不自覺地離題，而且很難記清每一樁事件的先後順序。如果我講得很亂，請大家包涵，這是很久以前的事了。

「我說了，這場悲劇和聖瑪莉米德無關，事實上，和一所水療院[15]……」

「你是說水上飛機嗎？」珍娜睜大了雙眼問。

「恐怕你搞錯了，親愛的。」班崔太太說，並向她解釋這詞的兩種含義。這時她丈夫插話進來說：「那個令人生厭的地方，糟透了！早上得早早起床，喝些骯髒的水。然後一大堆老女人坐在一起，東家長西家短地說個沒完。天啊，我一想到……」

「得了，亞瑟，」班崔太太溫和地說，「你知道那地方對你身體很有益。」

「反正是一堆老女人坐在一起說人是非。」班崔上校咕噥道。

「我想您說得沒錯，」瑪波小姐說，「我自己……」

「親愛的瑪波小姐，」上校叫道，一副慌亂的表情。「我絕對不是指……」

瑪波小姐有些臉紅，以一個很小的手勢制止了他。

「但事實就是如此，班崔上校，我想跟大家講的也正是您剛才所言。讓我理理思緒……是的，如您所言，說人是非，嗯，這種事很常見。大家都看不起這種行為，特別是年輕人。我外甥——那個寫書的，我認為他寫得很精采——曾經嚴厲指責這種行為，說無憑無據地道人長短實在要不得，簡直太惡劣了，如此等等。但我想說的是，沒有一個年輕人肯停下來思考，他們並未審視事實。其實整件事的關鍵在於：這些您所謂的東家長西家短，有多少比例是真的！我認為如果他們認真審視這部分，就會發現這些流言蜚語十之八九是真的！讓人真

15　水療院（hydro），指有水療設備的旅館、水療所、水療醫院等，此詞的另一個意思是水上飛機。

正惱火的正是這點。」

「那都是憑靈感得來的猜測。」亨利爵士說。

「不，不是猜測，絕對不是！是實踐與經驗的問題。我聽說，有個古埃及文物研究者，只要你給他一枚奇妙的小甲蟲飾物，一摸、一看，他就能告訴你它是屬於西元前哪一年的產物，或者是伯明罕的仿製品。他從來也說不清這裡面有什麼規律可循，但他就是能識別，因為他的一生都與這些東西打交道。

「我想說的正是這種感覺（說得很糟，我知道）。這些我外甥所謂的『多餘的女人』，大都有充裕的時間，她們最感興趣的是人。所以，你們知道，她們幾可視為人性專家了。現在的年輕人不像我們年輕時受到眾多的限制，他們可以自由地談論任何話題，但他們的頭腦單純得可怕。他們輕信任何人事物，如果有人告誡他們，即便是輕言細語，他們也會對你說，你的頭腦還停留在維多利亞時代，說那就像洗水槽。」

「咦，」亨利爵士說，「洗水槽有什麼不妥嗎？」

「正是如此，」瑪波小姐有些激動。「在任何房子裡，它都是不可或缺的東西，可是，當然囉，它並不浪漫。現在我得承認，我也有情緒，和其他人一樣，有時候那些不加思索、脫口而出的言論會深深傷害到我。我知道男士們對家務事毫無興趣，但我還是得說說我那位女傭愛瑟，一位外貌姣好、相當熱心的女孩。我一見到她，就知道她與安妮．韋布以及可憐的布魯特太太的女兒是同一類型……一有機會便順手牽羊。所以當月我就把她辭退了。我給她寫了封推薦信，說她誠實、莊重，但我私下警告愛德華老太太不要雇用她。我外甥雷蒙為此感到極大的憤慨，說他從未聽說過如此『可惡』的事，是的，可惡。後來，她又找到艾希登小姐那兒去，我覺得我沒有義務提醒這位小姐，結果發生了什麼事？她所有的內衣蕾絲都被剪了下來，兩枚鑽石胸針被拿走，女傭連夜潛逃，從此消失無蹤！」

瑪波小姐停下來，深深地吸了口氣，然後繼續道：「你們會說，這與發生在凱斯頓水療院的事毫不相干，但其實在某種程度上是有關係的。這正好能說明，為什麼從我第一眼看到桑德斯，就很篤定他想除掉她。」

「呃？」亨利爵士說著，向前傾了傾身子。

瑪波小姐別過頭平靜地看著他。

「我剛說了，亨利爵士，我很篤定。桑德斯身材魁梧，英俊，臉色紅潤，精神飽滿，和藹可親，人緣很好，對妻子體貼得不得了。但我就是知道他打定主意要除掉她。」

「親愛的瑪波小姐……」

「是的，我知道，我外甥雷蒙．衛司也會這麼說，他會說我是捕風捉影。但我記得『格林曼』的老闆華特．洪斯。一天晚上，他在與太太回家的路上，太太掉進了河裡，而他領了保險金！另外還有一兩個人至今仍逍遙法外，有一個與我同一個社交圈。他準備夏天與太太一起到瑞士登山，我警告那位太太不要去，這個可憐的女人沒有像平時那樣衝我大喊大叫，只是笑笑，她認為像我這樣的老怪物會對她丈夫哈利產生這種想法，真是可笑。唉，唉，結果，出了意外，哈利現在娶了另一個女人。可是我能怎麼辦？我知道是怎麼回事，可是沒有證據。」

「哦！瑪波小姐。」班崔太太叫道，「你該不會說……」

「親愛的，這種事很平常，時有所聞。男士們是很容易受到誘惑的，儘管他們身體強壯多了。把事情弄得看上去像是意外，不是很簡單嗎？我前面說過，第一眼看到桑德斯，我就知道他的企圖。事情發生在電車上，車內很擠，我不得不到上層去，我們三個人都站起來正準備下車時，桑德斯先生沒站穩，正好倒向他太太，她頭朝下地倒向樓梯，幸虧售票員年輕力壯及時抓住了她。」

「這一定是意外。」

「當然是意外，沒有比這看上去更像意外的了！桑德斯曾經跟我說過，他跑過船，一個在顛簸起伏的船上都不會失去平衡的人，會在連我這老太婆都站得穩的電車上傾斜？騙誰啊！」

「不管怎麼說，那可能是您的想像，瑪波小姐，東拼西湊的想像。」亨利爵士說。

這位老太太點點頭。

「我相信自己的判斷。這之後有一天，在過馬路時發生的一次意外，使我對此更加深信不疑，有一位心滿意足、快樂的已婚少婦馬上就會被謀殺。現在，我問您，我該怎麼做，亨利爵士？」

「親愛的女士，您別嚇我了。」

「那是因為，像大多數的人一樣，您不願面對現實。您寧願認為它不可能，但我知道，事實就是如此。人就是無能為力，真可悲！譬如說，我就不能到警察局去報案，而且去警告那女人也沒用，這點我明白，她對那個男人很癡情。我只能盡量去打聽他們倆的事情。在火爐旁做針線活的時候，有很多機會可以打聽。桑德斯太太（她叫格拉蒂），巴不得能一直聊下去。當時他們好像剛結婚不久，她丈夫以後會繼承一筆遺產，但他們的生活過得很拮据，實際上，他們是靠她那點微薄的工資度日。這種事不稀奇。她抱怨她根本改善不了家裡的經濟，好像什麼地方有個人在控制著一切似的。我後來發現，那些屬於她的錢，她已用遺囑的形式留給了別人……兩人結婚後立刻分別立了份對對方有利的遺囑，非常感人。當然了，一談到錢就頭痛，那是每天的重擔。他們真的很缺錢，事實上他們住在頂樓，與僕人的房間連在一起，一旦失火是很危險的，雖然要是真有火災發生的話，太平梯就在他們窗戶外面。我很小心地問她，房間外是否有陽台，可真是危險，那些陽台，輕輕一推即可……你們知道！

「我要她保證不到陽台上去，我說這是夢的啟示，她牢牢地記住了，有時候迷信的說法很能發揮作用。她是位漂亮的女孩，臉色有些蒼白，一頭蓬鬆的齊肩鬈髮。她耳根子很軟，把我的話原封不動地告訴了她丈夫。有一兩次，我發現他看我的眼神怪怪的。他可不是那種容易哄騙的人，他知道那天我也在電車上。

「我很擔心，非常擔心，因為我不知道怎樣才能阻止他。在水療院我可以防止任何事故發生，只消暗示對方我對他有所懷疑即可，但那最多也只能拖延他的計畫而已。不對，我開始相信唯一的辦法便是大膽地設下圈套，讓他自投羅網。如果我能設計誘使他動手取她性命的話，哼，他的真面目便會暴露出來，那麼她就不得不面對現實，儘管這對她來說是個很大的打擊。」

「您真讓我驚訝，」羅伊德醫生說，「您能有什麼妙計可施？」

「別急，我是找到了一個好辦法。」瑪波小姐說，「但那男人比我想像的要聰明得多。他不再等了。他認為我可能已經起疑心，因此先下手為強。他知道弄成意外會受到我的懷疑，因此，他把計畫改成了謀殺。」

眾人都驚訝得倒吸了一口氣，瑪波小姐點了點頭，緊閉雙唇。

「恐怕我講得有些突然。我現在試著詳詳細細告訴你們發生了什麼事。對此我一直深感痛心，我本來可以阻止它發生。上帝應該知道，我盡了力。

「當時空氣中瀰漫著一種怪異陰森的氣氛，像是有什麼東西壓在我們身上，一種不祥的感覺。先是喬治，那個門房，出了事。他在水療院待了好多年，認識每一個人。他開始是得了氣管炎，後來發展成肺炎，最後在得病的第四天死了。這事震驚了所有人。當時離聖誕節只有四天。接著是一位女服務生，一個好女孩，手指化膿，二十四小時後就死了。

「我與特洛普小姐和卡本特老太太坐在交誼廳裡，卡本特太太信神又信鬼，對此津津樂道。

「『記住我的話，』她說，『這還沒完呢，你們聽過這句俗話沒……『福無雙全，禍不單行』。我不只一次驗證過。還會有人死去的，你們不用懷疑，而且過不久就會發生。禍不單行喲！』

「她一邊點頭一邊說完最後一句話，並把棒針弄得卡嗒卡嗒直響。我一抬頭剛好看見桑德斯就站在門口，有那麼一會兒他有些出神，我清清楚楚看到他臉上的表情，我認為是卡本特太太那些話讓他興起了殺人的念頭，這到死我也不會改變說法，我看得出他的大腦正在計畫。

「他笑容可掬地走進來。

「『各位女士，要我幫你們買聖誕用品回來嗎？』他問，『我馬上要去凱斯頓。』

「他逗留了一會兒，打打趣，隨後離開了。我說過，我一直很擔心，於是我劈頭就問：

「『有人知道桑德斯太太在哪兒嗎？』

「特洛普太太說她去她朋友毛蒂默家打牌，我因此暫時放了心。但我仍感到憂心忡忡，而且不知所措。大約半小時後，我回到房間，碰到我的醫生柯爾，我上樓時他剛好下樓。我正想和他談談我的風溼病，於是我請他到我的房間。他跟我提到了（是祕密，他說）女服務生瑪莉小姐死亡的內情。他說經理不希望這消息張揚出去，所以要我也別說。我當然沒告訴他，打從那個可憐的女孩一斷氣，大家的話題就不離這件事。這種事一定立刻就傳出去，一個像他那樣有經驗的人應該明白這一點，但柯爾醫生是個單純、毫無疑心且死心眼的人。也正因為如此，一分鐘後，他的一番不加思考的話，引起了我的警覺。他說他正要走的時候，桑德斯先生請他去看看他太太，好像她最近有些不舒服，消化不良之類的。

「而就在當天，桑德斯太太還對我說，她的消化系統很好，還說謝天謝地呢。

「了解了嗎？我對這個男人的懷疑頓時增加了一百倍。他正在鋪路，為了什麼而鋪？在我還沒決定好是否要對醫生講出我的想法時，他就離開了我的房間。當然，就算要說，我也不知道從何說起。我剛跨出房門時，這個桑德斯正好從樓上下來，一副外出的打扮，再度問我是否需要他從城裡給我帶點什麼回來。我努力和他客套了一番，然後徑直走到交誼廳，要了杯茶。我記得當時正好五點半。

「現在我迫不及待想把接下來發生的事講個一清二楚。六點四十五分桑德斯先生回來時，我人還在交誼廳。有兩位男士與他一起，三個人看起來神情很愉快。桑德斯撇下他的朋友，向我和特洛普太太坐的地方走來，說他給他太太買了件聖誕禮物，想聽聽我們的意見。他買了一個晚宴用的皮包。

「『你們也知道，女士們，』他說，『我只是個粗魯的水手，這些東西我怎麼懂？我讓他們送三個來供我挑選，我想聽聽你們這些專家的意見。』

「當然，我們告訴他說我們樂意效勞。他問能否勞駕我們上樓去，他怕他把東西拿下來的話，他太太有可能會撞見。於是，我們就跟他上了樓。隨後發生的事我一輩子都不會忘記，現在我還能感覺我的手指隱隱作痛。

「桑德斯先生打開臥室的門，開了燈，不知道誰先看見了……

「桑德斯太太倒在地上，臉朝下，命歸黃泉。

「我最先向她奔過去，跪下，拿起她的手，摸了摸她的脈搏，但已經沒用了，她的手臂已冰冷僵硬。緊挨著她頭部的地方，有一只填滿了沙子的長襪……那是把她擊倒的凶器，特洛普小姐，蠢蛋一個，只知道在門口抱著頭哀叫個不停。桑德斯大叫『我的太太，我的太太』後衝向她。我不讓他碰她，你們知道，當時我就很肯定是他下手的，他可能想把什麼東西拿走或者藏起來。

「『什麼也不許碰，』我說，『桑德斯先生，請鎮靜點。特洛普小姐，請到樓下把經理找來。』

「我留在房間裡，跪在屍體旁，我不能留下桑德斯單獨與她一起，但我不得不承認，如果他是在表演，他確實演得好極了。他看上去是那樣的茫然、迷惑，完全給嚇傻了似的。

「不一會兒，經理就來到了現場。他迅速地查了一遍房間，然後把我們都趕了出去，鎖上門，拿走鑰匙。然後他打電話給警察。我們好像等了一個世紀，警察都沒來（後來我們才知道是電話線路出了問題），經理不得不派人去警察局。水療院離鎮上很遠，它是在荒野邊緣。卡本特太太讓我們很受不了，『禍不單行』的預言這麼快就應驗了，令她相當得意。有人說桑德斯漫無目的地向水療院的花園走去，雙手抱著頭呻吟著，展示著他的悲痛。

「最後，警察終於來了，與經理、桑德斯先生一起上了樓。稍後，他們也找我上去。我上了樓，警官正坐在桌子旁邊寫著什麼。他看起來很聰明，我喜歡他。

「『您是珍．瑪波小姐嗎？』他問。

「『是的。』

「『我聽說，屍體被發現的時候，您在現場。』

「我說是的，並描述了當時的情景。我想這可憐的人在與桑德斯和艾蜜莉．特洛普談過之後，總算找到了一位可以有條有理回答他問題的人，這下他可放心了。我想，特洛普當時完全嚇癱了，一定是的，蠢蛋一個！我母親曾教導我說，一個有教養的女人，不管何時都必須在公眾場合控制住自己的情緒，無論她暗中有多麼失控。」

「這句格言說得好極了。」亨利爵士嚴肅地說。

「我把我知道的都說完之後。警官說：『謝謝您，夫人，恐怕現在我得請您再看看屍體。您進門的時候她是否就躺在那兒？是否被動過了？』

「我跟他解釋說，我阻止桑德斯移動屍體，他點頭表示我做得對。

「『桑德斯先生好像受到了很大的打擊。』他說。

「『看起來是如此，是的。』我答道。

「我認為我沒有強調『看起來』這幾個字，但警官目光犀利地看著我。

「『那麼我們能認定屍體就在它原先的位置？』他說。

「『除了帽子外。』我答道。

「警官機警地抬起頭來。

「『您是什麼意思？那帽子怎麼了？』

「我告訴他，那帽子原本是在格拉蒂頭上的，但現在落在她頭顱的旁邊。當然，我原以為是警方放的，然而警官斷然表示不是他們放的，他們沒動過任何東西。他皺著眉，低頭看著俯臥的屍體。格拉蒂穿著外出服，一件深紅色毛領花呢外套，那頂紅色的廉價氈帽就放在她頭旁邊。

「警官一聲不吭地在那兒站了好一會兒，眉頭緊蹙，突然他想起了什麼。

「『夫人，不曉得您是否記得死者耳朵上有沒有耳環，或者死者生前有戴耳環的習慣？』

「幸虧我有仔細觀察事物的習慣，我記得有一對珍珠耳環在帽沿下面熠熠閃光，我當時雖然沒有特別注意這對耳環，但他的第一個問題我能肯定的答覆。

「『這就對了。這位女士的珠寶盒被翻遍了，我知道她沒有什麼太值錢的東西，只有手指上戴的戒指被摘了下來。凶手一定是忘了耳環，所以在案發後又返回來取走耳環，冷血的傢伙！或者也許……』他環顧四周，緩緩地說：『也許他就藏在這個房間裡，一直都在。』

「我不同意他下的這種結論，我跟他解釋說，我親自查看過床底下，經理也打開衣櫥看過，除了這兩處外，這房間裡再沒有別的地方可以藏身。衣櫥中間裝帽子的小櫃子倒是鎖著的，但那只是一些淺淺的隔板，是沒辦法藏人的。

「我在陳述這些看法時，警官不住地點頭。

「『我同意您的看法，夫人。那麼，我前面說過，他一定折回來過。真是個非常冷血的傢伙。』

「『但經理鎖上了門，而且拿走了鑰匙！』

「『那沒什麼，陽台和太平梯是小偷出入的捷徑。很可能你們中斷了他的行動，他從窗戶溜出去，等你們都離開之後，他又重新返回來繼續他的行動。』

「『您能肯定是小偷所為嗎？』我說。

「他冷冷地說：『嗯，看來如此，不是嗎？』

「但他的那種口氣讓我有些寬慰。我覺得他還沒有把桑德斯認真當作喪妻的鰥夫。

「我承認，我就像我們的鄰居法國人所說的那樣『固執己見』。

「我知道這個叫桑德斯的男人想要他太太的命，而我失算的是，我沒顧及到『巧合』這個怪異的東西。我相信我對桑德斯的判斷絕對不會錯，那人是個惡棍，雖然他裝出來的假悲傷一刻也騙不了我，我清清楚楚記得當時他吃驚、迷惑的表情著實逼真，好像真情流露……如果你們明白我的意思。老實說，與警官交談之後，我心底產生了奇怪的疑惑。因為如果這可怕的事是桑德斯幹的，我想不出為什麼他要從太平梯偷偷摸摸地溜回來取走他妻子的耳環？這可不是明智之舉，而桑德斯是個理智的人，也正因為如此，我才覺得他危險。」

瑪波小姐的眼光逐一掃過她的聽眾。

「也許，你們都猜得出我的結論是什麼。世界上發生的事情經常出人意料。我是如此地相信我的判斷，我想，正是這種固執，讓我產生了盲點。結局讓我相當震驚。事實證明桑德斯根本不可能做案……」

班崔太太發出一聲驚詫的喘息，瑪波小姐轉向她說：

「我知道，親愛的，我開始講這故事的時候，你並沒想到結果會是這樣，這也不是我所預期的。但事實就是事實，如果事實證明某人錯了，那他就得承認，並從頭開始。在我心裡，凶手就是桑德斯，無論什麼事也動搖不了我的看法。

「我想，現在大家都想聽聽真相，對吧？桑德斯太太，你們也知道，她整個下午都與她的朋友毛蒂默夫婦一起打橋牌。大約在六點一刻左右，她離開了他們。從她朋友的家到水療院大約十五分鐘的路程，如果走得快，還不用那麼久。她六點半一定回得來。由於沒人看見她進來，所以她可能是從側門直奔她的房間。她在房裡換了衣服（她穿去打橋牌的那件淺黃褐外套、裙子就掛在衣櫥裡），顯然正準備踏出房門時，便遭人重擊。他們說，很有可能她根本不知道是誰把她擊倒的。我想，那沙袋確實是一件很有效的凶器。由此看來，凶手好像就藏在房間裡，也許是在那個她沒打開的衣櫥裡。

「現在來看看桑德斯的行動。如我前面所說，他是五點半或稍晚後出去的，然後在幾家商店買了些東西。大約六點左右，他進了『格蘭 Spa』旅館，在那兒他碰到兩個朋友，就是後來與他一起回到水療院的那兩個人。他們一起玩了撞球，我想，還喝了威士忌加蘇打。這兩個人（一個叫希區考克，另一個叫史賓德）從那天下午六點以後就一直和他在一起，他們一塊回到水療院。之後，他撇下他們走過來，向我和特洛普小姐打招呼，那時是六點四十五分，這時候，她妻子一定已經死了。

「我親自和他的這兩位朋友談過。我不喜歡他們，他們舉止粗魯、缺乏教養，但有一點是肯定的，他們說的全是真話，他們說那天桑德斯一直和他們在一起。

「有一個小插曲要提出來講一下，那就是在玩橋牌的過程中，有一通電話要找桑德斯太太，一位李德華先生想跟她說話。聽完電話之後，她看起來很開心，興奮不已，打牌時出了一兩次嚴重的錯誤。她還提早離開了，他們原本計畫多玩幾局的。

「問到桑德斯先生是否知道他太太有個叫李德華的朋友時，他說他從未聽過這個名字。在我看來，這點可從他太太的態度上得到證實，她似乎也不知道這個叫李德華的人是誰。然而聽完電話之後，她的臉微微泛紅，充滿笑意。因此，不管是誰打的電話，看來他沒有說出真實姓名，這事很可疑，不是嗎？

「不管怎麼說，這是個問題。究竟是竊盜殺人案——這似乎不大可能——還是桑德斯太太準備外出去會某個人？那個人是不是從太平梯進了她的房間？他們是不是吵了架？或是他無情無義地將她殺害了？」

瑪波小姐停了下來。

「那麼，」亨利爵士說，「答案是什麼呢？」

「不曉得你們當中有誰猜得到？」

「我一向不善猜謎，」班崔太太說，「有那麼充分的證據證明桑德斯不在現場，真是可惜，只不過既然你都相信了，那就沒什麼可懷疑的了。」

珍娜．賀麗爾晃動著她漂亮的腦袋問：「為什麼那個裝帽子的櫃子是鎖上的呢？」

「親愛的，你真聰明。」瑪波小姐高興地說，「我也感到納悶，但答案很簡單，裡面是一雙繡花拖鞋和一盒手帕，是那可憐的女孩給她丈夫的聖誕禮物，那是她親手繡的，這就是她把櫃子鎖起來的原因。我們在她的皮包裡找到了鑰匙。」

「哦！」珍娜說，「那麼，這就沒什麼意思了。」

「哦！這才有意思哩，」瑪波小姐說，「這是唯一一件奇怪的事，正是這一點讓凶手露出了馬腳。」

每個人都盯著這位老小姐。

「我花了兩天都沒弄明白這一點，」瑪波小姐說，「我想呀想的，忽然一切豁然開朗。我立即去找警官，請他做個試驗，他也同意了。」

「您讓他試什麼呢？」

「我請他把地上的帽子戴到死者頭上，看看是否能戴上……當然戴不上去，那不是她的帽子。」

班崔太太睜圓了雙眼。

「但一開始的時候是戴在她頭上的，對吧？」

「並不在她頭上……」

瑪波小姐稍做停頓，讓其他人對她的話加深印象，才又繼續說：「我們一直都認為躺在那兒的那具屍體就是格拉蒂・桑德斯，但誰都沒去看她的臉……她臉朝下，還記得嗎？那帽子又把頭和臉都蓋住了。」

「但她的確被殺了呀！」

「是的，不過那是後來的事了。在我們給警察打電話的時候，格拉蒂・桑德斯還活得好好的。」

「您是說，有人假扮成她嗎？但當您碰她的時候……」

「是具死屍，這沒有錯。」瑪波小姐平靜地說。

「活見鬼了，」班崔上校說，「不可能隨便就找到屍體的。他們怎麼處理……處理第一具屍體呢？」

「他把她搬回去，」瑪波小姐說，「這是個很邪惡的點子，但確實絕妙透頂，我們在交誼廳的談話使他萌生了這個計畫。那個女服務生瑪麗的屍體，為什麼不利用呢？還記得桑德斯夫婦的房間在頂樓，與僕人們的房間在一起嗎？瑪麗的房間離他們的房間只隔了兩間。殯儀館的人要到天黑以後才能到，他把時間都計算好了。他沿著陽台把屍體搬過來（五點的時候，天已經黑了），給她穿上他妻子的衣服，外面再套上那件對她來說太大的紅外套。之後，他發現他太太裝帽子的櫃子竟然鎖著！他唯一能做的是找一頂瑪麗自己的帽子……沒人會注意到這些細節，他把沙袋放在她身邊，然後離開房間，出去的時候，故意讓我們都看見，以便證明案發時他不在現場。

「他給太太打電話，稱自己是李德華，我不知道他跟她說了些什麼。我前面說過，她很容易相信別人。他讓她提早離開牌桌，但沒有要她直接回到水療院，而是約她七點鐘在太平梯附近的花園與他見面。他也許跟她說，他想給她一個意外的驚喜。

「他與他的朋友一起回到水療院，設計讓我和特洛普小姐與他一起發現謀殺案，他甚至假裝要把屍體翻過來，而我阻攔了他！然後大家派人去找警方，他則搖搖晃晃地向水療院的花園走去。

「沒有人問他屍體被發現後他有沒有不在場證明。他在花園裡與妻子碰了頭，帶她走上太平梯，一起回到房間。也許他跟她提過屋裡有具屍體的事，她俯下身去，想看看到底是怎麼回事，他立即拾起沙袋向她猛擊下去……噢，天啊！即使是現在想起來，也讓我萬分噁心！然後他飛快地把她的衣服和裙子脫下來，掛在衣櫥裡，再從另一具屍體上脫下衣服，給她穿上。

「但帽子戴不上去，瑪麗的頭髮很短，而格拉蒂，我前面說過，頭髮很多。他不得不把帽子放在屍體旁邊，希望不會有人注意到這一點。然後，再把瑪麗的屍體搬回她自己的房裡去，再次把一切布置妥當。」

「這真的有點難以置信。」羅伊德醫生說，「他這樣做實在冒險，警方有可能很快就到達。」

「還記得電話線路壞了這回事嗎？」瑪波小姐說，「那是他計畫中的一部分。他不能讓警方馬上就趕到現場；而且警方來了之後，先到經理辦公室去談了一會兒，然後才到樓上去的，這是他計畫中最弱的一部分，也許有人會覺察到一具死了兩小時的屍體與一具剛死半小時的屍體，是有差別的。然而，他算準第一個發現這命案的人沒有專業知識。」

羅伊德醫生點了點頭說：「我想，命案被認為是在七點差一刻左右發生的，但實際上是七點或七點過幾分才發生的。警官檢查屍體時最早也要七點半，那麼他也許就無法察覺屍體的差異了。」

「我應該想到，」瑪波小姐說，「我在摸那女孩的手時，感覺它是冰冷的，但之後當警官說凶案就發生在我們來之前不久時，我竟然沒反應過來！」

「我認為您發現的東西已經夠多了，瑪波小姐。」亨利爵士說，「這案子是我在職之前的事了，我甚至不記得是否聽說過。後來怎樣了？」

「桑德斯被處以絞刑。」瑪波小姐說得很乾脆。「案子破得很漂亮，我從不後悔我參與了讓這男人受到正義制裁的行動。我可沒有耐心像今天的人道主義者那樣顧慮死刑的問題。」她嚴厲的表情緩和下來。「我經常為了未能挽救那女孩的生命深感內疚。但誰會願意聽一位老太太匆匆做出的結論呢？唉，唉，誰知道呢？也許在活得開心的時候死去，還勝過在突然變得天昏地暗的世界裡抑鬱寡歡，也強過在幻象破滅中虛度時光。她愛那惡棍，信任他，從來沒看清他的真面目。」

「嗯，那麼，」珍娜．賀麗爾說，「她畢竟沒有白活，沒有白活，我希望……」她沒往下說。

瑪波小姐看著這位赫赫有名、美麗、成功的珍娜．賀麗爾，輕輕地點了點頭。

「我懂，親愛的，」她說這話的時候語氣溫柔。「我懂。」

11 死亡草

「那麼輪到你了，B太太。」亨利．克什林爵士力促道。

女主人班崔太太冷冷地瞪了他一眼。

「我早就跟你說過，不要叫我B太太，這有失尊重。」

「那麼叫你莎赫札德吧。」

「我也不是什麼莎……管她叫什麼名字啊！我根本不會講故事，不信的話，你問亞瑟好了。」

「你善於陳述事實，桃莉，」班崔上校說，「但你不善於渲染故事情節。」

「就是啊。」班崔太太說，隨手翻著放在面前桌子上的那本球莖植物目錄。「我一直都在聽你們講，但我還真不知道你們是怎麼做到的。『他說，她說，你納悶，他們認為，每個人都暗示』，哎呀，我就是不會講，真的！再說，我也沒什麼故事好講。」

「別騙我們，班崔太太。」羅伊德醫生說著，一副不願相信地笑著搖搖滿是灰髮的腦袋。

老瑪波小姐用她柔和的聲音說：「親愛的，你一定……」

班崔太太仍然固執地搖著頭。

「你們不知道我的生活有多平淡，成天就是與傭人打交道、到處找洗碗工，去城裡買衣服、看牙醫、去參加（亞瑟討厭的）阿斯科特賽馬會，然後就是去花園……」

「啊！」羅伊德醫生說，「對了，花園，我們都知道您熱中此道，班崔太太。」

「有個花園一定很不錯。」年輕貌美的女演員珍娜．賀麗爾說，「是的，如果不用挖泥土，搞得滿手髒兮兮的話。我好喜歡花喔。」

「花園。」亨利爵士說，「我們可不可以從這兒開始呢？來吧，B太太，那些有毒的球莖，那些致命的水仙、死亡草！」

「你說這些話挺奇怪的。」班崔太太說，「這倒是提醒了我。亞瑟，還記得發生在『克羅哈姆莊園』的那件事嗎？你知道的，老安布羅．貝西爵士那件事。還記得當時我們都認為他是一個溫文儒雅、迷人的老先生嗎？」

「哦，當然記得。是的，那件事很怪。說吧，桃莉。」

「最好還是你來講，親愛的。」

「胡扯！說吧，你得靠自己，我剛才已經完成我的任務了。」

班崔太太深深地吸了口氣，雙手緊握著，一臉痛苦萬分。隨後她急促流利地說：「好吧，真的沒什麼好講的。死亡草，這是我自然想到的故事標題，雖然我心裡面叫它鼠尾草和洋蔥。」

「鼠尾草和洋蔥？」羅伊德醫生問。

班崔太太點點頭。

「事情就是因此而起，」她解釋說，「我、亞瑟還有安布羅．貝西一起在克羅哈姆莊園。某一天，有人錯把（實在很笨，我覺得）毛地黃的葉子與鼠尾草混在一起撿了回去。那天晚餐吃的鴨子塞了這些葉片，每個人都很不舒服，而一位可憐的女孩……受安布羅監護的女孩，則不幸死亡。」

她住了口。

「唉，」瑪波小姐說，「真是悲慘。」

「可不是嗎？」

「那麼，」亨利爵士說，「後來呢？」

「沒有什麼後來。」班崔太太說，「就這樣。」

每個人都驚訝得忘了呼吸，雖然事先已獲得預告，但他們無論如何都沒想到，班崔太太的故事竟這麼幾句話就結束了。

「不過，親愛的女士，」亨利爵士抱怨道，「不可能就此結束的。你碰到的是一場悲劇，根本不是什麼難題。」

「哎喲，當然還有下文，」班崔太太說，「只是一旦我告訴了你們，你們不是什麼都知道了？」她目光挑釁地看著大家，哀怨地說：「早跟你們說過我不會加油添醋，不會說出像樣的故事。」

「啊哈！」亨利爵士在座位上站了起來，扶了扶眼鏡。「其實呀，莎赫札德，這倒是讓人耳目一新，我們的智慧受到了挑戰。很難說你不是故意引起我們的好奇心。就此看來，我們要來玩幾輪輕鬆的『二十個問題』遊戲了。我想，瑪波小姐，您先開始怎麼樣？」

「我想知道那位廚子的事情。」瑪波小姐說，「她鐵定是個愚笨的女人，要不就是非常缺少經驗。」

「她確實很笨，」班崔太太說，「事後她大哭了一場，說人家把葉子撿來後送給她，告訴她說是鼠尾草，她怎麼知道？」

「不愛動腦的人，」瑪波小姐說，「可能年紀大了。想必她是一個好廚子？」

「啊！太厲害了。」班崔太太說。

「現在輪到你了，賀麗爾小姐。」亨利爵士說。

「哦！您是說提個問題嗎？」珍娜想了一會兒，最後喪氣地說：「我真的不知道該問些什麼。」

她那漂亮的眼睛哀求著亨利爵士。

「為什麼不從出場人物著手呢，賀麗爾小姐？」他笑著提議道。

珍娜依然一臉迷惑。

「以人物出場的先後順序……」亨利爵士有禮貌地說。

「哦，是的，」珍娜說，「這是個好主意。」

班崔太太開始輕快地報出出場人員名單。

「安布羅爵士；希薇雅．基恩（那個死亡的女孩）；韋茉，希薇雅的朋友，與她一起住在莊園，是那種長得黑黑的醜八怪，很做作，我不知道她們是怎麼裝出來的；還有柯樂先生，他是來和安布羅討論書的，一些稀有的書，用拉丁文寫的怪東西，都是些發霉的羊皮紙古書；再來是杰瑞．洛理默，可以說是個鄰居吧，他的莊園『菲爾利斯』與安布羅家的莊園毗連；最後是卡彭特太太，一個像貓一樣的中年婦女，很懂得在別人家享福，我想，她是仗著自己是希薇雅．基恩的女伴吧。」

「如果輪到我的話……」亨利爵士說，「我想也該輪到我了，因為我就坐在賀麗爾小姐旁邊，我想知道更多細節。班崔太太，請把這些人的模樣大致描述一下。」

「哦……」班崔太太有些猶豫。

「安布羅，」亨利爵士說，「就從他開始，他長什麼樣？」

「啊！他是一位相貌堂堂的老先生，事實上，他也不老，我想，不超過六十歲，但他身體很差，心臟有毛病，不能自己上樓，因此，家裡安裝了電梯，所以感覺上他比實際年齡要老。他舉止優雅，用『彬彬有禮』來形容他再恰當不過了，從沒見過他發脾氣或者心煩意亂。他有一頭漂亮的白髮和磁性的嗓子。」

「很好，」亨利爵士說，「我已經看到了安布羅爵士。現在來談談希薇雅，你說她姓什麼？」

「希薇雅．基恩，她長得很漂亮，真的非常漂亮。金髮，皮膚白嫩，談不上聰明，甚至有點笨。」

「噢！別這麼說，桃莉。」她丈夫抗議道。

「亞瑟當然不這麼認為。」班崔太太冷冷地說，「但她就是笨嘛，沒聽她說過中聽的話。」

「她是我所見過最精緻的上帝傑作。」班崔上校熱情地說，「瞧她打網球的樣子有多可愛，太迷人了。她很好玩，真是有趣的小東西，與她相處實在愉快。我打賭，年輕小夥子們也是這麼想的。」

「你錯就錯在這裡，」班崔太太說，「這樣的女孩子對現在的年輕人來說，毫無吸引力。只有像你這樣的老糊塗，才會坐在那兒聊年輕女孩聊個不停。」

「年輕不見得就好，」珍娜說，「你得有SA。」

「什麼？」瑪波小姐問，「SA？」

「性吸引力。」珍娜說。

「啊！是的，」瑪波小姐說，「我們那個年代把這叫作『眼神充滿挑逗』。」

「形容得不賴。」亨利爵士說，「你所說的那位女伴，我想，是像貓一樣的女人吧，班崔太太？」

「我指的不是像貓一樣惡毒。完全是兩碼事。她是一個高壯、白白嫩嫩、說話嗲聲嗲氣的女人，總是十分甜美，雅德萊．卡彭特就是這樣的人。」

「多大年紀了？」

「哦！我想四十幾歲吧。她住在莊園裡有些時候了，我想，希薇雅十一歲時她就在那兒。一個非常機靈的人。可憐的寡婦，有許多貴族親戚，只是沒錢。我不喜歡她，但我一向不喜歡手掌長長白白的女人，我也不喜歡貓。」

「那麼柯樂先生呢？」

「哦！一個彎腰駝背的老頭，這樣的老頭太多，你根本分不清誰是誰，只有談起那些發霉的書時，他才顯得熱情洋溢，其餘的時候都死氣沉沉。我認為安布羅不怎麼了解他。」

「隔壁莊園的杰瑞呢？」

「一個很討人喜歡的小夥子，他與希薇雅訂了婚，正因為這樣，希薇雅的死才更令人心碎。」

「我想知道……」瑪波小姐欲言又止。

「你想知道什麼？」

「沒什麼，親愛的。」

亨利爵士奇怪地看著這位老小姐，然後若有所思地說：「這麼說來，這兩個年輕人訂婚了，訂很久了嗎？」

「一年左右吧。安布羅反對此事，藉口是希薇雅還太年輕。但訂婚一年後，他做了讓步，很快就要舉行婚禮。」

「哦！那女孩有財產嗎？」

「幾乎沒有，一年僅一兩百英鎊。」

「洞裡沒有老鼠，克什林。」班崔上校說，並哈哈大笑。

「現在該輪到醫生提問題了。」亨利爵士說，「我退場。」

「我想問一個專業方面的問題。」羅伊德醫生說，「我很想知道，驗屍報告怎麼說……如果想得起來或者知道的話。」

「我稍微知道，」班崔太太說，「是洋地黃苷中毒，我說得對吧？」

羅伊德醫生點點頭。

「它是毛地黃的主要成分，作用在心臟。實際上，那對治療某些心臟病很有效。總之，這是樁奇特的案子，我不相信食用少量的毛地黃葉會致人死命。誤食一些有毒的葉子或漿果就能要人命，這都是誇張的說法。很少有人知道，那些致命的毒素或者植物鹼，需要經過精心提煉才能獲得。」

「麥克阿瑟太太有一天送了一些球莖給圖米太太，」瑪波小姐說，「圖米家的廚師錯把它當成了洋蔥，結果圖米一家都中了毒，病得不輕。」

「但他們沒死。」羅伊德醫生說。

「是的，他們沒有因此送命。」瑪波小姐坦承。

「我認識的一個女孩就死於食物中毒。」珍娜・賀麗爾說。

「我們應該開始調查這樁命案。」亨利爵士說。

「命案？」珍娜說，吃了一驚。「我以為是意外呢。」

「如果真是意外，」亨利爵士輕聲說，「我想班崔太太就不會告訴我們這個故事了。不，就我的理解，這只是表面上看來像是意外，其實背後隱藏著邪惡的意圖。我想起一件案子，在某個家庭宴會上，晚餐後，來自各方的客人聚在一起聊天，房間四周的牆上掛著各式各樣傳統武器作為裝飾。一個客人拿起一支老式馬槍，開玩笑地將槍口指著另一個人，假裝要開槍，誰知道那槍是上了子彈的，砰一聲，那人當場死亡。遇到這種事，我們必須查清楚，是誰偷偷給槍裝上了子彈，其次，又是誰帶頭起鬨胡鬧而鬧出了人命，因為那個開槍的人完全無辜！

「在我看來，我們現在面對的是同樣的問題。那些毛地黃葉是有人刻意將它們與鼠尾草混在一起，做案的人知道它會造成什麼結果，既然我們排除了廚子做案的可能……我們已經排除她了，對吧？問題來了，是誰採的葉子？又是誰把這些葉子拿到廚房？」

「這問題很簡單，」班崔太太說，「至少最後一點是很清楚的，是希薇雅自己把那些葉子拿到廚房去的。希薇雅有一項日常工作，就是到園子裡去採一些生菜、香草、嫩胡蘿蔔等等這類蔬菜，這些都是園丁老是採錯的東西，他們就是不願把鮮嫩的東西給你，想要等這些東西都長成標本之後才摘給你。希薇雅和卡彭特太太都有親自查看這些東西的習慣。在園子的一角，毛地黃確實與鼠尾草混長在一起，摘錯是很自然。」

「是希薇雅親手摘的葉子嗎？」

「根本沒人知道，只是這麼假設罷了。」

「假設……」亨利爵士說，「是很危險的。」

「但我知道不是卡彭特太太摘的葉子。」班崔太太說，「因為，出事的那天早上，她與我在露台上散步。我們是早飯後出去的。早春的上午天氣特別好，溫暖和煦。希薇雅獨自去了花園，但後來我看到她與韋茉手挽手走著。」

「這麼說，她們是很好的朋友，對吧？」瑪波小姐問。

「是的，」班崔太太說。她似乎還想說些什麼，但話到嘴邊又嚥了回去。

「她在那兒住很久了嗎？」瑪波小姐問。

「大概兩個星期吧。」班崔太太答道，話語間透著厭惡。

「你不太喜歡韋茉小姐，對吧？」亨利爵士問。

「喜歡呀，是的，我喜歡她。」那種厭惡的語調變成了憂傷。

「班崔太太，你還有事瞞著。」亨利爵士指責道。

「剛才我就覺得納悶，」瑪波小姐說，「但我不想追問。」

「你納悶什麼？」

「當你提到兩個年輕人已經訂婚的時候，你說『因此她的死才令人心碎』。不知道你是不是明白我的意思，在說這些話的時候，你的聲音聽起來不太對勁，沒有說服力，你知道。」

「你這人太可怕了，」班崔太太說，「好像什麼都知道，是的，我是在想另一件事情，但我不知道該不該講出來。」

「應該講出來。」亨利爵士說，「無論你的顧慮是什麼，都不該藏在心底。」

「好吧，是這樣的。」班崔太太說，「一天晚上，實際上就是悲劇發生的前一天晚上，我碰巧在晚飯前到露台去，客廳的窗戶是開著的，我無意中看見杰瑞．洛理默與韋茱，他正在……嗯，吻她，當然了，我不知道這只是一時興起，還是……我是說，誰也分不清楚。我知道安布羅爵士從來就沒有真正喜歡過杰瑞．洛理默，也許他知道他是什麼樣的年輕人吧。但有一點是確定的，那女孩，韋茱，是真心喜歡他。在她沒有戒心的時候，從她看他的眼神就能知道，我也覺得他們倆比他與希薇雅更匹配。」

「我得盡快在瑪波小姐之前提個問題，」亨利爵士說，「我想知道，悲劇發生後，杰瑞．洛理默娶了韋茱沒有？」

「娶了，」班崔太太說，「六個月之後，他們結了婚。」

「噢！莎赫札德，名副其實的莎赫札德。」亨利爵士說，「想想你的故事是怎麼起頭的！你只給我們一些什麼也沒有的骨架，但看看現在我們給它添加了多少血肉。」

「別說得那麼嚇人好嗎？」班崔太太說，「別用『肉』這個字。素食者最愛用這個字。當他們說『我從不吃肉』時，常會害你對你的牛小排倒盡胃口。柯樂先生就是個素食者。他以前早餐吃的東西很怪，看起來像米糠。這些彎腰駝背滿臉鬍子的老頭，就喜歡趕時髦，連內衣也穿名牌。」

「桃莉，」她丈夫說，「你怎麼知道柯樂先生穿什麼內衣？」

「想哪兒去了，」班崔太太嚴肅地說，「我只是猜猜罷了。」

「現在我需要對我前面的話加以修正。」亨利爵士說，「我得承認，這故事中的每個人物都很有趣。我們已開始認識他們了，您說對吧，瑪波小姐？」

「人性是很有意思的，亨利爵士。奇怪的是，同一類型的人，行為模式常常相同。」

「兩個女人，一個男人。」亨利爵士說，「一個永久的話題……三角戀愛。這就是我們今天問題的根源，對吧？但願是的。」

羅伊德醫師清了清嗓子。

「我一直在想，」他說這話的時候有些缺乏自信。「班崔太太，你說你本人也有些輕微的中毒症狀，是嗎？」

「那還用說！亞瑟也是，每個人都是！」

「這就對了，每個人都中了毒。」醫生說，「你們懂我的意思嗎？在剛才亨利爵士給我們講的故事裡，某個人殺了另一個人，但他用不著把整屋子的人都殺了。」

「我不明白，」珍娜說，「誰殺了誰？」

「我是說，無論擬定這計畫的人是誰，他的行動著實奇怪。他要不是盲目地相信機會，要不就是完全枉顧人命。我簡直不敢相信，一個人會給八個人全部下毒，目的只是想除掉其中一個。」

「我明白你的意思，」亨利爵士若有所思地說，「我早該考慮到這一點。」

「這個做案的人自己也中毒了嗎？」珍娜問。

「那天晚上誰沒有在家吃飯呢？」瑪波小姐問。

班崔太太搖搖頭。

「每個人都在。」

「除了洛理默之外，我想他並不住在那兒，對吧，親愛的？」

「是的，但他那天晚上和我們一起吃了晚飯。」班崔太太說。

「哦！」瑪波小姐用另一種語氣說，「這就不一樣了。」她惱火地皺著眉頭自言自語。

「我真笨，實在是笨。」

「羅伊德，我坦承你的論點讓我困擾，」亨利爵士說，「是啊，怎樣才能保證只有那女孩被毒死呢？」

「無法保證，」醫生說，「這讓我得出以下的結論：也許那女孩不是凶手要殺的對象。」

「什麼？」

「在食物中毒的事件中，結果往往很難確定。幾個人同時進餐，結果呢？可能有一兩個人中毒程度輕一些，兩個重一些，而另一個可能會死去，就是這樣，不一定。但還有一些加了其他因素的案例。洋地黃苷是一種直接作用於心臟的藥，只是在某些情況下才用這種藥。那屋子裡有個人心臟不好，假設他就是凶手的目標，那麼，對其他人不會致命的東西，可能就會要了他的命，這一點凶手可能是早就算準了。事件結果不同，都是因為我剛才說的：藥物的作用因人而異，具有不確定性和不可靠性。」

「你認為安布羅爵士是凶手的目標嗎？」亨利爵士說，「看來那女孩的死純屬陰錯陽差。」

「他死後誰能繼承他的遺產？」珍娜問。

「問得有道理，賀麗爾小姐，這是警方第一個會問的問題。」亨利爵士說。

「安布羅爵士有個兒子。」班崔太太慢吞吞地說，「許多年前他們就鬧翻了。我認為這孩子有些桀驁不馴，但安布羅無法剝奪他的繼承權。他是克羅哈姆莊園的法定繼承人，因此，馬丁．貝西繼承了他父親的封號和莊園。儘管如此，安布羅還有其他財產可以留給他挑選的人。他把這部分財產留給了受他監護的希薇雅。中毒事件後不到一年他就去世了，他死後我才知道這些曲折。希薇雅歸天後，他也懶得再去重立遺囑，我想那些錢要不是充了公，就是他兒子以最近親屬的身分承領了它，我不太記得了。」

「這麼說，能從他的死亡獲益的兩個人，一個遠離出事現場，一個當了他的替死鬼。」

亨利爵士若有所思地說道，「這聽起來不大合理。」

「另外那個女人沒得到任何好處嗎？」珍娜問，「那個班崔太太稱之為貓的女人。」

「她的名字不在遺囑裡。」

「瑪波小姐，你沒在聽。」亨利爵士說，「你在想別的事。」

「我正在想老藥劑師巴吉先生的事。」瑪波小姐說，「他家有個年輕管家，年輕到不但可以做他女兒，連做孫女都夠資格。等他去世時，你們相信嗎，他原來已暗中和她結婚兩年之久。他沒告訴任何人，包括家裡那堆侄兒侄女，他們還眼巴巴地指望得到他的遺產哩。當然了，巴吉先生是位藥劑師，是個非常粗魯的老頭子，而安布羅．貝西則是位非常有教養的人，班崔太太是這麼說的，但人性是一樣的。」

短暫的沉默，亨利爵士緊緊盯著瑪波小姐，而瑪波小姐那雙藍眼睛則略帶笑意地回望著他，還是珍娜打破了沉默。

「那位卡彭特太太長得漂亮嗎？」她問。

「嗯，長得還可以，沒什麼特別的。」

「她的聲音讓人聽了很舒服。」班崔上校說。

「嗲嗲的，我是這樣認為，嗲死了！」班崔太太說。

「再過不久，別人就會叫你惡毒的女人了，桃莉。」

「在自己家裡我不介意惡毒些。」班崔太太說，「反正我不太喜歡女人，這你也知道。我喜歡男人和花。」

「很有品味，」亨利爵士說，「特別是把我們男人放在前面。」

「這話很中聽。」班崔太太說，「嗯，那麼，我那小小的問題你們怎麼看？我一向自認是個公平的人，亞瑟，你說呢？」

「是的，親愛的。我想騎師俱樂部的幹事是不需質疑的。」

「從你開始。」班崔太太說著，用一個指頭指著亨利爵士。

「我得從頭再把線索理一理。對這起中毒案，我其實還沒出現特別有把握的想法。首先是安布羅爵士。嗯，他不可能採取這麼獨特的方式自殺，而且他監護的希薇雅死了，他也得不到什麼好處。排除安布羅的嫌疑。再來是柯樂先生。他也沒有害死那女孩的動機。如果安布羅爵士是他下手的目標，他應該會神不知鬼不覺地偷走一兩部珍貴的手稿，這很牽強，也不太可能。因此，我認為除了班崔太太對他的內衣有所懷疑外，柯樂先生應該是清白的。接著是韋茱小姐。謀害安布羅的動機……沒有，而謀害希薇雅的動機則很強烈。她想奪走希薇雅的男人，照班崔太太的說法，她很想得到他。那天早上她和希薇雅在花園裡，因此她有機會摘那些葉子。不，我們不能隨便排除她的嫌疑。然後是那個年輕人洛理默。他在兩方面都有害人的動機，如果他能擺脫未婚妻，就能和另一個女孩結婚。然而，為此就殺人似乎有些過火，這年頭解除婚約有什麼困難？假如安布羅死了，他就能娶到一位有錢的女孩，錢對他來說是否重要，取決於他的經濟狀況。如果我發現他的莊園已抵押出去，而班崔太太故意向我們隱瞞實情的話，那就是犯規。現在再來看看卡彭特太太，我有點懷疑她，那雙白淨淨的手是其中一點，再來是她沒去摘葉子的不在場證明，我向來不相信不在場證明；我還有另一個原因懷疑她，但現在還不想說出來。總之，要我說的話，我認為韋茉小姐最值得懷疑，較其他人而言，不利於她的證據最多。」

「下一個。」班崔太太指著羅伊德醫生說。

「我認為你錯了，克什林，在那女孩的死因上鑽牛角尖是沒用的，我相信凶手真正的目標是安布羅爵士。我認為年輕的洛理默沒有具備必要的知識，我傾向於認為卡彭特太太有罪，她在這個家裡待了很長時間，對安布羅的健康狀況瞭若指掌，可以輕鬆設計希薇雅（照你的說法，有些笨）去摘她需要的葉子，至於動機嘛，我承認我看不出來。但我大膽猜測，可能安布羅曾留過一份遺囑，其中有為她做了安排。我只能猜到這兒。」

班崔太太的手指繼續移動，這次移向了珍娜·賀麗爾。

「我不知道該說什麼，」珍娜說，「但有一點，可不可能是那女孩親自下的手呢？畢竟是她把葉子送到廚房去的。你也說過，安布羅強烈反對她的婚姻，如果他死了，她就會得到遺產，馬上結婚。對於安布羅的健康狀況，她與卡彭特太太一樣清楚。」

班崔太太的手指慢慢指向瑪波小姐。

「現在輪到你了，女學究。」她說。

「亨利爵士已把一切都講清楚了，相當清楚。」瑪波小姐說，「羅伊德醫生的觀點也有道理。他們已分別把問題分析透徹了。只是我認為羅伊德醫生對他自己的推理有一點並不清楚。不是安布羅的私人醫生，不可能知道安布羅的心臟到底出了什麼問題，對吧？」

「我不太明白您的意思，瑪波小姐。」羅伊德醫生說。

「您確定安布羅罹患的是那種不能服用洋地黃苷的心臟病嗎？沒有證據證明這一點。可能情況正好相反。」

「正好相反？」

「是的，你說過，有時候可用洋地黃苷去治療心臟病吧？」

「即使是這樣，瑪波小姐，我也看不出這能說明什麼。」

「嗯，這說明了他可能有洋地黃苷……可是沒說出來。我想說的是（我老是說得亂七八糟），如果你想用洋地黃苷藥片置某人於死地，先用毛地黃葉讓每個人都中毒不是最簡單、最容易的方式嗎？這對任何人都不會造成生命危險，但就算有人中毒身亡，大家也不會覺得奇怪，因為，照羅伊德醫生的說法，這種事情誰也說不準。沒有人會去問這女孩是因為誤食了毛地黃葉，還是其他類似的東西而中毒。他可能把洋地黃苷藥片放進雞尾酒裡、咖啡裡，或放在湯尼酒裡讓她喝了。」

「你是說，安布羅先生毒死了他的被監護人，那位他愛著的可愛女孩嗎？」

「正是，」瑪波小姐說，「與巴吉先生和他的年輕管家一樣。別跟我說一個六十歲的男人愛上一個二十歲的女孩是不可能的事，這種事每天都在發生，這樣的事發生在安布羅爵士這種老貴族身上，必定會使他變得很怪異，有時甚至會很瘋狂。他無法忍受她要結婚這件事，盡全力反對，但徒勞無功。他發了狂的嫉妒，以至於他寧可把她殺掉，也不願意讓她投入洛理默的懷抱。他一定計畫了很久，首先得把毛地黃葉混種在鼠尾草中間，當時機到來時，他親自把葉子摘下來，再讓她把葉子送到廚房去。想起來實在很恐怖，但我們也應該同情他，他這樣年紀的老先生一碰到年輕女孩的事，一定會有些瘋狂。我們教堂的一位風琴手……對了，我不該嚼舌根。」

「班崔太太。」亨利爵士說，「事實果真是這樣嗎？」

班崔太太點點頭。

「是的，我作夢都沒想到，我一直都以為是意外。然而，安布羅死後我收到一封信，他讓人直接把信送到我手上。在信裡他把真相都告訴了我。我不知道他為什麼選中我，可能是我們一直處得不錯。」

沉默了一會兒之後，她似乎感覺到來自在座各位的無言批評，遂趕緊聲明說：「你們認為我辜負了朋友的信任，對吧？事實上，我把所有的名字都改過了。他的真名不叫安布羅・貝西，你們沒看到我提這名字時，亞瑟瞪著我的那副傻樣嗎？他一開始也沒搞懂。我把每個人的名字都改了，就像有些雜誌和書籍一開頭寫的那樣：『故事中的人物純屬虛構』。你們永遠也不會知道他們的真實身分。」

12／班格樓事件

「我想起了一件事。」珍娜・賀麗爾說。

她那張漂亮的臉，帶著小孩想獲得稱讚時的那種嬌態，光彩四溢。這笑容每天晚上都感動著倫敦的眾多觀眾，也給攝影師帶來了滾滾財源。

「事情發生在……」她小心翼翼地接著說，「我的一個朋友身上。」

大家都嚷著，鼓勵她說下去，語氣間透著虛偽。班崔上校、班崔太太、亨利・克什林爵士、羅伊德醫生以及瑪波小姐都認為她所謂的「朋友」，其實就是她自己。因為她的小腦袋裡從不會記住或者關注其他人的事情。

「我朋友（我不想提她的名字）是個演員，」珍娜說，「一個知名度很高的演員。」

沒有人露出驚訝的表情，亨利爵士暗忖：我倒要看看她在忘了自己杜撰的「她」，而脫口說出「我」之前，能支撐多久。

「我朋友到外郡去做巡迴演出，那是一兩年前的事了，我想我最好不要把這地方的名字說出來，這是一個離倫敦不遠的傍河小城，我把它叫作……」

她停了下來，蹙眉沉思，好像給這地方取名字實在太困難了，亨利爵士適時伸出援手。

「叫河貝里怎樣？」亨利爵士鄭重地建議道。

「啊，好的，太好了，河貝里，我得記住這個名字。我剛才講過了，我朋友與她的劇團一起在河貝里做巡迴演出。這時，一件很奇怪的事情發生了。」她又皺起了眉頭，用一種痛苦的語調說：「要達到你們的要求實在是太難了。好多事件攪和在一起，我可能會把不該放在前面講的先講了。」

「你做得好極了。」羅伊德醫生鼓勵道，「接著往下說。」

「嗯，發生了這件奇怪的事，我朋友被叫到警察局，到了那兒之後，她才知道，好像是河邊的一座平房遭竊，警察抓到一個年輕小夥子，他跟警察說了他的奇怪遭遇，就這樣，警察把我朋友叫了去。

「她以前從未進過警察局，但他們對她很友好，實際上是非常好。」

「我相信是的。」亨利爵士說。

「那個警佐，我想他是個警佐，也可能是個警官，拉了張椅子請她坐下，然後給她說明情況，我馬上發現是一場誤會……」

啊哈！亨利爵士想，用「我」了，我想她也只能支撐到這裡。

「我朋友是這樣講的。」珍娜接著說，全然沒有意識到自己已在不知不覺中把自己給出賣了。「她跟他們解釋說，她與她的替角在旅館中排練，福克納這名字她連聽都沒聽過。那個警佐說：『賀……』」

她停了下來，面紅耳赤。

「賀曼小姐，」亨利爵士建議道，朝她眨眨眼。

「是的，是的，就這名字，謝謝。那警佐說：那麼，賀曼小姐，既然你一直待在布麗吉飯店，我想這必定是場誤會，他還問我是否反對與這個年輕人對質……還是已對質過了，我不記得了。」

「這無關緊要。」亨利爵士說，好讓她放心。

「總之，他們要我與那個年輕人對質。我說：『當然不會。』於是他們把那個年輕人帶來，為他介紹說：『這是賀麗爾小姐。』然後，噢！」珍娜張開的嘴半天沒闔上。

「親愛的，沒關係。」瑪波小姐安慰她說，「我們遲早也會猜到。你還沒有把真正重要的地名等等講給我們聽。」

「哎呀，我不是故意要以別人的身分來敘述的……這實在太難了！我是說，總會說著說著就忘了。」

每個人都附和她的說法，表示確實很難，給她打氣，讓她放心。這樣，她才繼續她那個有些複雜的故事。

「他是個很帥的男人，真的很帥，年輕，微紅的頭髮，看到我的時候，他張大了嘴巴。那個警佐說：『是這位女士嗎？』他說：『不，不是的，我真是頭笨驢。』我笑著告訴他：『沒關係。』」

「我能想像當時的情景。」亨利爵士說。

珍娜．賀麗爾眉頭深鎖。

「讓我想想，我該怎麼接下去……」

「你可以告訴我們整件事的經過啊，親愛的，」瑪波小姐說，語氣非常溫和，沒人會懷疑她是在嘲弄她。「我是說，那個青年誤會什麼了？還有那樁竊盜案？」

「哦，對了。」珍娜說，「嗯，這年輕人叫萊斯利．福克納，寫了一齣戲。事實上，他曾寫過好幾個劇本，只是都沒被採用。他送了一本給我讀，但我並不知道這件事，因為有成百上千的劇本送到我手裡，我只讀過很少的一部分，那都是些我稍微聽過的劇本。總之，是這樣的，好像福克納先生收到我的一封信，只是這信其實並非我所寫的，你們都知道……」

她焦急地停下來，他們安撫她，說他們明白是怎麼回事。

「信上說我已經讀過那個劇本，而且很喜歡，因此，請他來與我談談，還給了一個會面的地址：河貝里，班格樓。福克納先生因此高興得不得了，興匆匆來到了班格樓。一個女傭開了門，他說要找賀麗爾小姐。女傭說賀麗爾小姐正在等他，並把他引進客廳。客廳裡的一個女人接待了他，他當然把她當成了我……這似乎有些奇怪，因為他曾看過我的演出呀，而且我的照片到處都是，對吧？」

「是的，英格蘭的大街小巷都貼滿了。」班崔太太直率地說，「但照片與本人是會有差別的，親愛的珍娜，還有，站在舞台燈光下和下了舞台的演員也是有很大差異，請記住，不是每個女演員都像你一樣經得起考驗。」

「好吧，」珍娜小姐的語氣平靜了些。「也許是吧！總之，他說這個女人個子高高的，皮膚白皙，有一雙大大的藍眼睛，美若天仙，我想她大概長得和我很像吧，所以他當然絲毫不曾懷疑。她坐下來，開始談他的劇本，說她迫不及待想演這齣戲。就在兩人談話間，雞尾酒端了上來，福克納喝了一杯……嗯，他什麼都不記得，只記得喝了一杯雞尾酒。當他醒來時，或說是恢復知覺後，你們叫它什麼都行……他已躺在路邊，當然是在樹籬旁，這樣才不至於有被車輾過的危險。他感到頭昏昏沉沉的，只能搖搖晃晃地站起來，蹣跚著走在路上，連方向也搞不清楚。他說如果當時他頭腦清楚的話，他就會重新返回班格樓去看看到底怎麼回事，但當時他感覺迷迷糊糊的，只知道往前走，不知道自己在幹什麼。當警方要逮捕他的時候，他才多少有些清醒過來。」

「警方為什麼要抓他呢？」羅伊德醫生問。

「哦！我沒告訴過你們嗎？」說這話時，她的眼睛睜得好大。「我真笨，是為了樁竊盜案。」

「你是提到過竊盜案，但沒說是在何處、何物被竊以及為什麼發生。」班崔太太說。

「他前去赴約的這座房子根本不是我的。它的主人是一個叫……」
她的雙眉又擠在一起了。
「要不要讓我再次充當教父？」亨利爵士問，「取假名可免費。描述一下這屋主的樣子，然後我給他取個名字。」
「一個有錢的城裡人買下了這棟房子，他是個爵士。」
「赫曼．科恩怎樣？」亨利爵士說。
「太好了。他為一個女士買下這棟房子，她的丈夫是個演員，她自己也是演員。」
「我們把那演員的丈夫叫克勞德．利森。」亨利爵士說，「我猜那位女演員總有個藝名，姑且叫她瑪莉．凱爾吧。」
「你簡直是聰明透頂，」珍娜說，「我不知道你是怎麼輕而易舉地想出這些名字。嗯，這棟房子是赫曼爵士的週末度假別墅……你是叫他赫曼，對吧？他和那位女士週末都會到這兒來。當然，他的妻子不知情。」
「這是常有的事。」亨利爵士說。
「他送這位女演員許多珠寶，其中有一些上等的祖母綠。」
「啊！」羅伊德醫生說，「故事開始精采了。」
「這些珠寶就放在這棟房子裡，只鎖在一個首飾盒中，警方說這麼做太大意了，任何人都可輕而易舉地拿走它。」

「你看看，桃莉。」班崔上校說，「我平時是怎麼跟你說的？」

「嗯，就我的經驗而言。」班崔太太說，「愈是小心的人，愈是會丟東西。我的首飾就不鎖在首飾盒裡，我把它放在抽屜裡的襪子下面，我敢說，如果這個……她叫什麼來著？啊！瑪莉．凱爾，如果她像我一樣，那些珠寶就不會被盜。」

「還是會的。」珍娜說，「因為所有的抽屜都被拉開，裡面的東西撒了一地。」

「那麼他們不是來找珠寶的，」班崔太太說，「他們是來找祕密文件的，書上都是這麼寫。」

「我不知道有什麼祕密文件。」賀麗爾疑惑地說，「沒聽他們說過。」

「別分心，賀麗爾小姐。」班崔上校說，「別把桃莉的胡言亂語當真。」

「還是回到竊盜這件事吧。」亨利爵士說。

「好的。嗯，警方接到自稱是瑪莉．凱爾的人打來的電話。她說她的房子遭竊，並描述了當天早上來過她家的那個紅髮年輕人。女傭覺得他有些怪，沒讓他進屋子；但後來他們竟看見他從窗戶爬了出去。她對這人的描述相當精確，因此警方在案發後一小時就將他逮捕到案，他則把他的遭遇告訴了警方，並向他們出示我寫給他的信。後來的事我已經跟你們講了。警方找到我，那小夥子看到我時說的話我也已經說過，他說根本不是我！」

「真是怪事。」羅伊德醫生說，「福克納先生認識凱爾小姐嗎？」

「不，不認識，或者，他說他不認識。可是我還沒告訴你們這起事件中最離奇的地方。

警方當然去了那棟房子，他們發現每樣東西都跟報案人說的一致，抽屜被拉了出來，珠寶不見了……但家裡一個人也沒有。幾個小時後，瑪莉．凱爾才回來。她說她根本就沒給警方打過電話，她還是剛剛才聽說有這麼回事。好像那天早上她收到一份電報，說有個製片人要提供她一個重要角色，約她見面。她自然就匆忙趕到城裡去赴約，但她到了城裡之後，發現整件事是個騙局，根本就沒人發過電報。」

「司空見慣的調虎離山計。」亨利爵士評論道，「那些傭人呢？」

「中了同樣的計謀。那屋裡只有一個女傭，她也接到電話，顯然是瑪莉．凱爾打來的，她說她把一件重要的東西忘了，要女傭到臥室的某個抽屜裡找到某個手提包，她急著趕頭班車。女傭照她的吩咐做了，臨走時當然鎖好了門，她按照女主人告訴她的地方及時趕到那個俱樂部，可是到了之後，發現女主人根本不在那兒，她白跑了一趟。」

「嗯，」亨利爵士說，「我開始有些明白了，屋裡的人全被支走了，留下一棟空房子，這樣從某個窗戶翻進去就不是什麼難事。但我不懂福克納是怎麼進去的。如果不是瑪莉．凱爾打電話給警方，那麼又是誰呢？」

「沒人知道。」

「怪了，」亨利爵士說，「那個年輕人的身分屬實嗎？」

「哦，是的，這點沒問題。他確實收到一封自稱是我寫的信，但實際上那根本不是我的筆跡。然而，當然囉，他不會知道那信不是我寫的。」

「嗯，現在我們來把線索理一理。」亨利爵士說，「我如果有說得不對的地方，請糾正。那位女士和傭人被騙離了那棟房子。這個年輕人也被一封偽造的信誘騙到那兒。之所以用這封偽造的信做幌子，是基於那個星期你在河貝里演出。那個年輕人被下了迷藥，警方接到電話，把他當成嫌犯直接逮捕了他，因為確實發生了一樁竊盜案。我相信那些珠寶真的是被偷了，對吧？」

「哦，是的。」

「後來找到了沒有？」

「沒有，一直沒找到。事實上，赫曼不想讓此事張揚出去，但他也沒辦法。我猜結果是他太太準備和他離婚。目前我也不大清楚狀況。」

「萊斯利．福克納後來怎樣了？」

「警方最後放了他，說沒有足夠的證據指控他。你們不認為整個事情有些怪異嗎？」

「太怪異了。首要的問題是，該相信誰的話？賀麗爾小姐，你在敘述時，我發現你傾向於相信萊斯利．福克納。除了你的直覺之外，有什麼理由可以相信他嗎？」

「沒什麼理由，」珍娜很不情願地說，「我想我沒有理由相信他，只是他人非常老實，還為了把別人錯當成了我，頻頻向我道歉，因此我才覺得他說的是實話。」

「我懂了，」亨利爵士笑著說，「但你得曉得，他可以輕而易舉地編出那個故事，他可以自己寫封信聲稱是你寫的，也可以在偷了東西後下迷藥讓自己昏迷。但老實說，我不懂這樣做的用意何在。進屋子裡去，把東西弄走，然後悄無聲息地消失，這樣比較簡單，除非鄰居注意到他，而且他也知道有人在注意自己，這樣他才會匆匆改變計畫，設法擺脫嫌疑；如果鄰居揭發他，他也找到了開脫的理由。」

「他很有錢嗎？」瑪波小姐問。

「不，」珍娜說，「我相信他日子過得很艱難。」

「整起事件看來不可思議。」羅伊德醫師說，「坦白說，如果那個年輕人的話是真的，案子似乎就很複雜了。為什麼那個自稱是賀麗爾小姐的人，要把這個不相識的年輕人拖進去呢？為什麼她要導演這麼一齣精心策畫的喜劇呢？」

「告訴我，珍娜，」班崔太太說，「那個年輕人有沒有在這齣喜劇中與瑪莉．凱爾對質過？」

「我不太清楚，」珍娜慢慢地說，鎖住雙眉，挖掘記憶。

「如果他沒有與她對質，問題就了結了！」班崔太太說，「我的推斷一定是對的，還有什麼比假裝被召進城去更容易呢？你從派汀頓車站給你的傭人打電話，她進城的時候，你返回來，那個年輕人應邀而入，被下了迷藥，接著你導演了竊盜案，盡量表演得過火些；再打電話給警方，詳細地描述你的替罪羔羊；然後又再次出門到城裡去，乘晚班車回來，裝作一副什麼都不知道的樣子。」

「但為什麼她要偷自己的珠寶呢，桃莉？」

「她們向來如此，」班崔太太說，「我可以說出一百個理由來。也許她急著錢用，老赫曼不給她現金，她就說珠寶被偷了，然後悄悄地把它們賣掉。也許有人敲詐她，要把她與赫曼的事告訴她丈夫或他太太；也許是她早已把珠寶賣掉，而現在赫曼心血來潮想看看這些珠寶，所以她不得不想辦法瞞天過海。書上常出現這種情況；也許她想重新鑲嵌這些寶石，找些人造寶石做替代品，或者，我想到一個好主意，這書上倒很少提到：這些珠寶被偷走之後，她裝出黯然神傷的樣子，他就會重新給她買一套，這樣她就擁有了兩套。這種女人，實在太厲害了。」

「你真聰明，桃莉。」珍娜說，羨慕不已。「我根本想不到這些。」

「她只是說你聰明，沒有說你對。」班崔上校說，「我傾向於懷疑那個城裡來的富紳，他可以用電報把那位女演員騙走，而在一位新女友的幫助下，輕而易舉地把剩下的事安排得妥妥當當。似乎沒有人問他有沒有不在場證明。」

「你認為呢，瑪波小姐？」珍娜問道，轉向那位一直坐在那兒雙眉緊鎖、滿臉困惑、一聲不吭的老小姐。

「親愛的，我真不知該說些什麼，亨利爵士可能會笑我，但這次我再也想不起發生在村裡的事有哪一件是與此類似。當然了，這事本身就有好幾個問題，比如傭人的問題。在……啊哼，」她清了清嗓子。「你所描述的那種不正常家庭中，毫無疑問，傭人都知道家裡所有的情形。再說，一個真正的好女孩不會做這種工作，因為她母親一刻也不會放心。因此，我想我們可以斷定，這個女孩子其實不能信賴，她也許與盜賊是一夥的，有可能把門開著，真去了倫敦，裝得好像真有這封假電報，以轉移別人對她的懷疑。我覺得，這是最合理的結論。除非是慣賊所為，否則就太奇怪了，一個女傭是不可能這麼內行的。」瑪波小姐停了一下，然後恍惚地繼續說：「我總感覺到有些……嗯，我想這是我個人的感覺。這是不是某人出於惡意的報復行為？或許是一個他沒有善待的年輕女演員？你們不覺得這樣比較合理嗎？蓄意給他製造麻煩……看來正是如此。不過，這也不能完全令人信服……」

「噢，醫生，你悶不吭聲的，我都忘了你了。」珍娜說。

「我總是被人遺忘。」頭髮灰白的醫生傷感地說，「我一定是很不起眼。」

「哦，才不會呢！」珍娜說，「告訴我們你的看法。」

「我基本上同意大家的看法，但也可以說，誰的看法我都不同意。我有個與大家相距甚遠也可能是完全錯誤的想法。我覺得他太太與此事有關，我是指赫曼太太。我拿不出證據，要是說出那些受了委屈的太太所做過的荒唐事，你們鐵定會大吃一驚。」

「啊！羅伊德醫生，」瑪波小姐激動地叫了出來。「您真是太聰明了，我怎麼把可憐的裴瑪旭太太的事給忘了。」

珍娜凝視著她。

「裴瑪旭太太？誰是裴瑪旭太太？」

「嗯……」瑪波小姐有些猶豫。「我不知道她是否真的能派得上用場，她是個洗衣女工，偷了一枚別在客人襯衫上的蛋白石別針，把它放到另一個女人的屋子裡。」

珍娜看來更迷惑了。

「所以您把一切都搞清楚了，瑪波小姐？」亨利爵士眨著眼睛說道。

然而讓他感到詫異的是，瑪波小姐搖了搖頭。

「不，恐怕沒有，老實說，我完全被搞迷糊了。據我了解，女性應該會團結，遇到緊急狀況時，女性都會支持同性。我想珍娜小姐給我們講這個故事的寓意就在於此。」

「沒想到這案件還有這麼深的寓意。」亨利爵士嚴肅地說，「也許只有當賀麗爾小姐把謎底說出來之後，我才能真正理解您所說的意義。」

「嗯？」珍娜有些不解。

「我知道，用孩子們的話來說，那就是我們『投降』了！你，賀麗爾小姐，你該獲得最高讚譽，你給我們出了一道大難題，居然連瑪波小姐都認輸了。」

「你們都放棄了？」珍娜說。

「是的，」亨利爵士等著其他人開口，一分鐘後，他看看其他人都不說話，自己又當起了代言人，「也就是說，我們的成敗就繫於前面所做出的粗略結論，男士們各下了一個結論，瑪波小姐兩個，B太太十幾個左右。」

「哪有十幾個，」班崔太太說，「它們只是同一個主題的不同思考；而且我不知告訴你多少次，不要叫我B太太。」

「也就是說，你們都放棄再推論了？」珍娜想了想之後說，「很有意思。」

她倒在椅背上，開始心不在焉地磨指甲。

「那麼，」班崔太太說，「說吧，珍娜，結局到底是如何？」

「結局？」

「是的，到底情況如何？」

珍娜盯著她。

「我根本不知道。」

「什麼？」

「我根本不知道結局是什麼，我還想你們都那麼聰明，應該會有人告訴我結局呢。」

每個人都覺得氣結惱火。長得漂亮固然賞心悅目，但此時她表現出來的愚蠢也太離譜了，即便是樣子超級可愛也無法原諒。

「你是說，一直沒發現真相？」亨利爵士說。

「沒有，我說過，那就是我把問題講給大家聽的原因，我原以為你們會告訴我。」

從珍娜的聲音聽得出來，她受傷了，看得出她感到很難過。

「嗯，我……我是……」班崔上校激動得說不出話來。

「珍娜，你這女孩子真讓人氣惱，」班崔太太說，「無論如何——我現在和將來都有把握我是對的——你若把這些人的真名實姓說出來，我便能證明我是對的。」

「我覺得我不該那麼做。」珍娜慢吞吞地說。

「別說，親愛的。」瑪波小姐說，「賀麗爾小姐不能那麼做。」

「她當然能。」班崔太太說，「珍娜，別那麼自命清高了，我們這些老先生老太婆就是需要知道一點醜聞當作消遣。至少你可以告訴我們，城裡的那位闊佬是誰。」

但珍娜依然搖搖頭，瑪波小姐則堅守老派作風，繼續支持她。

「那一定是件讓人十分苦惱的事。」她說。

「不，」珍娜真誠地說，「我想……我倒覺得挺好玩的。」

「是的，也許你有這種感覺。」瑪波小姐說，「我猜那倒不失為打發單調日子的小插曲，你正在演一部什麼樣的戲？」

「《史密斯先生》。」

「哦，那是毛姆的作品，對吧？他的著作都很精采，我幾乎讀過他的全部作品。」

「明年秋天你要巡迴演出，對吧？」班崔太太問。

珍娜點點頭。

「好了，」瑪波小姐說著站了起來。「我得回去了，已經這麼晚了！我們今晚玩得很開心，很少這麼開心過。我想今晚的獲獎者應是賀麗爾小姐，諸位同意嗎？」

「很抱歉讓你們掃興了，」珍娜說，「我是指，不知道故事的結局。我早該告訴你們。」

她的語氣滿是悵惘，羅伊德醫生殷勤地及時站了起來。

「親愛的女士，你怎麼這麼說呢？你出了一道磨練眾人智慧的題目，我只為我們當中沒人能找到答案而深表遺憾。」

「那只有你自己。」班崔太太說，「我破了案，我相信我的答案是對的。」

「你知道嗎？我真的相信你的推測。」珍娜說，「你所說的可能性最大。」

「你是指她七個推測中的哪一個？」亨利爵士揶揄道。

羅伊德醫生主動幫瑪波小姐穿上她的長筒橡膠雨鞋。

「只是以防萬一。」老小姐解釋道。

醫生要送她回到她的老房子去。裹了好幾條披肩後，瑪波小姐再次向每個人道晚安，最後來到珍娜·賀麗爾這兒時，她湊上前去，在這位女演員的耳邊小聲說了幾句。

「啊！」

珍娜抑忍不住地一聲驚叫，聲音太大，以致每個人都轉過頭來看著她。

瑪波小姐點頭微笑，走了出去，留下珍娜目瞪口呆地望著她的背影。

「你準備就寢了嗎，珍娜？」班崔太太問，「你怎麼了？像見了鬼似的。」

長嘆了一聲之後，珍娜回過神來，對著兩位男士留下美麗迷濛的微笑，然後隨女主人上了樓，班崔太太與她一起進了她的房間。

「壁爐裡的火快熄了。」班崔太太說，用力撥了一下火，但沒什麼用。「她們就會把它弄得要燒不燒的，這些傭人真笨。我想我們今晚結束得晚了些，哦，已經凌晨一點多了。」

「你認為有許多像她那樣的人嗎？」珍娜．賀麗爾問。

她坐在床沿上，還在沉思。

「傭人嗎？」

「不是的，是那個有趣的老太太，她叫什麼，瑪波？」

「哦！我不知道，我想她是小村子裡很普遍的類型吧。」

「噢，天啊，」珍娜小姐說，「我不知該怎麼辦才好。」

她長長地嘆了口氣。

「什麼事？」

「我擔心。」

「擔心什麼？」

「桃莉，」珍娜．賀麗爾一臉沉重地說，「你知道那位奇怪的老太太在離開之前，對我說了什麼嗎？」

「不知道，說什麼呢？」

「她說：『如果我是你，就不會這麼做，親愛的。永遠別太信賴另一個女人，即便當時你覺得她是你的好朋友。』你要知道，桃莉，她說得太對了。」

「這是格言嗎？是的，也許吧，但我看不出它可用在什麼地方。」

「我想，你不能完全相信一個女人。我可能會受制於她呀，我從沒想到過這一點。」

「你說的是哪個女人呀？」

「妮塔．格林，我的替角。」

「瑪波小姐怎麼會知道你的替角的事？」

「我想她是猜的，但不知道她是怎樣猜到的。」

「珍娜，拜託了，快告訴我你葫蘆裡賣的是什麼藥？」

「是關於那個故事，我今晚講的那個故事。桃莉，我跟你說過那個女人，那個把克勞德從我身邊奪走的女人，還記得嗎？」

班崔太太點頭，迅速地把記憶翻回她第一次不幸的婚姻上，珍娜的第一任丈夫是克勞德．艾伏伯，一個演員。

「他娶了她，我應該提醒他會有什麼結果。克勞德被蒙在鼓裡。她與約瑟夫．索爾曼有曖昧關係，通常都在我告訴你們的那棟房子共度週末。我想揭露她的真面目，我要每個人都知道她是什麼樣的女人。而一樁竊盜案就能把一切都暴露出來。」

「珍娜！」班崔太太氣呼呼地說，「你剛剛給我們講的故事，是你設計出來的？」

珍娜點點頭。

「這就是為什麼我說我在演出《史密斯先生》一劇的原因。在劇中我扮演的角色是女傭。所以這正好派上用場……如果他們傳我到警察局，我可以說我正在和替角排戲，這是世界上最名正言順的理由。當然啦，事實上，我們在那棟房子裡。我只需要去開門，端上雞尾酒，妮塔扮成我……他以後再也不會見到她了，因此不用害怕他會認出她來。穿上女傭的衣服，我看上去會很不一樣。再說，任何人都不會把女傭當人看。事後，我們打算把他拖到馬路外面，搶走珠寶，打電話給警方，然後再回到旅館。我不想那可憐的小夥子受罪，不過亨利爵士好像認為他並沒有，對吧？然後她就會上報，克勞德就會知道她是個怎樣的女人。」

班崔太太坐了下來，咕噥著。

「哦！我頭好痛。從頭到尾……珍娜．賀麗爾，你這個騙人精！竟然以那種方式跟我們講那個故事！」

「我是個好演員，」珍娜．賀麗爾自鳴得意地說，「一直都是，不管人們怎麼說，我沒有一次演砸過，不是嗎？」

「瑪波小姐是對的。」班崔太太小聲說道，「人的因素，啊，是的，人的因素。珍娜，好孩子，小偷就是小偷，你可能會因此被送進監獄，知道嗎？」

「但你們誰都沒有猜到，除了瑪波小姐。」那種憂慮的神情又回到她臉上。「桃莉，你真的認為有許多像瑪波小姐這樣的人嗎？」

「坦率地說，我不認為。」班崔太太說。

珍娜又嘆了口氣。

「儘管如此，最好還是不要冒這個險。否則，我鐵定會受制於妮塔，這不用懷疑。她可能會與我翻臉，轉而敲詐我什麼的。她幫我策畫細節，假裝心甘情願地幫我，但女人心，海底針。不，我想瑪波小姐是對的，我最好別冒這個險。」

「但是，親愛的，你已經冒險了。」

「哦，不，」珍娜把她的藍眼睛睜得大大的。「你還不明白嗎？事情還沒有發生呀！我……我只是在走台而已。」

「我不懂你的戲劇術語，」班崔太太嚴肅地說，「你是說，這只是一個未實現的計畫，而不是一件已發生過的事？」

「我原本打算在今年秋天執行計畫的，在九月。現在我不知道該怎麼辦才好。」

「珍．瑪波猜到了真相，卻不告訴我們。」班崔太太怒氣沖沖地說。

「我想，她說女人要團結的用意就是暗示我，她不會在男士面前出賣我。她真是太好了，我不介意你知道我的計畫，桃莉。」

「打消這個念頭吧，珍娜，我求你。」

「我想我會，」珍娜小姐喃喃自語道，「說不定還是有很多的瑪波小姐……」

13 溺死

亨利．克什林爵士，這位蘇格蘭警場前任局長，正住在他朋友班崔夫婦家裡，他們的家就在聖瑪莉米德這個小村莊。

一個週六的早上，十點十五分左右，這是客人們用早餐的最佳時間，他從樓上下來用早餐，在餐廳門口差點與女主人撞了個滿懷，班崔太太從房裡急急忙忙地衝出來，看上去有些激動與憂傷。

班崔上校坐在餐桌旁，他的臉顯得比平時更紅潤。

「早安，克什林。」他說，「今天天氣真好，請自便。」

亨利爵士乖乖地找了個位置，剛坐下，一盤腰子和培根就放在他的面前，男主人接著說道：「今天早晨桃莉有些浮躁。」

「是的，呃……看得出來。」亨利爵士語氣和緩地說。

他有點納悶，女主人一向很沉穩，情緒很少起伏。就亨利爵士對她的了解，只有一件事能讓她激動……園藝。

「是的，」班崔上校說，「今天早上聽到一個消息，讓她感到萬分憂傷，是關於村裡一個女孩，艾默特的女兒，『藍野豬旅館』的老闆艾默特。」

「哦，是的，我知道這個人。」

「是這樣的，」班崔上校稍做沉思後說，「一個漂亮的女孩，懷孕了。這已不是什麼新鮮事，我一直在與桃莉爭論。我真蠢，女人永遠都不理智。桃莉全力支持那個女孩，女人都一樣，在她們眼裡，男人都是無情無義的傢伙。但事情可不那麼簡單，至少現在不是。女孩們知道自己想要什麼，勾引女孩子的年輕小夥子不一定就是惡棍，百分之五十不是。我倒挺喜歡桑福德的，他是一個小傻蛋，絕非是唐璜式的風流男子。」

「是這個叫桑福德的男人讓那女孩懷孕的嗎？」

「好像是這樣。當然了，我本人毫不知情。」上校謹慎地說，「只是些流言蜚語，你了解這地方。我說了，我什麼也不知道，我不像桃莉那樣驟下結論，到處指責桑福德。該死，每個人說話都應該謹慎。知道嗎，現在鬧得要驗屍。」

「驗屍？」

班崔上校睜大了眼睛。

「是的，我沒告訴你嗎？那女孩跳河自盡了。這就是引起騷動的原因。」

「那可糟了。」亨利爵士說。

「當然。我想都不願想。可憐的小美人。她父親是位相當嚴厲的人，我猜她一定是覺得沒臉見她父親。」他稍做停頓，又說：「桃莉為此感到非常痛心。」

「她是在什麼地方淹死的？」

「河裡，磨坊下面，水流最急的地方。那兒有一條羊腸小徑和一座橋。他們認為她是從那兒跳下去的。唉，唉，想起來就難過。」

班崔上校打開他的報紙，故意弄出一陣沙沙聲，開始專注於報上刊登的政府醜聞，藉此將思緒跳離開這件令人心痛的事。

亨利爵士對小村子發生的這類小悲劇不是很感興趣。早飯後，他舒服地躺在草地上的一把椅子裡，把帽子拉下來蓋住眼睛，以一種很平靜的角度去思考人生。

大約十一點半左右，一個整潔的傭人輕手輕腳地走過草地。

「打擾了，先生，瑪波小姐來訪，她想見你。」

「瑪波小姐嗎？」

亨利爵士坐了起來，戴好帽子。這名字讓他吃了一驚，他清楚記得瑪波小姐，記得她優雅恬靜的老處女儀態，及其驚人的洞察力。他忘不了在討論那十幾起懸而未決以及假設的案件，這「鄉下老處女」都準確無誤地破了案。亨利爵士非常敬仰瑪波小姐，不曉得她為什麼來找他。

瑪波小姐坐在客廳裡，像往常一樣抬頭挺胸，身旁放了一個外國製的鮮豔購物籃，她兩頰紅暈，看上去神色有些慌張。

「亨利爵士，很高興也很慶幸能找到你。我聽說您住在這兒……希望您能原諒……」

「很高興見到您。」亨利爵士邊說邊拿起她的手，「恐怕班崔太太不在家。」

「是的，」瑪波小姐說，「我來的時候看見她正和那個賣肉的福堤說話呢。亨利．福堤昨天被車撞了，亨利是福堤的狗，一種毛色光滑的獵狐犬，矮胖矮胖的，很愛狂叫，屠夫們都愛養這種狗。」

「沒錯。」亨利爵士表示贊同。

「很高興女主人正好不在家。」瑪波小姐接著說道，「因為我是來找您的。是和這件令人傷心的事有關。」

「亨利．福堤嗎？」亨利爵士問，有些困惑。

瑪波小姐瞪了他一眼。

「不，不，是羅絲．艾默特，您知道這件事嗎？」

亨利爵士點點頭。

「班崔告訴我了，真可憐。」

他有點迷惑，猜不透瑪波小姐為什麼會為羅絲．艾默特的事專程來找他。

瑪波小姐再度坐下，亨利爵士也坐了下來。當這位老小姐再次開口時，她的態度變了，語氣黯淡，有些嚴峻。

「您可能還記得，亨利爵士，我們曾經一起玩過一兩次十分有趣的遊戲，提出一些懸而未決的案件，然後破案。承蒙您的誇獎，認為我還做得不錯。」

「您把我們所有的人都擊敗了，」亨利爵士熱情地說，「在挖掘真相上，您表現出絕頂的才華，您總是引用一些鄉村中發生的類似案件來找線索。」

亨利爵士說這些話的時候帶著笑容，但瑪波小姐一點兒也沒笑，她看來很嚴肅。

「正是您說的這些話，讓我壯了膽子到這兒來找您。我想如果我對您說了什麼，您還不至於笑我。」

他突然意識到她十分認真。

「我不會笑您的。」

「亨利爵士……這女孩，羅絲．艾默特，並不是跳河自盡，而是被人謀殺的……我知道凶手是誰。」

有那麼兩三秒鐘，亨利爵士什麼也沒說，一下子震驚住了。瑪波小姐的語氣十分冷靜，一點也不激動，臉上的神情，好像只是在說一件再普通不過的事。

「您說這話很嚴重，瑪波小姐。」回過神之後，亨利爵士說道。

她輕輕地點了點頭。

「我知道，我知道，那就是為什麼我來找您。」

「但是，親愛的女士，我不是您該找的人。我現在只是個老百姓，您如果知道什麼內情，應當去告訴警方。」

「我想我不能。」瑪波小姐說。

「為什麼呢？」

「因為，您知道，我沒掌握任何……呃，您所說的內情。」

「您是說，那只是您的推測嗎？」

「您可以那麼說，但也並不完全如此。我知道實情，我就是知道。只是一旦我把我的理由拿去向卓威特警官說，他必定會一笑置之。其實也不能怪他，要理解你稱之為『特殊感知』的東西，著實難上加難。」

「比如……」亨利爵士說。

瑪波小姐笑了笑。

「假如我對您說，我之所以知道實情，是因為一個叫皮斯古的人，您會怎麼想？幾年前，這個叫皮斯古的人開著車子來賣菜，把蘿蔔當成胡蘿蔔賣給了我侄女。」

她意味深長地停了下來。

「取皮斯古[16]這麼個名字，做這種買賣倒是滿合適的。」亨利爵士自言自語道，「您是指，您只是透過一個類似的事件來得出現在這個判斷嗎？」

「我通曉人性，」瑪波小姐說，「住在鄉村裡這幾年，不可能不對人性有深刻的認識。

問題是，您相信我還是不相信？」

她直盯著他，臉色由粉紅轉成了紅色。她的目光迎他而去，閃也不閃。

亨利爵士是位見多識廣的人，他立刻直截了當地下定決心，儘管瑪波小姐的說法聽來像天方夜譚，但他馬上就下意識地接受了它。

「我相信您，瑪波小姐。可是我不明白您希望我做些什麼，或者說，您來找我的目的是什麼。」

「我思前想後，」瑪波小姐說，「我說過，缺乏證據去找警方是沒用的。我沒什麼證據，我請您做的只是參與這件事的調查。我想卓威特警官會很高興。當然隨著調查的深入，警察局長梅崎上校會協助您。」

瑪波小姐懇切地看著他。

「您有什麼線索提供給我嗎？」

「我想，」瑪波小姐說，「把一個名字……噢，那個人的名字，寫在一張紙上給您，然後呢，假如在調查中您斷定這個人並未涉案，嗯，那就證明我錯得一塌糊塗。」

她頓了頓，哆嗦了一下後接著說：「倘若一個無辜的人因此被處以絞刑，就太糟糕，太

16 皮斯古（peasegood），是由 pease（豌豆）和 good（貨物）合成的詞。

糟糕了。」

「到底……」亨利爵士叫道，有些吃驚。

她憂傷地看著他。

「說不定我錯了，儘管我不這樣認為。卓威特警官是個有頭腦的人，但普通程度的聰明有時是最危險的，它有時會害人掉以輕心。」

亨利爵士好奇地看著她。

摸索了一陣之後，瑪波小姐打開她的小提包，從裡面拿出一個小本子，撕下一頁，慎重地在上面寫了一個名字，把它對摺好，遞給亨利爵士。

他打開紙條，瞥了一眼上面寫的名字。這對他來說沒什麼意義，但他揚了揚眉毛。他看著瑪波小姐，把字條裝進口袋裡。

「好吧，好吧，」他說，「這真是份特殊的差事，平生頭一遭做這種事。但我決定相信您，瑪波小姐。」

於是，亨利爵士接下來便和郡警察局局長梅崎上校及卓威特警官坐在一個房間裡。

警察局長個子矮小，一副軍人強勢作風。警官則人高馬大，寬寬的肩膀，十分警覺敏感。

「我著實感到我是多管閒事。」亨利爵士帶著愉快的微笑說，「但實在不能告訴你們為什麼我要插手。（此乃千真萬確！）」

「親愛的朋友，我們非常高興您能與我們共事，這是我們莫大的榮幸。」

「您賞光了，亨利爵士。」警官說。

警察局長心想：「可憐的傢伙，一定是在班崔家悶得發慌。班崔那老頭老是濫罵政府，老太婆又一天到晚球莖球莖的嘮叨個沒完。」

警官則暗忖：「但願他不個很難纏的人，聽說他是全英格蘭數一數二的聰明人，希望一切順利。」

警察局長大聲說：「我想事情很悲慘也很明瞭，人們首先想到的是那女孩自己投了河。你知道，她懷有身孕。可是，我們的醫生荷大克是個很仔細的人，他注意到死者兩臂的上段有傷痕，是死前留下的，有可能是什麼人把她扔下河時抓著的部位。」

「那需要費很大的力氣嗎？」

「我想不用，那女孩可能沒有反抗，她是在不知情的情況下被推下去的。這是座小木橋，橋面有些滑，只需要輕輕一推就行，橋的那一邊根本就沒有護欄。」

「你有證據證明悲劇是發生在那兒的嗎？」

「有。有個男孩叫吉米・布朗，十二歲，案發當時他在橋另一端的林子裡。他聽見橋那兒傳來一聲尖叫，然後是什麼東西落入水中的聲音。時值黃昏，很難看清是什麼東西。不久他看見一個白色的東西漂在水面上，他趕緊跑去求救。他們把她撈了上來，可是為時已晚，救不活她了。」

亨利爵士點點頭。

「那男孩沒看見橋上有人嗎？」

「沒有。但我說過，當時是黃昏，而且那裡老是有霧。我打算問那男孩在此之前或者之後看見過什麼人沒有。你知道他理所當然地認為那女孩是自己跳下去的。人人一開始都是這麼認為。」

「幸虧我們找到了一張字條。」卓威特警官說著，轉向亨利爵士。「這字條是在死者口袋裡發現的，長官。是用一種藝術家常用的筆寫的，儘管紙已溼透，我們還是努力辨認出上面的字。」

「寫些什麼呢？」

「是桑福德那年輕人寫的。上面這樣寫道：『好的，八點三十分我在橋上等你……雷．桑。』大概在八點半或幾分鐘之後，吉米．布朗聽見了尖叫聲和有人落水的聲音。」

「我不知道您見過桑福德沒有？」梅崎上校接著說，「他來這兒大約有一個月，是那種專門建些怪房子的新生代建築師，目前正在阿林頓家蓋房子。天知道這房子會是什麼樣子，我猜會到處都是可笑的新玩意兒，玻璃餐桌，鋼製的網狀外科手術用椅。嗯，這雖與本案沒什麼關係，但顯示了桑福德是個什麼樣的青年：壞脾氣，您知道，毫無道德觀念。」

「誘姦，是一項自古以來即有的罪名，儘管年代不及謀殺罪名久遠。」亨利爵士委婉地說。

梅崎上校愣住了。

「哦！是的，您說得對，您說得對。」他說。

「嗯，亨利爵士，」卓威特說，「這是件醜事，但不複雜。這個桑福德讓那女孩懷了孕。隨後他拍拍屁股一走了之地回倫敦。他在那兒有女朋友，一個好女孩，他和她訂了婚，準備娶她。嗯，很自然啦，他怕她知道此事，可能會破壞他的計畫，因此便約了羅絲在橋上碰頭，那是一個多霧的傍晚，四下無人，他抓住她的肩膀，把她扔了下去。這個不折不扣的小豬玀，罪有應得。這就是我的看法。」

亨利爵士有一兩分鐘沒說話。他感覺到一種強烈的在地偏見，在聖瑪莉米德這種保守的村莊，一個創意新穎的外來建築師是不可能受歡迎的。

「這麼說，這位叫桑福德的青年毫無疑問就是未出世孩子的父親？」他問。

「他一定是孩子的父親。」卓威特說，「羅絲．艾默特對她父親說了很多事情，她以為他會娶她。娶她？才怪！」

「老天，」亨利爵士想，「我好像在看一齣維多利亞時代中期的劇情戲。一個天真的女孩，一個倫敦來的惡棍，一位嚴厲的父親，然後是背叛，就差一位忠實的同鄉戀人了。是的，我想是該我問他的時候了。」

於是他提高了嗓門說：「那女孩在本地有喜歡的小夥子嗎？」

「您是說喬．歐利斯？」警官問，「好人一個，以做木工為生。啊！如果她對喬死心塌地的話……」

梅崎上校贊同地點點頭。

「那就門當戶對了。」

「喬·歐利斯怎麼看待這件事呢？」亨利爵士問。

「沒人知道喬是怎麼想的。」警官說，「他是一位內向的小夥子。喬是這樣的，沉默寡言，很內向。在他眼裡，羅絲所做的一切都是對的。她把他吃得死死的。喬只希望有朝一日她會回到他身邊，我認為，那只是他一廂情願。」

「我想找他談談。」亨利爵士說。

「哦！我們會去拜訪他的。」梅崎上校說，「我們沒有忽略任何線索。我想我們該先去找艾默特，然後是桑福德，最後再去拜訪歐利斯。你覺得這樣好嗎，克什林？」

亨利爵士表示這再好不過了。

他們在藍野豬找到了湯姆·艾默特。他是個高大魁梧的中年人，有一雙狡猾的眼睛，一張臉看起來不大好惹。

「幸會，先生們，早安，上校。請進，這兒沒人會打攪我們。你們要喝些什麼嗎，先生們？不要？隨你們便。你們是為我薄命的女兒來的吧？啊！她是個好女孩，羅絲確實是個好女孩，一直都是，而這位該死的下流胚來了以後……請原諒我說粗話，但他實際上就是個下流胚。他曾答應要娶她，我一定要控告他，是他害她走到這一步。這個齷齪的殺人犯，害我們大家蒙羞。我可憐的女兒。」

「你女兒親口告訴你說，桑福德該對她負責？」梅崎乾脆地問。

「是的，就在這個房間裡。」

「你跟她說了什麼呢？」亨利爵士問。

「跟她說？」湯姆一時語塞。

「是的，你跟她說了些什麼？有沒有……比如說，威脅要把她趕出家門之類的。」

「我當時有點煩，這是很自然的事，我相信你們也會有同感。但實際上我並沒有把她趕出家門。我不會這樣不講理。」他義憤填膺地說，「不，我想說的是，法律是怎麼規定的？他得對她負責，如果他沒有，他絕對要付出代價。」

他一拳砸在桌子上。

「你最後一次見到你女兒是什麼時候？」梅崎上校說。

「昨天，喝茶的時候。」

「她當時的神情如何？」

「嗯……和平時一樣，我什麼也沒注意到，如果我知道……」

「但你不知道。」警官毫無表情地說。

他們告辭了。

「艾默特實在不怎麼討人喜歡。」亨利爵士若有所思地說。

「有點像流氓。」梅崎上校說，「要是有機會，他早就砍了桑福德。」

他們拜訪的第二個人是那位建築師。雷斯．桑福德的模樣和亨利爵士想像的完全不同，他是個高個子的年輕人，皮膚白皙，人很瘦，一雙朦朧的藍眼睛，亂蓬蓬的頭髮顯得過長，說起話來有些娘娘腔。

梅崎上校介紹了自己以及同伴，然後直入主題。他要求建築師把出事前一天晚上的行蹤做個說明。

「你得明白，」他警告說，「我沒有強迫你做任何聲明，但你說的每句話都會被當作呈堂證供。」

「我……我不明白。」桑福德說。

「你是否知道羅絲．艾默特昨天晚上淹死了？」

「知道，哦！太……太不幸了。真的，我一晚上都沒闔眼，今天簡直無法工作。我覺得我對她的死負有責任，不可推卸的責任。」

他把手插入頭髮中，頭髮被弄得更亂了。

「我不是有意傷害她，」他可憐兮兮地說，「我從來沒有想過……怎麼也沒料到她會那樣做。」

他在桌子邊坐下來，把臉埋進手裡。

「桑福德先生，你說這話是否表示，你拒絕告訴我們昨天晚上八點三十分你人在什麼地方？」

「不，不，我當然不是這個意思。我出去了，去散步。」

「是去和艾默特小姐會面嗎？」

「不，我獨自一人，穿過林子，走了很長一段路。」

「那你怎麼解釋這張在死者口袋裡發現的紙條呢？」

卓威特警官大聲而毫無表情地把字條讀了一遍。讀完之後，他接著說：「先生，你否認這張字條是你寫的嗎？」

「不……不，沒錯，的確是我寫的。羅絲要和我見個面，她堅持要見我，我不知道該怎麼辦，所以寫了那張字條。」

「啊，這還差不多。」警官說。

「但我沒去呀！」桑福德提高了嗓門，有些激動。「我沒去！我覺得最好還是別去。我明天就要回城裡去，我覺得還是不要……不要見她比較好。我打算到了倫敦之後再給她寫信，以便從長計議。」

「先生，你是否知道那女孩已經懷孕，並且聲稱你是孩子的父親？」

桑福德呻吟著，沒有回答。

「這是真的嗎，先生？」

桑福德把臉埋得更沉了。

「我想是的。」他捂住聲音說。

「啊！」卓威特警官掩飾不住他的喜悅。「現在來談談你說的這個『散步』。那晚有人看見你嗎？」

「我不知道。我想沒有，我記得沒碰到什麼人。」

「那太可惜了。」

「你這什麼意思？」桑福德睜大了眼睛瞪著他。「我有沒有出去散步又怎樣呢？這樣羅絲就不會跳河自盡嗎？」

「啊！」警官說，「但她不是自己跳下去的，她是被人故意推下去的，桑福德先生。」

「她是被……」一兩分鐘之後，他才完全接受這可怕的事實。「天啊！那麼……」

他癱倒在椅子上。

梅崎上校站起來準備離開。

「你知道，桑福德，」他說，「你不能離開這棟房子。」

然後三個人一起離開了桑福德住的地方。警官與警察局長交換了一下眼神。

「長官，我認為真相已經大白。」警官說。

「弄張逮捕令逮捕他。」

「對不起，」亨利爵士說，「我忘了我的手套。」

他旋即返回那棟房子，桑福德仍呆坐在原地，茫然地看著他。

「我回來，」亨利爵士說，「是想跟你說，我個人願意盡力幫助你。至於原因，我不便告訴你。如果你願意，希望你簡短地告訴我，你和羅絲小姐之間到底發生了什麼事。」

「她很漂亮，」桑福德說，「非常漂亮而且很迷人。但……她死纏著我。我發誓，那是事實。她黏著我不放，而且我一個人在這兒也很寂寞，這裡的人又不怎麼喜歡我，而且，而且，我說過，她實在太漂亮了，她也挺會利用她的美色……」他往下說，抬起頭。「後來就發生了這件事。她要我娶她，我不知道該怎麼辦。我在倫敦有未婚妻，如果她知道這件事，就會……當然，就會和我分手。她不會諒解的，她怎麼能諒解呢？我真是個不中用的傢伙。我說過，我不知道如何是好。我刻意避開羅絲，本以為我可回到城裡去，跟我的律師商量商量，看看能否用錢或者其他什麼辦法把問題擺平。天啊，我真是笨！事情擺明了對我不利，但他們搞錯了，她絕對是自己跳下去的。」

「她有沒有要脅說要自殺？」

桑福德搖搖頭。

「從來沒有，她不是那種人。」

「那個叫喬．歐利斯的人怎樣？」

「那個木匠嗎？鄉村裡那種本分的農家後代，有些木訥，但很迷戀羅絲。」

「他可能會嫉妒嗎？」亨利爵士提醒道。

「我想他是有些嫉妒，但他是那種有牛一般耐性的人，他會逆來順受。」

「好了，」亨利爵士說，「我該走了。」

亨利再度回到了兩位警官身邊。

「梅崎，」他說，「我覺得在貿然行動前，我們應該去拜訪另外一位小夥子，歐利斯。抓錯人就不好了。嫉妒畢竟也是謀殺的重要動機，而且屢見不鮮。」

「再正確不過了。」警官說，「但喬．歐利斯不是那種人，他連隻蒼蠅也不會傷害，從來沒人見過他發脾氣。儘管如此，我同意我們還是去問問他昨晚人在哪裡。現在他可能在家，他是巴特萊太太的房客。她是個非常正派的女人，是個寡婦，幫別人洗衣服。」

他們去的那棟小木屋一塵不染，很整潔。一位結實的中年婦女給他們開了門。她一張笑吟吟的，眼睛是藍色的。

「早安，巴特萊太太，」警官說，「喬．歐利斯在嗎？」

「回來還不到十分鐘。」巴特萊太太說，「先生們，請進。」

在圍裙上擦了擦手之後，她把他們引進了前面的小客廳，客廳裡充塞著許多鳥標本，瓷狗，一床沙發和幾件沒有什麼用處的家具。

她忙著給他們張羅坐的地方，一把抓起一個架子，騰出地方後，走到外面喊道：「喬，有三位先生找你。」

後面廚房裡傳來的聲音答道：「我洗乾淨後就來。」

巴特萊太太笑了。

「進來吧，巴特萊太太，」梅崎說，「請坐。」

「哦，不，先生，我不敢。」

巴特萊太太受寵若驚。

「你覺得喬．歐利斯是個好房客嗎？」梅崎假裝隨口問道。

「好得不得了，無人可比，先生。真是個沉穩的小夥子。滴酒不沾，以自己的工作為榮，總是體貼地幫我做些家事。他幫我放了這些架子，還在廚房釘了一個新櫃子，家裡任何需要動手的小事情，哦，喬都心甘情願地做，從不要求感謝。啊！像喬這樣的好青年可不多見，先生。」

「總有一天會個有幸運的女孩嫁給他。」梅崎漫不經心地說，「他很喜歡那個可憐的女孩羅絲．艾默特，是嗎？」

巴特萊太太嘆息道：「這讓我煩死了，真的。他崇拜她崇拜到五體投地，可是她連理都懶得理。」

「喬通常在什麼地方打發晚上的時光，巴特萊太太？」

「在這兒，先生，一般都在這兒。有時候在晚上做些好玩的東西，有時通過函授學習一些簿記。」

「啊，這樣啊。他昨晚在家嗎？」

「在啊，先生。」

「你確定嗎，巴特萊太太？」亨利爵士機警地問。

她轉向他。

「很確定，先生。」

「他沒有外出嗎？比如，在八點三十分的時候去過什麼地方？」

「哦，沒有。」巴特萊太太笑道，「他幾乎整晚都在幫我弄廚房裡的櫃子，我幫他忙。」

亨利爵士看著她那讓人放心的笑臉，開始有些懷疑。

過了一會兒，歐利斯自己走了進來。他是位肩寬體闊的年輕人，屬於鄉村裡的那種美男子，有一雙羞怯的藍眼睛，一副溫和的笑容，整體說來，是個和藹可親的大塊頭。

梅崎開始了這場談話，巴特萊太太退到了廚房裡。

「我們正在調查羅絲．艾默特的死因，你認識她吧，歐利斯？」

「認識，」他有些猶豫，之後小聲說道：「我希望有一天能娶她，可憐的女孩。」

「你聽說過她的情況嗎？」

「聽過，」歐利斯眼裡閃露出怨恨。「他令她心碎。這樣也好，嫁給他不會幸福的。我原本料想那件事發生後，她會回來找我，我會照顧她。」

「儘管……」

「那不是她的錯，他用甜言蜜語誘她誤入歧途。哦！她跟我說過。她不該跳河自盡，他不值得。」

「歐利斯，昨天晚上八點三十分的時候你在哪裡？」

不知道是亨利爵士的想像還是事實，在他事前準備好又似乎準備過頭的回答中，有一絲緊張的成分。

「我就在這兒，給巴特萊太太的廚房釘一個怪玩意兒，問她，她會告訴你們的。」

「回答得太快了，」亨利爵士暗忖，「他是個反應遲鈍的人，居然能回答得如此迅速，我懷疑他事先已有準備。」

然而，他還是告誡自己，那只不過是自己的假設。他把一切都假設進去了，甚至包括歐利斯那雙藍眼睛發出憂心忡忡的神色時。

幾輪問答之後，他們離開了。亨利爵士找了個藉口去了廚房。巴特萊太太正在火爐邊忙著，她微笑著抬起頭。一個新的櫃子倚牆而立，還沒完工，工具和木塊散落一地。

「歐利斯昨晚做的就是這個櫃子嗎？」亨利爵士說。

「是的，先生，做得不錯吧？他是個很聰明的木匠，他真的是。」

她眼裡既無憂懼也無窘迫。但歐利斯……是他的錯覺嗎？不對，這裡面一定有詐，我得與他再談談，亨利爵士想。

轉身離開廚房的時候，他撞到了一輛嬰兒車。

「但願沒把孩子弄醒。」他說。

巴特萊太太發出了陣陣笑聲。

「哦，不，先生，我沒孩子，這多少有點遺憾。那是用來送衣服的。」

「啊！我懂了。」他頓了頓，接著突然發問：「巴特萊太太，你認識羅絲・艾默特，請告訴我你對她真正的看法。」

她不解地看著他。

「嗯，先生，我覺得她有些輕浮。不過人都死了……我不想說死人的壞話。」

「但我有理由，一個非常充分的理由問這個問題。」他以一種十分具有說服力的語氣說。她好像在考慮，緊緊地盯著他，最後還是下了決心。

「她是個壞女人，先生。」她悄悄地說，「當著喬的面，我不會這麼說。她根本是在利用他，那種人什麼事都……太可惜了，你知道是怎麼回事，先生。」

是的，亨利爵士知道。像喬・歐利斯這種人很容易受傷害，他們盲目地相信別人，也正因此，真相暴露出來時，他們受到的打擊就更大。

他帶著困惑和迷茫離開了那間小屋，完全一無所獲。喬・歐利斯昨晚一直都在家工作，巴特萊太太事實上也在旁邊看著他。這點問題有可能解決嗎？除了喬・歐利斯回答的速度像是事先準備好的這一點值得懷疑外，沒什麼漏洞。

「好了，」梅崎上校說，「這樣一來似乎水落石出了，嗯？」

「是的，長官。」警官贊同道，「桑福德是我們要找的人。他的理由站不住腳，這點非常清楚。我個人的看法是，那女孩和她父親，嗯，敲詐他，他沒錢，又不想讓這件事傳到他女朋友的耳朵裡去，絕望之餘因此下手。你覺得呢，長官？」他恭敬地向亨利爵士說道。

「看起來是這樣，」亨利爵士坦承。「然而……我很難想像桑福德會做出任何暴行。」

他說這話時，十分清楚這個說法有些牽強。最溫馴的動物，被逼得走投無路時，也會有讓人意想不到的舉動。

「我想去問問那孩子。」他突然說，「那個聽見喊叫聲的孩子。」

吉米．布朗是個聰明的小鬼，就他的年紀來講矮了些，尖尖的臉看來有些滑頭。他很樂意回答問題，但當別人質疑他對命案發生當晚所做的精采描述時，他相當失望。

「我聽說當時你在橋的另一端，」亨利爵士說，「從村子這頭看，你是在河的對岸，你過橋時看見了什麼人沒有？」

「有人在林子裡往上走，是桑福德先生，我想是他，那個專門蓋怪房子的建築師。」

三個人交換了眼神。

「那是你聽見落水聲之前的十分鐘左右，對吧？」

那孩子點點頭。

「你是否還看見了別的什麼人？在靠近村子這一頭？」

「有個人沿著那邊的小徑悠閒地走著，邊走邊吹口哨，這人可能是喬．歐利斯。」

「你不可能看清那是誰的，」警官厲聲說道，「霧那麼大，而且是黃昏時分。」

「我是根據口哨聲來判斷的。」男孩說，「喬．歐利斯老是吹同一首曲子：〈我要快樂〉，他只會吹這首歌。」

說這話時，他故意怪聲怪氣地嘲笑這些老古董。

「任何人都可能吹口哨。」梅崎說，「他朝橋那兒走去了嗎？」

「不，往另一條路，朝村子走去。」

「我想我們用不著為這個不明人士浪費時間了。」梅崎說，「你聽見了喊叫聲，隨後是有人落水的聲音，幾分鐘後你看見一具屍體順流而下，你跑去求救，先回到橋邊，穿過橋，直奔村裡。你跑去求救的時候，沒見到什麼人嗎？」

「我想是有兩個人推著手推車走在河邊的小路上，但距離太遠，我分不清他們是來還是去。吉爾斯先生家最近，因此我就直接跑到他家去了。」

「孩子，你做得很好。」梅崎說，「你的確表現得很不錯，用了心，你是童子軍，對吧？」

「是的，先生。」

「很好，實在很好。」

亨利爵士默默無語，一直在沉思。他從口袋裡摸出一張紙條看看，搖搖頭，好像覺得不太可能，然而……

他決定去拜訪瑪波小姐。

在她那雅致而顯得有些擁擠的老式客廳裡，瑪波小姐接待了他。

「我是來報告進展的，」亨利爵士說，「以我們的觀點來看，恐怕事情進行得不是很順利。他們準備逮捕桑福德，我得說，他們那麼做是有依據的。」

「您沒找到……怎麼說呢，支持我那項觀點的證據嗎？」她有些困惑和著急。「也許我錯了，完全錯了。您的經驗相當豐富，您一定查得出來。」

「有件事，」亨利爵士說，「我幾乎不敢相信，我們面對的是一個天衣無縫的不在場證明。喬．歐利斯一晚上都在廚房裡釘櫃子，巴特萊太太在一邊看著他做。」

瑪波小姐向前傾了傾身子，急促地吸了口氣。

「那不可能，」她說，「那天是星期五晚上。」

「星期五晚上？」

「是的，星期五晚上。每個星期五晚上，巴特萊太太要把洗好的衣服送到各家各戶去。」

亨利爵士倒在椅背上，想起那男孩提到那個吹口哨的人，對了，一切都吻合了。

他站起身來，激動地握著瑪波小姐的手。

「我想，我知道該怎麼做了，」他說，「至少我可以去試試……」

五分鐘後，他又回到了巴特萊太太的小木屋。在那個四周都是瓷狗的客廳裡，他與喬．歐利斯面對面坐著。

「關於你昨晚的行蹤，你對我們撒了謊。」他開門見山地說，「昨晚八點到八點三十分，你根本沒在家裡做櫃子。在羅絲．艾默特遇害前幾分鐘，有人看見你在河邊的小路上往橋的方向走去。」

喬．歐利斯屏住了呼吸。

「她不是被謀殺的，不是的，和我沒關係，她是自己跳下去的，真的，她是太過絕望。我絕不會傷害她，我不會那麼做。」

「那你為什麼要說謊？」亨利爵士緊追不捨。

他的眼神游移著，不安地向下望。

「我嚇壞了。巴特萊太太當時看見我在橋附近，後來我們聽說了發生的事後，嗯，她說情況可能對我不利，因此，我就打定主意堅稱我一直在這兒工作，她答應做我的證人。她是一個很特別的人，是的，她一直對我很好。」

亨利爵士一句話也沒說，離開客廳，進了廚房。巴特萊太太正在水槽邊洗衣服。

「巴特萊太太，」他說，「所有的事情我都知道了。我想，你最好招認了吧！除非你願意看到喬．歐利斯平白無故地被絞死……不，我想你不會願意。我來告訴你事情的來龍去脈吧。你出門去拿衣服回家洗，遇到羅絲．艾默特，你認為她拋棄了喬，與這個外地人鬼混。現在她懷了孕，假如她願意，喬準備伸出援手，必要的話娶她為妻。他在你這裡已經住了四年，你愛上了他，想將他占為己有。你恨這個女孩，無法忍受這個不要臉的小蕩婦從你手中搶走你的男人。巴特萊太太，你是個強壯的女人，你抓住那個女孩的肩膀，一把推她下河去。幾分鐘後你碰到喬．歐利斯。那個叫吉米．布朗的男孩子遠遠看見你們兩個，但當時天色昏暗，雲霧瀰漫，他因此將嬰兒車錯認成手推車，並認為是兩個男人在推車。你說服了喬，說他會遭到懷疑，同時替他捏造了不在場證明，但那其實是你自己的不在場證明。好啦，我說得是對還是錯？」

他屏氣凝神，這是他的孤注一擲。

她站在他面前，用圍裙擦了擦手，漸漸下定決心。

「事情正是如你所說，先生。」終於，她用她那冷靜低沉的聲音（危險的聲音，亨利爵士突然覺得）開口說：「我不知道當時我是怎麼了。不要臉，她實在不要臉。如此一來，她就不能從我身邊奪走喬。我生活一直很不順遂，先生。我丈夫生前是個窮光蛋，久病不癒，很難相處。我盡心盡力照顧他，後來，喬住進這兒。我不算老，先生，雖然我的頭髮灰白，但我只有四十歲，先生。喬是難得一見的好人。我願意為他赴湯蹈火，在所不惜。他就像個小孩子，先生，這麼的溫柔，這麼的相信別人。他是我的，先生，我要照顧、呵護他。而這個，這個……」她欲言又止，恢復了鎮定。

即使此刻，她依然堅強。她抬頭挺胸地站起來，不可思議地看著亨利爵士。

「我準備好了，先生。我沒想到會有人發現真相。不知道你是從何得知的，先生，我真的不知道。」

亨利爵士輕輕地搖搖頭。

「知道的人不是我。」

他說，同時想起還放在口袋中的那張紙，紙上筆跡工整地寫著：

巴萊特太太，喬・歐利斯居住的米爾小屋二號的房東。

瑪波小姐這次又對了。

專文推薦

藏在日常細節中的冒險

楊照（作家）

一開始，就都在那裡了。

一九二〇年，阿嘉莎．克莉絲蒂出版了《史岱爾莊謀殺案》，神探白羅就已經退休了。而且在這個案子裡，藉由敘述者海斯汀的轉述，就鋪陳出克莉絲蒂小說最基本的偵探原則：

「那些看來或許無關緊要的小細節……它們才是重要的關鍵，它們才是偉大的線索！」

「豐富的想像力就像洪水一樣，既能載舟亦能覆舟，而且，最簡單直接的解釋，往往就是最可能的答案。」

「沒有任何謀殺行為是沒有動機的。」

還有，一個不討人喜歡的死者，一群各有理由不喜歡死者、因而也就都有殺人動機的人，這些人彼此之間構成複雜的關係，有的互相仇視，有的互相愛戀，麻煩的是，有些愛人其實貌合神離，有些仇人其實私下愛慕；更麻煩的是，不論是愛或是仇，都有可能是扮演出來的。

一個外來的偵探必須周旋在這些嫌疑者之間，從他們口中獲取對於案情的了解，換句話說，他必須在很短的時間內，搞清楚誰是誰、誰跟誰吵架、誰跟誰偷情，然後判斷誰說的哪一句是實話、哪一句是謊言。常常謊言比實話對於破案更有幫助。

再偷偷透露一下，如果要和小說裡的凶手及小說背後的作者鬥智，就像克莉絲蒂對英國社會的了解，祕訣就在於要去追究小說裡的人物背景，尤其是他們的階級地位。基本上，階級地位愈高、權力愈大、愈有錢者，說的話就愈不要相信。例如在《史岱爾莊謀殺案》中，僕人、園丁說的話遠比有頭有臉的人說的要可信多了。就算要說謊，他們的謊言也比較天真，而且往往出於善良動機。當你歸納線索時，就會知道他們並非故意說謊，那是因為他們的認知受到蒙蔽或誤導，而你慢慢就從這蒙蔽或誤導中被引導到真相。

《史岱爾莊謀殺案》出版那年，克莉絲蒂三十歲，但書稿其實早在五年前就寫好了，畢竟要找到有人願意出版一個看來再平凡不過的家庭主婦寫的小說，並不是那麼容易。

所有和克莉絲蒂接觸過的人，都對於她的「正常」留下深刻印象。她看起來就和她那個年紀的典型英國家庭主婦一樣，害羞、靦腆，只能在社交場合勉強跟人聊些瑣事話題，完全無法演講，甚至連只是站起來對眾賓客說幾句客套話，請大家一起舉杯，她都做不到。她不演講，也很少答應接受採訪，就算採訪到她也很難從她口中得到有趣的內容。她會講的，幾乎都是記者本來就知道、或者自己就可以想得出來的。

例如說白羅這個神探的來歷。克莉絲蒂回答：他應該是個外國人，這樣就能在英國日常生活中看出英國人自己看不出的線索。她自己碰過的外國人，只有第一次大戰剛爆發時到英國避難的比利時人。比利時警察怎麼能跑到英國來？那一定是因為他已經退休了。他有潔癖，所以對於現場會有特殊的直覺，馬上感受到不對勁的地方。一個有潔癖的人，好像應該長得矮小些才相稱，一個矮小有潔癖的人最適當的名字，就是希臘神話裡的大力士「赫丘勒斯（Hercules）」，製造出荒唐的對比趣味。那白羅這個姓是怎麼來的呢？克莉絲蒂很誠實地說：「我不記得了。」

一切都如此順理成章，一切都如此合邏輯，不是嗎？有記者問她怎麼看自己的舞台劇〈捕鼠器〉，創下了英國劇場、甚至全世界劇場連演最多場紀錄的名劇？克莉絲蒂的回答也還是中規中矩，合理合節：那是一齣小戲，在一個小劇院演出，成本很低，任何人想到了都可以帶家人或朋友去看，老少咸宜，並不恐怖，也不特別荒謬打鬧，可是又什麼都有一點，包括恐怖和荒謬打鬧的成分。

她的身上找不出一點傳奇、怪誕色彩，那她為什麼能在五十年間持續寫偵探小說，創造了那麼多謀殺，還創造了那麼多詭計？

首先因為她是女性，以及她的身世，包括她的階級身分，使得她在描寫故事場景時比一般男性作者來得敏感。因為在她之前的偵探推理小說男性作家的階級身分都是高高在上，基本上他們會從較高的角度看社會，比較看不到底層的感受。

而她的婚變以及婚變中遭逢的痛苦，都使她更能體會與觀察，將英國社會的複雜細節融入小說的核心情節，讓探案與線索分析結合在一起。

克莉絲蒂一生結過兩次婚，第一次在一九一四年，婚後不久，丈夫就參加了歐戰，是英國皇家空軍最早一批飛行員。一九二六年，這個丈夫有了外遇，直率地向克莉絲蒂要求離婚，在那之前，克莉絲蒂的媽媽才剛過世，雙重打擊之下，又遇到車子無法發動，克莉絲蒂崩潰了，她棄車而走，忘記了自己究竟是誰，躲進一家鄉間旅館，登記時寫了她心裡唯一有印象的名字——她丈夫情婦的名字。

離婚後，一次在晚宴中，有人提起近東烏爾考古的最新收穫，克莉絲蒂就取消了原定要去西印度群島的計畫，改訂了跨越歐洲到君士坦丁堡的「東方快車」，是的，就是這趟旅程給了她寫《東方快車謀殺案》的靈感。不過更重要的是，在烏爾，她認識了一位年輕的考古學家，比她小十四歲，這個人後來成了她的第二任丈夫。

這位考古學家陪她去參觀在沙漠中的烏克海迪爾城，卻在沙漠中迷路困陷了。幾小時中克莉絲蒂卻沒有一點驚慌不安，當下考古學家就決定要向她求婚。

原來，克莉絲蒂的內心是有這種冒險成分的。要不然她不會兩次選到的，都是喜愛冒險的丈夫，而她本身大概也不會吸引一個在各種危險情境下挖掘古代寶藏的人，讓他願意向一個大他十四歲的女人求婚。

這樣說吧，維多利亞時代後期的英國環境，壓抑限制了克莉絲蒂冒險、追求傳奇的內在衝動，她只好將這樣的衝動寄託在丈夫和寫作上。她一邊陪著第二任丈夫在近東漫走，一邊在小說中寫各式各樣的謀殺與探案。謀殺和探案都是冒險，還有，偵探偵查中做的事——蒐集線索，還原命案過程——其實和考古學家的考掘，如此相似！

克莉絲蒂寫得最好的，正是「藏在日常中的冒險」。她個性中的雙面成分，造就了特殊的偵探魅力。既嚮往非常傳奇，卻又有根深柢固的日常邏輯信念，兩者都在克莉絲蒂的小說中扮演了重要角色。她的謀殺案幾乎都和日常習慣緊密編織在一起，日常環境成了凶手最重要的掩護。有些日常規律明顯地被破壞了，讓我們很自然以為那會是謀殺的線索，沿著這些線索形成了閱讀中的推理猜測，然而白羅早就提醒了，真正重要的反而是那些「細節」，也就是看來像是依隨日常邏輯進行的事，或說藏在日常邏輯中因而不被看重的事，那裡要嘛藏著凶手的核心詭計、煙幕，要嘛藏著凶手致命的破綻。

凶案的構想，就是如何讓異常蓋上日常、正常的面貌，又如何故意將日常、正常予以扭曲，製造假象；那麼偵探要做的，就是如何準確地在日常中分辨出真正的異常，將假的、明顯的異常撥開來，找出細節堆疊起來的異常真相。

此外，克莉絲蒂的小說裡隱藏著極其曖昧的情感價值觀，最典型、最有名的就是《東方快車謀殺案》。透過追查過程，讓讀者知道為什麼凶手要訴諸於這種手段，其動機具有可同情之處，再加上克莉絲蒂對身分階級的觀察，她比較相信或讓讀者相信那些沒有權力、地位的人，隨著偵查節奏去認識可能或必須懷疑的人。克莉絲蒂最擅長營造「多重嫌疑犯」的小說特質，因為讀者在閱讀時必須被迫去認識很多不一樣的人。在她最受歡迎的作品，大概都具備這樣的特質。

當然，她的作品中還有兩個最突出的神探，即白羅和瑪波。白羅是比利時人，但為什麼必須是外國人？這是因為英國人具有高度階級意識，這種觀念一路滲透到所有互動細節，包括人與人之間如何說話。而白羅因為不是英國人，他會發現一般英國人不太看得出來的東西，以及兩個人互動的方法哪裡不正常。至於瑪波為什麼得是老太太？她一如那個年代的老人家，總是靜靜坐著打毛線，因為不起眼，自然讓人放鬆防備，所以瑪波探案的線索都是來自於這樣的互動模式。

然而，白羅有很明顯的優勢，瑪波的身分使她基本上只能進行「靜態」的辦案，案子的空間受到侷限，白羅卻可以跨越各種空間，恣意揮灑。而且白羅擁有警官身分，可以合理出現在各種犯罪現場，瑪波能出現的地方，相形之下就勉強、不自然多了。白羅是明白的outsider，在英國，只要他出現，就會覺得有外人在而感到緊張，於是很容易露出平常不會表現的行為；瑪波則看起來是insider，但實質上是outsider，因為總是沒人發現她、當她空氣人。這兩人的探案，是兩個極端。雖然讀者最愛白羅，但克莉絲蒂自己偏愛瑪波勝於白羅。

不管後來的偵探、推理小說發展了多少巧妙詭計，克莉絲蒂卻不會過時，因為她的推理如此密切地和日常纏繞在一起；活在日常中，我們就無可避免被克莉絲蒂的「日常細節推理」吸引，隨時讀來都充滿驚奇趣味。

名家盛讚克莉絲蒂（依推薦時間排序）

金庸（作家）

克莉絲蒂的寫作功力一流，內容寫實，邏輯性順暢，也很會運用語言的趣味。閱讀她的小說，在謎底沒有揭露之前，我會與作者鬥智，這種過程非常令人享受。其作品的高明之處在於：布局的巧妙完全意想不到，而謎底揭穿時又十分合理，讓人不得不信服。

詹宏志（作家、PChome 網路家庭董事長）

推理小說在從先輩柯南．道爾等人的發明中出現力量時，誕生了一位《天方夜譚》故事中每天說故事說個不停的王妃薛斐拉．柴德，也就是「謀殺天后」克莉絲蒂，整個世界對聽這些故事才有如此的熱情。他們捨不得睡覺，每天問後來還有嗎、還有嗎，永遠不肯離去，這就是克莉絲蒂對推理小說的最大貢獻。

可樂王（藝術家）

所謂「克莉絲蒂式」的推理小說，就是一場和一個天才的寫作者或高明的恐怖份子在紙上捕掠捉殺的戰事。即便是一列火車、一處飯店或一間酒吧，在克莉絲蒂寫來皆充滿神祕和猜謎。在人生適合的下午裡，我總是一面嚼著口香糖，一面跟著矮子偵探白羅穿梭謀殺現場，克莉絲蒂的推理作品無疑是推理世界中最充滿「魔術性」的小說。

吳若權（作家、節目主持人）

我從小就對推理小說情有獨鍾，克莉絲蒂一系列的作品尤其令我愛不釋手。多年來，閱讀推理小說的經驗讓我覺悟：讀者在文字情節中推展開來的驚嘆，不只是因緣於故事的本身，而是自我性格的投射。從這個觀點來看克莉絲蒂一系列的作品，她簡直就是洞徹人性的算命師。而讀者，在她的文字中，發現了自己無可奉告的命運。

藍祖蔚（國家電影及視聽文化中心董事長）

做過藥劑師，難免懂得毒藥；嫁給考古學家，難免也就嫻熟文明的神祕；再加上曾經失蹤九天，一切不復記憶的離奇經驗，的確提供了寫作靈感，但若少了想像力，那些片羽靈光縱使辛辣如辣椒，卻不足以成菜。

推理小說重布局、重人物描寫，克莉絲蒂最厲害的卻是犀利的人性觀察，她一手創造的白羅探長，潔癖個性完全和她相反，更將她所憎厭的人格特質集於一身，殊不知，唯有不對著鏡子寫作，才能夠跳出框架與制式反應，開闢無限寬廣的新世界，建構多面向的詭異迷宮。

看完她的小說，你只會更加訝異，到底是什麼樣的心靈才能成就這般視野？

李家同（作家、前暨南大學校長）

克莉絲蒂的整體布局十分細膩，最後案情也都講解得非常詳細，回頭去看，在書中都找得到線索。故事的情節與內容也很好看，不是像一個流氓在街上被殺掉那麼單調。……看小說應該要花腦筋、要思考，從小就要養成思辨的能力，看她的小說，就是對邏輯思考能力極佳的訓練。

袁瓊瓊（作家）

雖然被公認是冷靜理性的謀殺天后，但是在理性之下，克莉絲蒂的底色依舊是感情。克莉絲蒂很明白，所有的慾望之後，都無非是某種愛情。在以性命相搏的犯罪世界裡，凶手以終結他人的性命來遂私欲，不過是為了成全自己的愛，或者是成全自己的恨。

鄧惠文（精神科醫師）

以推理小說作家而言，克莉絲蒂的風格相當獨樹一格。她的偵探在辦案時，靠的不光是科學證據的搜集，而是大量運用犯罪心理學，及對人性的深刻了解。例如在《五隻小豬之歌》中，白羅便是藉由聽取嫌疑犯訴說案情時所不自覺顯露的主觀意識及中心思想，而看出其中破綻，找出真凶。白羅是靠腦袋辦案，以心理層面去剖析案情，即使人們敘述的是同一件事，他可以聽出不同角色因出發點及看待角度不同所透露的情緒觀感，從而抽絲剝繭，還原事實真相。

克莉絲蒂所塑造的人物也生動且各具特色，不同個性所出現的情緒反應描寫，皆細膩而準確，讓讀者產生豐富的想像空間，一展卷便欲罷而不能。

吳曉樂（作家）

克莉絲蒂使用的語言平易近人，主要是以角色與情節的對應來斧鑿出故事的深度，堆疊出讓讀者回味的迂迴空間。而她筆下的角色往往性別、階級、性格、族群各異，塑造出多元又豐富的人物群像。

文學作品不問類型，若要流傳於世，最終仍得上溯至「人性」的理解與反思。而阿嘉莎．克莉絲蒂的作品中，我們可以看到人類屢屢得和自己的人生討價還價，或千方百計讓主觀意識與客觀條件達成某種程度的整合，讀者在重建人物的心理軌跡時，也見識到自身的是非成敗，我認為，這也是克莉絲蒂的作品能夠璀璨經年、暢銷不衰的主因。

許皓宜（心理學作家）

克莉絲蒂筆下的故事看似在談人性的醜惡，實則像一位披著小說家靈魂的心靈引導者，用她的文字訴說著人們得不到「愛」時的痛苦。於是在故事終了的剎那，你不得不對人生多了幾分「看透感」：原來，我們心裡的那些痛苦、報復與自我折磨的慾望，不是因為「憤恨」，而是起於對「愛的失落」。這或許是我們在情感世界中最珍貴且深刻的一種覺察了。

推理小說荒謬驚悚嗎？不，它其實很寫實。它幫我們說出心裡的苦、怨、醜陋的慾望，於是，我們可以重新學習愛了。

一頁華爾滋 Kristin（影評人）

從有記憶以來，閱讀克莉絲蒂最迷人之處往往不在真正的凶手是誰，而是在於「Why」（為什麼）與「How」（如何進行），在於人性與心理描摹的故事肌理。依循其書寫脈絡，會發覺不只是邏輯清晰、布局縝密、著重細節，她總能完美掌握敘事節奏，書中人物彷彿真實存在般鮮明躍然紙上，讀者情緒會隨精準文字保持流轉、跳動、收放，掩卷時並無太多真相水落石出的暢快，反倒淡淡的惆悵化為餘韻襲上心頭，原來還是種種意料之外，卻屬情理之中的人性盲目使然。私以為，那成就了克莉絲蒂的推理故事之所以無比迷人的主因之一。

冬陽（推理評論人）

雖然阿嘉莎．克莉絲蒂的作品並非我的推理閱讀啟蒙，卻是養成閱讀不輟的重要推手。首先，她無庸置疑是個說故事能手，打開我名為好奇的開關；其次是設計犯罪事件的巧妙多元，既日常又異常，凶手更是叫人意想不到。沒錯，我相信每個當讀者的都忍不住想破案，想早偵探一步識破詭計，或者像考試結束鈴響前一秒，瞎猜都要指著某個角色大喊「你就是犯人」！然後會忍不住作弊——不是翻到最後幾頁窺探真凶身分，而是往前翻查讓人起疑的段落、偵探顯然掌握重要線索的時刻，直到忍不住豎白旗投降，看神探（我知道啦，真正把我耍得團團轉的聰明人是作者）頭頭是道地分析我遺漏錯置的片片拼圖，終於看清真相全貌。這，就是偵探推理，我因此熟悉遊戲規則、沉醉在每一場迷人故事裡，成為這個類型書寫的俘虜，享受至今不疲的美好滋味。

石芳瑜（作家、永樂座書店店主）

布局細膩、處處留下線索，破案解說詳細，說明了這位安靜、害羞的推理小說女王心思縝密，且充滿想像力。密室殺人，完美犯罪，《東方快車謀殺案》不愧為古典推理小說的經典。再加上神祕的東方色彩，隨著火車抵達的迫切時間感，連非推理小說迷都會神經拉緊，讀完大呼過癮。

家庭主婦缺少人生經驗？處女座的阿嘉莎．克莉絲蒂充分展現她過人的寫作天分，靠得是從小開始的閱讀，以及對偵探小說的著迷。三十歲寫下第一本偵探小說《史岱爾莊謀殺案》的克莉絲蒂，在那個時代並不能說是「早慧」，但寫作生涯五十五年中，共創作了八十部偵探小說，卻令人難以企及。這位害羞靦腆的小說女神，大概是相信只要有足夠的理由，每個人都有殺人的可能！

余小芳（暨南大學推理研究社指導老師、台灣推理作家協會常務理事）

學生時代加入推理社團，社課指定讀物便是經典作品《一個都不留》，成為我對克莉絲蒂的初步印象，自此沉浸於推理小說的世界。隔年寒假陪同學參與轉學考，在斜風細雨的走廊中，滿足讀完《東方快車謀殺案》。隨著歲月遠走，已昇華成趣味回憶。

踏入推理文學領域需要認識的作家，阿嘉莎．克莉絲蒂絕對名列其中，她的作品常有英國小鎮風光、莊園式的謀殺、設備豪華的交通工具等，還有特色鮮明的偵探活躍其中。書中少有血腥、暴力的橋段，布局巧妙且結構嚴密，手法純粹、知性，故事內容與人物性格融為一體，以高超的想像力結合說好故事的能耐，為推理小說開創新局面。克莉絲蒂推理全集重編改版，值得新舊讀者一起探索。

林怡辰（國小教師、教育部閱讀推手）

多年後，還是難忘第一次閱讀阿嘉莎．克莉絲蒂作品的感動和激動。這套將近一世紀的作品，文筆流暢，邏輯縝密，過程中不斷與作者較量、猜出凶手，直到最後解答不禁佩服，蛛絲馬跡處處展現作者的精妙手法，於是又拿起另一部作品，再次沉溺在謀殺天后所編織的日常世界中的奇幻，無可自拔。犯罪動機和手法穿越時空限制，如今讀來合理且依舊令人感動，閱讀中趣味橫生，難怪成為後來諸多偵探小說的原型。

克莉絲蒂創作生涯中產出的八十部推理作品，至今多部躍上大銀幕，無怪乎被稱之為「經典」，喜愛推理偵探作品的人不可不讀，你會驚異於她在文字中施展的魔法！

張東君（推理評論家、科普作家）

我愛克莉絲蒂！這位在台灣有時會被稱為克奶奶的超級暢銷推理小說家，即使是自認沒讀過她的書的人，也都會在各種書籍或影視作品中看到對她致敬的片段。由於她喜歡旅行和冒險，那些經驗與體驗都成為書中的場景，因此閱讀她的作品時，不只是雀躍地跟著偵探推理，也有了虛擬的旅行體驗。或者當成旅遊導覽書，在出發去尼羅河、去英國鄉間、去搭船搭火車時，就塞一本克奶奶的作品到隨身背包中。

我還是大學新生時，就聽學姐說她哥哥經常看克奶奶的小說，而且邊看邊狂笑。於是我跟著效仿，在某次搭飛機之前買了第一本小說當旅伴，不只看得超開心，看完後還到處找尋書中出現的那種有兜帽的斗篷，當成出門時的必備用品。克奶奶的作品是跨越文字、國界的。只要看過一本，就會不停地追下去。還好，真的是還好只有八十本。何況這次是全新校訂的紀念珍藏版，當然不能錯過！

發光小魚（呂湘瑜）（文史作家、助理教授）

一部好的偵探小說，除了情節設計巧妙之外，還需要洞悉人性，如此方能合理地交代人物的言行舉止與動機。阿嘉莎．克莉絲蒂便是其中翹楚，她的作品不管是偵探、愛情小說或戲劇，必要元素都是謎題與人性。在寧靜無波的場景下暗潮洶湧，永遠都有意料之外，讀者的情緒也會隨著劇情的進行起伏糾結。克莉絲蒂觀察到時代的變化，將犯罪心理融入作品中，於是，看她的小說不只能得到解謎的快樂，同時對人性也能夠有所省思。

此外，克莉絲蒂豐富的人生歷練及旅行經歷，例如一九二二年的環球之旅、居住過也旅行過的巴黎和埃及，甚至是追隨考古學家丈夫前往的中東，都讓她的小說讀來更加充滿異國情調。如果你也愛旅行，不如就讓我們一同搭上那一班南法的藍色列車，或由伊斯坦堡出發的東方快車，跟著白羅鑽進一樁奇案，一嘗旅程中破解謎題的快感吧。

盧郁佳（作家）

國小時，家裡買了一套阿嘉莎．克莉絲蒂全集，從此成了我的毒品，在白癡課本將我的腦袋啃噬成海綿般空洞時，撫慰受創的心靈，那時我仍對人心險惡一無所知。

數學課教你列算式，樂趣遠不如克莉絲蒂教你住宅平面圖、偷換時序的密室魔術，你從庭園長窗進房間，我從房門直通鄰房，他從走廊進房……從而學會故事是建構邏輯。她文風多變，時而《四大天王》中讓神探白羅向助手海斯汀大賣關子，眉頭緊皺，山雨欲來，預示天翻地覆，只能靠他拯救世界；時而用維吉尼亞．吳爾芙《自己的房間》中俏皮的語言，讓貧苦村姑安妮在《褐衣男子》中回憶南非出生入死的冒險，竟源於她耽讀村裡圖書館爛舊的冒險愛情小說，還有戲院每週末放映〈帕米拉歷險記〉，帕米拉每集從飛機跳落高空、搭潛艇、爬上摩天大樓，每次被黑幫老大抓到總不一刀斃命，卻老要用瓦斯毒死她，暗示續集又會逃出生天。

長大才發現，克莉絲蒂小說就是我的〈帕米拉歷險記〉：它以歌劇般輝煌龐大的天真陰謀、精細的人際觀察（一句話重音放在哪個字、從膝蓋鑑定女人的年齡等），召喚年輕讀者抱持浪漫精神投入未知的壯遊，瘋魔、衝撞、冒犯，傷痕累累毫無懼色。正如瓦斯在冒險片中太多、現實中卻太少；陰謀在現實中沒有克莉絲蒂寫得那麼複雜，但她刻畫的心理卻是現實中解謎的試金石。

賴以威（臺灣師範大學電機系副教授）

或許可以為經典下幾個定義：該領域的愛好者更都讀過；不是這個領域的愛好者，許多人也都聽過；影響後續的作品，在很多著作中都可以看到它的影子；值得反覆再三閱讀，每隔一陣子再讀都可以獲得閱讀的樂趣，有更多的體悟。我永遠記得第一次讀《東方快車謀殺案》時，被那宛如嚴謹設計數學謎題的鋪陳、推進給深深吸引、震撼。從這幾個角度來說，克莉絲蒂的推理小說被稱之為「經典」，可說是當之無愧。

謝哲青（作家、旅行家、知名節目主持人）

克莉絲蒂小說的魅力在於透過每個角色的對白，藉由不斷的說話來表現人物的個性，以彰顯其人格特質中一些無法被忽略的事實。我們從他們的言語、講話的過程和字裡行間，竟然就能知道誰是兇手。

我從克莉絲蒂的小說學到很多，除了推理小說有趣的事實之外，最重要的是，我在工作的職場跟人應對的時候，如何從語言和對話裡去捕捉某些隱而不顯的事實。許多人們欲蓋彌彰的東西，無論心事也好、祕密也好，克莉絲蒂都會用文學的手法，讓你理解語言的奧妙和魅力。

克莉絲蒂的書寫會讓你覺得彷彿自己也在現場，你可以從聽到的對話當中，學會如何理解人心的一些小技巧，這是小說家最出色、最偉大的地方。我們必須學習傾聽別人說話——這些人講話是真誠的嗎？他想要跟你分享什麼資訊？這些資訊可靠嗎？——這是我在閱讀推理小說時，最大的收穫和理解。

阿嘉莎．克莉絲蒂大事記

1890		•九月十五日出生於英格蘭德文郡托基鎮。
1894	4 歲	•開始在家自學，父母親、姐姐教導閱讀、寫作、算術和彈鋼琴。
1895	5 歲	•家中經濟走下坡，舉家搬至法國，學會流利的法語。
1905	15 歲	•在巴黎寄宿學校學鋼琴和聲樂，但生性極度害羞，未成為職業鋼琴家，最終回到英國。
1907	17 歲	•陪同母親前往埃及調養身體，對社交活動充滿興趣，但尚未對日後感興趣的埃及古物點燃熱情。 •回英國後繼續寫作、參與業餘戲劇表演。
1908	18 歲	•寫出第一篇短篇小說〈麗人之屋〉，同時也寫出第一部愛情小說《白雪黃漠》，以筆名向出版社投稿，但屢遭退稿。
1912	22 歲	•與英國皇家軍官亞契．克莉絲蒂（Archibald Christie）熱戀。 •八月爆發第一次世界大戰，亞契奉派到法國作戰。
1914	24 歲	•耶誕夜結婚，亞契隨即返回戰場。克莉絲蒂參與紅十字會工作，在醫院擔任護士和藥劑師，因此對藥理和毒物非常熟悉，造就後來多部推理小說情節都以毒藥殺人。
1916	26 歲	•開始嘗試寫推理小說，寫出第一部小說《史岱爾莊謀殺案》，主角偵探赫丘勒．白羅的靈感，來自於大戰期間英國鄉間的比利時難民營。本書歷經數家出版社退稿後，終獲柏德雷．海德（The Bodley Head）圖書公司的出版機會，之後並簽下另五本小說的合約。
1919	29 歲	•前一年亞契返回英國，八月生下女兒露莎琳。

1920　30 歲　• 出版《史岱爾莊謀殺案》。

1922　32 歲　• 出版第二部小說《隱身魔鬼》，主角是夫妻檔偵探湯米和陶品絲。
• 與亞契至南非、澳洲、紐西蘭、夏威夷和加拿大等國旅行十個月，在南非得到《褐衣男子》的靈感。

1923　33 歲　• 三月出版第三部小說《高爾夫球場命案》，白羅再度登場。

1926　36 歲　• 四月母親過世，克莉絲蒂陷入憂鬱。
• 六月在「威廉・柯林斯父子出版社」出版《羅傑艾克洛命案》。
• 八月亞契因外遇提出離婚，十二月初一次爭吵後，克莉絲蒂離家棄車失蹤，消息登上全國新聞。

1927　37 歲　• 一月在悲痛心情中寫出《藍色列車之謎》，第一次創造出聖瑪莉米德村，即後來瑪波小姐居住的村子。
• 分居期間在雜誌刊登以白羅為主角的短篇小說，後來集結出版《四大天王》。
• 十二月在雜誌刊登短篇小說〈週二夜間俱樂部〉，瑪波小姐初登場，後來收錄在一九三二年出版的短篇小說集《十三個難題》。

1928　38 歲　• 十月正式離婚，仍保留「克莉絲蒂」姓氏。
• 秋天搭乘「東方快車」前往土耳其的伊斯坦堡，再轉往伊拉克首都巴格達，參觀考古現場烏爾，認識考古學家伍利夫婦（Leonard and Katharine Woolley）。

1930　40 歲　• 二月應伍利夫婦之邀再訪烏爾，認識考古學家麥克斯・馬龍（Max Mallowan），九月於英國愛丁堡結婚。這段婚姻開啟克莉絲蒂旺盛的創作生涯，兩人到中東考古現場的旅行為許多作品帶來靈感。

- 婚後克莉絲蒂開始維持固定的寫作行程。十月出版《牧師公館謀殺案》，是第一部以瑪波小姐為主角的小說。
- 出版第一部以「瑪麗·魏斯麥珂特」（Mary Westmacott）為筆名的《撒旦的情歌》，並陸續發表了五部非犯罪小說。

1932　42歲
- 出版《危機四伏》。

1934　44歲
- 出版《東方快車謀殺案》，是白羅海外辦案三部曲之一，故事靈感來自中東的旅行經歷。一九七四年第一次改編成電影大獲好評。

1936　46歲
- 出版《美索不達米亞驚魂》，白羅海外辦案三部曲之二。

1937　47歲
- 出版《尼羅河謀殺案》，白羅海外辦案三部曲之三，故事背景是年輕時與母親同遊的埃及。一九七八年第一次改編成電影大受歡迎。

1939　49歲
- 二次大戰期間，克莉絲蒂在大學學院醫院擔任義務藥師，學習到最新的毒藥知識，對於推理小說寫作大有助益。
- 出版《一個都不留》，是克莉絲蒂最著名作品之一。

1941　51歲
- 出版《密碼》，呈現出克莉絲蒂對戰爭的看法。
- 出版《豔陽下的謀殺案》。

1942　52歲
- 出版《藏書室的陌生人》、《五隻小豬之歌》等名作。

1944　54歲
- 以「瑪麗·魏斯麥珂特」為筆名出版第三部作品《幸福假面》，被美國書評人發現是克莉絲蒂的作品，讓她從此失去匿名創作的自在樂趣。

1950	60歲	• 獲選為皇家文學學會的會員。
1953	63歲	• 出版《葬禮變奏曲》。
1956	66歲	• 一月獲頒大英帝國爵級大十字勳章（GBE）。 • 十一月以「瑪麗・魏斯麥珂特」為筆名出版《愛的重量》，是這個筆名的最後一部作品。
1958	68歲	• 成為「偵探作家俱樂部」主席。
1960	70歲	• 馬龍獲頒大英帝國爵級大十字勳章。
1961	71歲	• 獲得艾克塞特大學頒發榮譽文學博士學位。
1968	78歲	• 馬龍獲封為爵士，克莉絲蒂亦被稱為馬龍爵士夫人。
1971	81歲	• 獲頒大英帝國爵級司令勳章（DBE），獲封為女爵士。
1973	83歲	• 出版最後一部創作《死亡暗道》，亦為湯米和陶品絲最後一次辦案。
1974	84歲	• 最後一次公開露面，出席電影《東方快車謀殺案》首映會。
1975	85歲	• 八月六日，白羅成為有史以來第一次在《紐約時報》頭版刊出訃聞的小說主角，宣傳九月即將出版的《謝幕》，這也是白羅最後一次辦案。
1976	86歲	• 一月十二日去世。 • 十月出版《死亡不長眠》，瑪波小姐的最後一次辦案。

克莉絲蒂推理原著出版年表

1920　史岱爾莊謀殺案 The Mysterious Affair at Styles（神探白羅系列）
1922　隱身魔鬼 The Secret Adversary（神探湯米＆陶品絲系列）
1923　高爾夫球場命案 The Murder on the Links（神探白羅系列）
1924　白羅出擊 Poirot Investigates（神探白羅系列）
1924　褐衣男子 The Man in the Brown Suit（神探雷斯上校系列）
1925　煙囪的祕密 The Secret of Chimneys（神探巴鬥主任系列）
1926　羅傑艾克洛命案 The Murder of Roger Ackroyd（神探白羅系列）
1927　四大天王 The Big Four（神探白羅系列）
1928　藍色列車之謎 The Mystery of the Blue Train（神探白羅系列）
1929　七鐘面 The Seven Dials Mystery（神探巴鬥主任系列）
1929　鴛鴦神探 Partners in Crime（神探湯米＆陶品絲系列）
1930　牧師公館謀殺案 The Murder at the Vicarage（神探瑪波系列）
1930　謎樣的鬼豔先生 The Mysterious Mr. Quin（神探鬼豔先生系列）
1931　西塔佛祕案 The Sittaford Mystery
1932　十三個難題 The Thirteen Problems（神探瑪波系列）
1932　危機四伏 Peril at End House（神探白羅系列）
1933　十三人的晚宴 Lord Edgware Dies（神探白羅系列）
1933　死亡之犬 The Hound of Death
1934　三幕悲劇 Three Act Tragedy（神探白羅系列）
1934　李斯特岱奇案 The Listerdale Mystery
1934　帕克潘調查簿 Parker Pyne Investigates（神探帕克潘系列）
1934　東方快車謀殺案 Murder on the Orient Express（神探白羅系列）
1934　為什麼不找伊文斯？ Why Didn't They Ask Evans?
1935　謀殺在雲端 Death in the Clouds（神探白羅系列）
1936　ABC 謀殺案 The A.B.C. Murders（神探白羅系列）
1936　底牌 Cards on the Table（神探白羅系列）
1936　美索不達米亞驚魂 Murder in Mesopotamia（神探白羅系列）

1937　巴石立花園街謀殺案 Murder in the Mews（神探白羅系列）
1937　尼羅河謀殺案 Death on the Nile（神探白羅系列）
1937　死無對證 Dumb Witness（神探白羅系列）
1938　白羅的聖誕假期 Hercule Poirot's Christmas（神探白羅系列）
1938　死亡約會 Appointment with Death（神探白羅系列）
1939　一個都不留 And Then There Were None
1939　殺人不難 Murder Is Easy/Easy to Kill（神探巴鬥主任系列）
1940　一，二，縫好鞋釦 One, Two, Buckle My Shoe（神探白羅系列）
1940　絲柏的哀歌 Sad Cypress（神探白羅系列）
1941　密碼 N Or M?（神探湯米＆陶品絲系列）
1941　豔陽下的謀殺案 Evil Under the Sun（神探白羅系列）
1942　五隻小豬之歌 Five Little Pigs（神探白羅系列）
1942　藏書室的陌生人 The Body in the Library（神探瑪波系列）
1942　幕後黑手 The Moving Finger（神探瑪波系列）
1944　本末倒置 Towards Zero（神探巴鬥主任系列）
1945　死亡終有時 Death Comes as the End
1945　魂縈舊恨 Remembered Death（神探雷斯上校系列）
1946　池邊的幻影 The Hollow（神探白羅系列）
1947　赫丘勒的十二道任務 The Labours of Hercules（神探白羅系列）
1948　順水推舟 Taken at the Flood（神探白羅系列）
1949　畸屋 Crooked House
1950　謀殺啟事 A Murder Is Announced（神探瑪波系列）
1951　巴格達風雲 They Came to Baghdad
1952　殺手魔術 They Do It with Mirrors（神探瑪波系列）
1952　麥金堤太太之死 Mrs. McGinty's Dead（神探白羅系列）
1953　黑麥滿口袋 A Pocket Full of Rye（神探瑪波系列）
1953　葬禮變奏曲 After the Funeral（神探白羅系列）

1954　未知的旅途 Destination Unknown
1955　國際學舍謀殺案 Hickory, Dickory, Dock（神探白羅系列）
1956　弄假成真 Dead Man's Folly（神探白羅系列）
1957　殺人一瞬間 4:50 from Paddington（神探瑪波系列）
1958　無辜者的試煉 Ordeal by Innocence
1959　鴿群裡的貓 Cat Among the Pigeons（神探白羅系列）
1960　哪個聖誕布丁？ The Adventure of the Christmas Pudding（神探白羅系列）
1961　白馬酒館 The Pale Horse
1962　破鏡謀殺案 The Mirror Crack'd from Side to Side（神探瑪波系列）
1963　怪鐘 The Clocks（神探白羅系列）
1964　加勒比海疑雲 A Caribbean Mystery（神探瑪波系列）
1965　柏翠門旅館 At Bertram's Hotel（神探瑪波系列）
1966　第三個單身女郎 Third Girl（神探白羅系列）
1967　無盡的夜 Endless Night
1968　顫刺的預兆 By the Pricking of My Thumbs（神探湯米＆陶品絲系列）
1969　萬聖節派對 Hallowe'en Party（神探白羅系列）
1970　法蘭克福機場怪客 Passengers to Frankfurt
1971　復仇女神 Nemesis（神探瑪波系列）
1972　問大象去吧 Elephants Can Remember（神探白羅系列）
1973　死亡暗道 Postern of Fate（神探湯米＆陶品絲系列）
1974　白羅的初期探案 Poirot's Early Cases（神探白羅系列）
1975　謝幕 Curtain: Hercule Poirot's Last Case（神探白羅系列）
1976　死亡不長眠 Sleeping Murder（神探瑪波系列）
1979　瑪波小姐的完結篇 Miss Marple's Final Cases（神探瑪波系列）
1991　情牽波倫沙 Problem at Pollensa Bay
1997　殘光夜影 While the Light Lasts

國家圖書館出版品預行編目（CIP）資料

十三個難題 / 阿嘉莎・克莉絲蒂（Agatha Christie）著；王靜萍、張弛譯. -- 二版.-- 臺北市：遠流出版事業股份有限公司, 2023.10
面；　公分. -- (克莉絲蒂繁體中文版20週年紀念珍藏；43)
譯自：The Thirteen Problems
ISBN 978-626-361-253-2(平裝)

873.57　　112014625

克莉絲蒂繁體中文版 20 週年紀念珍藏 43
十三個難題

作者 / 阿嘉莎・克莉絲蒂
譯者 / 王靜萍、張弛

主編 / 陳懿文、余式恕　校對 / 呂佳真
封面、內頁設計 / 謝佳穎　排版 / 連紫吟、曹任華
行銷企劃 / 舒意雯　出版一部總編輯暨總監 / 王明雪

發行人 / 王榮文
出版發行 / 遠流出版事業股份有限公司
地址 / 104005臺北市中山北路一段11號13樓
電話 / (02)2571-0297　傳真 / (02)2571-0197　郵撥 / 0189456-1
著作權顧問 / 蕭雄淋律師

2003年4月1日 初版一刷
2023年10月1日 二版一刷
定價 / 新臺幣380元 (缺頁或破損的書，請寄回更換)

ISBN 978-626-361-253-2

遠流博識網 http://www.ylib.com　E-mail: ylib@ylib.com
遠流粉絲團 https://www.facebook.com/ylibfans

www.agathachristie.com